Danksagung

Liebe Freundinnen und Freunde haben mich bei der Veröffentlichung dieses Romans begleitet und mich tatkräftig unterstützt. Sie haben mir ihre kostbare Zeit geschenkt, große Geduld bewiesen und ganz viel Herzblut in das Projekt investiert – dieses Engagement verdient meine allergrößte Anerkennung. Ein herzliches Dankeschön an Bernd, Christopher, Mana und Silvia.

Über den Autor

Ich bin ein schwuler, katzenvernarrter, schweizerischer Lesemuffel mit Weltenbummler-Ambitionen, der für sein Leben gerne Geschichten erzählt.

Purer Nervenkitzel, innige Liebe, schräger Humor, eine große Portion Homoerotik, erschütternde Dramen und tiefe Emotionen, das und mehr erwartet dich in meinen Gay Romance-Büchern und Kurzgeschichten.

Besuche mich auf meiner Homepage (www.marc-weiherhof.ch) und tauche ein, in eine bunte Welt schwuler Geschichten. Ich freue mich über deine Rückmeldungen oder dein Like auf Facebook (www.facebook.com/marc.weiherhof).

Marc Weiherhof

Japanisch für Anfänger

Eine humorvolle Gay Romanze

Veröffentlichungen

Bauernliebe	ASIN B01C69B700
Bei Besichtigung gezähmt	ASIN B019T98WHK
Bei Kontoeröffnung verführt 1	ASIN B00YBXW7HQ
Bei Kontoeröffnung verführt 2	ASIN B01G0P8JI8
Bei Kontoeröffnung verführt 3	ASIN B01JCPWQ0K
Damals im Orient	ISBN 978-1544092546
Das Vermächtnis des Unbekannten	ISBN 978-3863613884
Der Bosporus-Kurier	ISBN 978-3732330836
Der Pakt	ISBN 978-3863614676
Injection	ISBN 978-3959490337
Love Race	ISBN 978-1539633853
LoveWins	ASIN B01EQT46ZK
Nachbars Eier	ASIN B06Y4YNBFZ
Nashintoba – Wolfsblau	ASIN B01BE0TK0G
Zivilschutzhorror	ASIN B010GI2FEY

Behind Weiherhof | Parkallee 46 | 8952 Schlieren | SCHWEIZ
Web: http://www.marc-weiherhof.ch
E-Mail: marc@marc-weiherhof.ch
Coverdesign: Marc Weiherhof
Coverfotos: http://de.123rf.com

Inhaltsverzeichnis

Kapitel eins	7
Kapitel zwei	17
Kapitel drei	29
Kapitel vier	39
Kapitel fünf	55
Kapitel sechs	71
Kapitel sieben	83
Kapitel acht	97
Kapitel neun	107
Kapitel zehn	125
Kapitel elf	141
Kapitel zwölf	155
Kapitel dreizehn	167
Kapitel vierzehn	185
Kapitel fünfzehn	197
Epilog	209

Kapitel eins

„Kommt schon. Ihr werdet doch nicht schon beim Warm-up schlappmachen, oder? Jetzt legen wir erst so richtig los. Zehn Minuten Bergintervall. Go, go, go.“ Ricos Stimme vermittelt unbändigen Bewegungsdrang und wirkt ansteckend. Keuchen und der eine oder andere Fluch dringen an seine Ohren. Er lächelt und speist den am Lenker seines Indoorbikes befestigten Touchscreen mit den entsprechenden Befehlen. Die Elektronik greift unverzüglich ein und erhöht den Widerstand.

Rico legt mehr Kraft in seine Beine.

Er trägt kurze schwarze Rennradhosen und ein atmungsaktives Muskelshirt in Rot. Diese Klamotten betonen nicht nur seinen sportlich-muskulösen Körperbau, sondern eignen sich auch bestens fürs Indoorcycling. Eingängige Popmusik dröhnt aus den Boxen und unterstützt die Sportler beim Erreichen der gesetzten Trainingsziele. Ricos Sportgerät, ein rot glänzendes Indoorbike – eine Art stationäres Fahrrad ohne Räder, dafür mit Stützstreben als Füße – steht in der Mitte des hell erleuchteten Raums. Leicht versetzt hinter ihm stehen die Bikes der Teilnehmer in einer Reihe. Mithilfe eines großen Spiegels behält er jederzeit den Überblick und kann zielgerichtet Ratschläge geben und die Sportler bei Bedarf anfeuern. „Nicht schlappmachen, Bea“, ermahnt er eine sehnige, blonde Frau Mitte dreißig, deren Gesicht eine äußerst ungesunde Farbe angenommen hat.

Eine überreife Tomate ist nichts dagegen.

Ihre Blicke treffen sich. „Trink einen Schluck und schalt den Widerstand um eine Stufe zurück.“ Die Blondine nickt und gibt dem Bordcomputer die entsprechenden Befehle. Dann nimmt sie gierig mehrere Schlucke aus ihrer Trinkflasche und tupft sich die Stirn mit einem Handtuch ab. „Kommt schon, weiter. Lasst euch von der Musik tragen. Setzt euch ein Ziel und fahrt darauf zu.“ Ein feiner Schweißfilm bildet sich auf Ricos Körper und das rote Shirt klebt an seinem trainierten Oberkörper. Er weiß, wie hart das Training ist, und dennoch fühlt man sich am Ende, als ob man etwas Großes erreicht hätte. „Die letzten Minuten noch, Leute. Nicht schlappmachen. Da vorne ist euer Ziel, steht auf und gebt alles, um es zu erreichen." Rico erhebt sich, die Kursteilnehmer machen es ihm nach. Ihm bleiben die teils neidischen, teils lüsternen Blicke auf seinen Knackarsch nicht verborgen – ein Booster für sein Ego.

Schweres Atmen erfüllt den Raum.

Das Gerät piepst, zeigt an, dass die letzten zehn Sekunden angebrochen sind. Er zählt laut mit, spornt die Teilnehmer nochmals so richtig an. Ein junger Mann, der offenkundig das erste Mal an einem Cycling-Kurs teilnimmt, sieht gequält aus. Er kriegt kaum Luft, sein Kopf ist feuerrot und das Haar patschnass. „Gut. Ihr habt es geschafft. Seid ihr stolz auf euch?"

„Ja", echoen die Teilnehmer im Chor, während sie sich auf ihre Sättel zurückfallen lassen.

„Aber wisst ihr, was das Geilste ist? Wir sind noch lange nicht am Ende. Zehn Minuten Ausdauer. Intervall Nummer fünf." Rico lässt seinen Blick über die Teilnehmer schweifen. Bea hat sich erholt, sieht nun wieder topmotiviert aus und auch bei den anderen scheint es keine Probleme zu geben. Bei allen außer dem Italiener. „Fernando, alles klar bei dir?", erkundigt sich Rico skeptisch. Die einzige Antwort, die er erhält, ist ein wenig überzeugendes Nicken. „Trink etwas und schalte auf Intervall drei zurück."

„Ich schaffe das schon", knurrt Fernando und strampelt noch viel schneller, obwohl es mehr als deutlich ist, dass er bald zusammenklappt.

„Du siehst aber nicht so aus. Ich will nicht, dass du in meinem Kurs einen Kreislaufkollaps erleidest. Tu bitte, was ich dir sage."

„Alles gut."

Rico seufzt. „Deine Verantwortung, Fernando." Er schickt dem jungen Mann seinen eindringlichsten Blick, bevor er das Training fortführt. „Gut, nicht nachlassen, Leute. Diese paar Minuten dienen als Entspannung und dennoch soll unser Körper Kalorien verbrennen. Bereitet euch auf den endgeilen Schlussspurt vor. Rennmodus. Zehn Minuten volle Power." Erneutes Stöhnen. „Ihr macht das nicht für mich, daran solltet ihr immer denken. Wem es zu anstrengend ist, der kann natürlich auch den Kopf in den Sand stecken und aufgeben." Kopfschütteln bei den Sportlern. „Also hört auf euch zu beschweren und verlangt eurem Körper das Maximum ab." Die vier Frauen und fünf Männer trinken gierig aus ihren Flaschen, wischen sich den Schweiß vom Gesicht und strampeln weiter. Wieder zählt der Trainer - manche dürften ihn auch Folterknecht nennen - die Sekunden runter. „Acht - Rennmodus Stufe vier, sieben - ich will alles von euch sehen, fünf - zehn Minuten volle Power, drei - keine Ausreden, zwei - keine Schwäche, eins - bereit und los!" Die Teilnehmer bedienen ihre Touchscreens. Ihre Bewegungen werden fast augenblicklich schneller, ihre Atmung angestrengter. Rico steht auf, lehnt sich mit den Unterarmen auf den Lenker und tritt kräftig in die Pedale, die Anderen folgen seinem Beispiel. Die Clips an den Schuhen verhindern, dass die Sportler abrutschen und sich verletzen. „Schneller, los, schneller."

„Sklaventreiber", murrt die Blondine und schickt ihm böse Blicke, bevor sie sich wieder auf ihren Körper konzentriert. Rico verkneift sich ein Grinsen, wohl wissend, dass ihn die Teilnehmer beobachten.

„Und was seid ihr, Babys? Wollt ihr etwa die Schneckenolympiade gewinnen oder wie sehe ich das?" Rico will alles aus den Teilnehmern herauskitzeln. „Los, schneller. Ich will Geschwindigkeitsrekorde sehen. Lasst die Funken sprühen!" Auf diese Art des Ansporns reagiert erwartungsgemäß vor allem das männliche Geschlecht überdurchschnittlich gut, so auch heute: Die Männer legen noch mal kräftig zu. Um die Damen zu motivieren, bedarf es einer subtileren Herangehensweise - sie muss man bei ihrem Stolz packen. „Und die Ladys? Ist es zu schwer für euch? Tja, da sieht man mal wieder den Unterschied zwischen den Geschlechtern." *Na also.* Zusammen radelt die Truppe auf die unsichtbare Ziellinie zu. Es scheint, als ob niemand mehr auf die Musik hörte. Die Sportler sind in ihrer ganz eigenen Welt mit brennenden Muskeln und Körpern am Limit gefangen. Doch niemand will so kurz vor dem Ziel aufgeben oder zeigen, dass er der Herausforderung nicht gewachsen ist. „Noch dreißig Sekunden. Kommt schon. Schneller, gebt nicht auf. Gebt alles. Kommt. Los." Natürlich brennt auch bei Rico die Wadenmuskulatur, außerdem ist er total verschwitzt und dennoch gibt ihm dieser Job den gewissen Kick. Schweiß, Kraft, Muskeln, striktes Training und körperliche Betätigung, das ist seine Welt.

Er liebt es.

„Zählt laut mit und legt noch einen Zacken zu. Ich will sehen, wer schneller ist. Ihr oder ich? Die Frauen oder die Männer!“, brüllt Rico in den Raum. „Zehn.“ Alle setzen ein. Bei manchen ist außer dem lautstarken Keuchen nichts zu hören.

Vor allem Fernando macht Rico Sorgen.

Der junge Italiener sieht noch mitgenommener als zuvor aus. „Neun.“ Er gibt sein Letztes. „Acht.“ Fernando hat die Augen geschlossen, sein Gesicht ist feuerrot. „Sieben.“ Er wird langsamer. „Sechs.“ *Soll ich das Training vorzeitig abbrechen?* „Fünf.“ *Nein, wir beenden es ordnungsgemäß.* „Vier.“ Die Teilnehmer sind bis zu den Haarspitzen angespannt. „Drei.“ Der Italiener hängt mittlerweile über dem Lenker. „Zwei.“ Sein Brustkorb hebt und senkt sich viel zu schnell. „Eins und fertig“, beendet er die Trainingseinheit. „Da könnt ihr verdammt stolz auf euch sein. Ihr habt es geschafft! Herzlichen Glückwunsch. Gut, jetzt auslaufen lassen und noch fünf Minuten locker weiterfahren“, instruiert er die Teilnehmer, bevor er sich von seinem Indoorbike schwingt und auf Fernando zugeht. „Wie geht es dir?“, will er wissen und berührt den Mann an der Schulter. Einen Moment lang reagiert Fernando nicht, doch dann blickt er langsam auf. Sein Gesicht ist schweißüberströmt und er kriegt kaum noch Luft.

„Gut“, bringt er keuchend hervor.

„Das glaube ich dir nicht. Steig bitte ab und komm mit mir. Es ist wohl besser, wenn du dich hinlegst.“

„Mir geht’s ...“

„Schluss jetzt. Steig ab, sonst muss ich dich dazu zwingen und das wäre mehr als peinlich für dich.“ Die zwei sehen sich einen Moment tief in die Augen, bevor Fernando klein beigibt und widerwillig absteigt. Die Männer verlassen den Trainingsraum und gehen durch das Fitnessstudio zum modernen Empfangsbereich. Dort gibt es bequeme Sessel, Regale mit Zeitungen und Magazinen, sowie eine Couch. „Leg dich hin. Ich bringe dir etwas zu trinken und einen Energieriegel.“ Ohne Widerworte tut Fernando, was ihm sein Trainer rät. Langsam lässt er sich auf die Couch sinken, noch immer atmend wie ein Walross nach einem Marathon.

„Konnichiwa, Misaki“, begrüßt Rico die japanisch-stämmige Kollegin am Empfang freundlich.

„Dir auch einen guten Tag, Rico." Obwohl sie es nie zugeben würde, gefällt es ihr ausgesprochen gut, in ihrer Muttersprache angesprochen zu werden – sie strahlt übers ganze Gesicht. Das war's dann aber auch schon mit Ricos Japanisch – obwohl Misaki es schon oft versucht hat, liegt ihm diese fremdartige Sprache einfach nicht. Als der Blick der Empfangsdame auf Fernando fällt, entfährt ihr ein entsetztes Keuchen. „Oh Gott. Was ist passiert? Was ist mit ihm? Muss ich einen Krankenwagen rufen?"

„Nein, eine Ambulanz braucht der sicher nicht, mach dir keine Sorgen, Misaki. Nicht jeder hält mein Training aus", entgegnet Rico mit einem breiten Grinsen.

„Ja, das kann ich mir vorstellen", gibt Misaki zwinkernd und kichernd zurück. „Du sollst doch die kleinen Schwächlinge nicht immer so hart rannehmen, Rico."

„Ja, ich weiß, aber was soll ich machen, wenn man mir solche Anfänger zuteilt?"

„Er wollte explizit zu dir. Ich hab ihm gesagt, dass es eigentlich kein Kurs für Anfänger ist."

„Hey, ich kann euch hören", beschwert sich Fernando. Misaki und Rico lachen vergnügt. Der Fitnesstrainer bedient sich an der Bar mit einer Wasserflasche und einem Energieriegel.

„Hier, trink ein paar Schlucke, bevor du den Riegel isst. Bleib bitte liegen, bis es dir besser geht. Ich beende fix den Kurs und schaue nochmals nach dir." Fernando nickt und nimmt einen kräftigen Zug aus der Wasserflasche. Rico trocknet sich das Gesicht mit seinem Handtuch ab und betritt erneut den Trainingsraum. „Gut, das war's. Beendet das Training, desinfiziert die Bikes und geht duschen. Ihr wart genial. Jeder Einzelne von euch hat heute einen tollen Einsatz geleistet. Hat Spaß gemacht. Das nächste Training ist heute in einer Woche."

„Du hast uns ja wieder ganz schön ans Limit getrieben", meint Bea vorwurfsvoll, bevor sie einen kräftigen Schluck aus ihrer Flasche nimmt. Sie tritt so nah zu Rico, dass er sie riechen kann. Ihr Brustkorb hebt und senkt sich schnell und das verschwitzte Top zeigt zu viel von ihrem Dekolleté. Schweißperlen rinnen an ihren Brüsten entlang. Rico unterdrückt ein Schaudern. Sie fixiert ihn mit einem mehr als eindeutigen Blick und klimpert mit ihren Wimpern. „Ich würde gerne mal ein Privattraining mit dir absolvieren, Rico. Was hältst du davon?“ Sie flirtet ihn gnadenlos offensichtlich an.

„Bea, ich ...“

„Jaja, ich weiß, du triffst dich nicht privat mit Kundinnen. Das Studio verbietet es, ich kenne alle Ausreden, aber Rico, du würdest es nicht bereuen. Ich bin sehr ...“

„Ich stehe nicht auf Titten, Bea“, platzt er schließlich heraus. Sie verstummt und starrt ihn an. Man sieht förmlich, wie sich in ihrem Kopf die Gedanken überschlagen.

„Schade. Wir hätten sicher viel Spaß zusammen gehabt“, entgegnet sie schnippisch und versucht verzweifelt ihre Contenance zu bewahren. „Warum sind die heißesten Kerle immer schwul?“ Damit geht sie davon und schwingt ihren Hintern dabei derart lasziv, dass die Kerle an den Trainingsgeräten aus der Routine kommen. Rico verabschiedet sich von den anderen Teilnehmern.

„Das würde ich gerne wiederholen“, spricht ihn Thorsten, ein großer, schlanker Kerl an.

„Das freut mich, du kannst am Empfang gerne einen neuen Termin buchen.“

„Das werde ich machen.“

„Vielleicht kommst du in die fortgeschrittene Gruppe? Ich könnte mir dich dort gut vorstellen. So wie ich dich heute erlebt habe, würde das gut passen.“

„Okay, alles klar. Danke, Mann.“ Damit verabschiedet sich Thorsten und verschwindet Richtung Umkleide. Der Fitnesscoach stellt die Musik aus, reinigt sein Rad und alle anderen Trainingsgeräte erneut, reißt das Fenster weit auf und verlässt den Raum. Auf dem Weg zurück zum Eingang begrüßt er langjährige Kunden, gibt Tipps an den Geräten und unterhält sich mit Kollegen. Als er am Empfangstresen ankommt, sinkt seine Laune schlagartig.

Die Couch ist leer.

„Wo ist mein niedlicher Patient hin?“, fragt er Misaki, die gerade eine ältere Kundin berät und ihr ein Faltprospekt zeigt. Sie grinst ihn nur verschmitzt an und verdreht die Augen.

„Es ging ihm angeblich besser“, antwortet sie knapp und konzentriert sich wieder auf die Kundin.

„Gut“, murmelt Rico ernüchtert, als er sich zu den Umkleiden aufmacht. Eigentlich hätte er sich gerne noch eingehender um Fernando gekümmert und ist ein wenig enttäuscht, dass sich der Kleine einfach vom Acker gemacht hat. *Habe ich die Blicke falsch gedeutet? Ist mein Gaydar defekt?* Ricos Schicht ist zu Ende, weshalb er sich auf eine erfrischende Dusche und den ersehnten Feierabend freut. Es ist gerade mal dreizehn Uhr, also steht ihm der ganze Nachmittag zur Verfügung. Die Personalräume befinden sich neben der Kundenumkleide. Als Rico darauf zugeht, tritt ein Lächeln auf sein Gesicht. *Wusste ich's doch!* Vor der Tür mit der mehr als deutlichen Aufschrift ‚Nur für Personal' steht Fernando. Er hat sich lässig an die Wand gelehnt und sieht unheimlich gut aus: Schlank, groß, dunkler Teint. Als Rico näher kommt, beginnt der Italiener zu strahlen.

„Da bist du ja endlich.“

„Ja, da bin ich. Es scheint dir wieder besser zu gehen, wie ich sehe“, entgegnet Rico mit einem breiten Grinsen.

„Ich weiß auch nicht, was mit mir los war. Wahrscheinlich hat mir deine Rückansicht den Atem geraubt.“ Fernando tritt vor Rico und legt seine Hände auf dessen verschwitzte Oberarme. Lasziv leckt sich der junge Mann über die Lippen. Es ist klar, was er will, doch Rico wird ihn noch ein wenig zappeln lassen.

„Sag mal, spinnst du? Ich arbeite hier. Wie kommst du dazu, mich derart plump anzugraben?“ Fernando reißt die Augen weit auf und lässt Rico blitzschnell los, als ob er hochansteckend, nicht zu sagen infektiös wäre. Erst als der Trainer zu lachen beginnt, dämmert es seinem Kunden.

„Blödmann.“ Rico packt Fernandos Arm, öffnet mit seiner Magnetkarte die Tür und schiebt den Südländer ins Innere der Personalumkleide. Ihre Lippen finden sich, als würden sie magnetisch voneinander angezogen. Fernando zieht Rico das Muskelshirt über den Kopf, bevor sie ihren Kuss fortsetzen. „Nicht, dass du wieder zusammenklappst.“

„Dabei sicher nicht“, bemerkt Fernando schmunzelnd. Hastig befreien sich die Männer von den restlichen, durchgeschwitzten Klamotten und den Schuhen. Grinsend hält Rico eine Kondompackung in die Höhe, die er aus seinen Hosen gefischt hat.

„Los, rein da“, kommandiert Rico und schubst Fernando in die angrenzenden Duschen. Sie schließen sich in einer Kabine ein. Fernando ist unwesentlich kleiner als Rico. Sein dunkler Teint und die fast schwarzen Haare, die seinen gesamten Körper überziehen, stehen in purem Kontrast zu Ricos komplett rasiertem kaukasischen Körper. Der Trainer drückt den Italiener gegen die kalten Kacheln, was diesem ein spitzes Keuchen entlockt. Sie küssen sich hungrig. Mit einem Druck auf den Knopf springt die Dusche an. Warmes Wasser prasselt über die erhitzten Körper. Sie berühren sich überall, lassen ihrer Lust freien Lauf. Mit einem kecken Grinsen auf den Lippen geht Fernando in die Knie. Er leckt sich über die Lippen, umfasst Ricos Glied mit seiner Hand und führt es zu seinen Lippen. Blitzschnell schießt die Zungenspitze hervor, umrundet die Eichel, neckt das empfindsame Fleisch.

Rico entweicht ein Stöhnen.

Er sieht dem Italiener dabei zu, wie der ihn oral befriedigt, überwältigt von den Empfindungen, die Fernando mit seinem Mund auslöst. „Aah, jaa, du machst das sehr gut“, keucht er entzückt.

„Wenigstens etwas, nachdem ich fast vom Rad gefallen wäre“, murmelt Fernando. Die Männer lachen.

„Du hast das bisher noch nie gemacht oder?“

„Das hier?“, empört sich Fernando und knabbert sanft an Ricos Hoden. „Natürlich habe ich das schon gemacht.“

„Aua, nein“, entfährt es Rico kichernd. „Spinning, natürlich.“

„Nein, das war mein erstes Mal.“

„Dachte ich mir fast. Du hast mir immer noch nicht den wahren Grund für deine Teilnahme verraten.“ Zweimal lässt Fernando Ricos Penis noch in seinen Mund gleiten, bevor er ihn anlächelt und antwortet.

„Weil ich wusste, dass du den Kurs leitest und da wollte ich dich kennenlernen.“

„Das, aaah, ist dir gelungen“, stöhnt Rico, zieht Fernando hoch und küsst ihn lustvoll auf den Mund. Mit einer schnellen Bewegung dreht er den Südländer um und presst ihn mit der Brust gegen die Fliesen. Das

Wasser prasselt noch immer über die Männer. Nebel verwandelt die Kabine in eine Art Dampfbad. Mit dem Finger beginnt Rico Fernandos Eingang zu erkunden. Er dringt sanft ein, weitet ihn, während er ihm den Hals küsst. Mit der freien Hand verwöhnt er Fernandos Nippel. Die dunkle Haut des Mannes zieht Rico magisch an.

Er dringt mit seinem Finger tief in Fernando ein.

Der Südländer stöhnt und drängt ihm entgegen. Rico nimmt einen zweiten Finger dazu. Der kleine Hintern hat damit keine Probleme. Als Fernando genug vorbereitet ist, zieht sich Rico das Kondom über und setzt an. Mit einem einzigen Stoß versenkt er sich in dem Mann. Fernando wimmert und kann sich kaum noch auf den Beinen halten. Rico stützt ihn und knabbert an seinem Hals. Seine Hand wandert tiefer. Mit langen Zügen verwöhnt er Fernandos Penis, während er einen harten Rhythmus aufnimmt. „Ah, ja, wow, nimm mich", wimmert Fernando.

„Du scheinst das tatsächlich besser wegzustecken als das Indoorcycling", entgegnet Rico grinsend, nur um noch fester und tiefer einzudringen. Fernando hält sich mit den Händen an der Wand fest, stöhnt seine Lust in den engen, mit Dampfschwaden ausgefüllten Raum. Fernando richtet sich auf und dreht seinen Kopf zu Rico, der ihn sofort zu küssen beginnt. Ihre Bewegungen werden fordernder. Ihre Geräusche lauter. Rico wichst Fernandos Schwanz unnachgiebig hart.

„Ich komme, wenn du nicht aufhörst", wimmert dieser.

„Das ist doch das Ziel, oder nicht?", murmelt Rico grinsend. Seine Stöße werden härter. Er packt Fernando an den Hüften, um tiefer eindringen zu können. Noch während Rico ihn fickt und ohne dass er ihn berührt, beginnt Fernandos Schwanz wild zu pulsieren. Mit einem animalischen Stöhnen kommt der Italiener und verteilt seinen Samen über die Kacheln. „Ja, geil, du bist so geil", murmelt Rico, der selbst kurz davor ist. Er drückt Fernandos Oberkörper nach unten, umfasst ihn an den Schultern und setzt zum Schlussspurt an. Immer tiefer und härter fickt er sein Gegenüber. Mit einem tiefen Knurren wird Rico fortgerissen. Er kommt tief in Fernando und genießt jede Zuckung des knackigen Hinterns. Wortlos zieht er sich zurück. Verknotet das Kondom und legt es neben die Verpackung. Sein Schwanz tropft noch immer vor Lust. Fernando geht in die Knie und lutscht ihm den Penis sauber. Sie lächeln sich an, beide wild atmend.

Nachdem sie geduscht haben, schlüpft Fernando mit einem Handtuch um die Hüften in die Kundenumkleide, während sich Rico anzieht und das Fitnessstudio wenig später verlässt.

Geil war's.

Kapitel zwei

„Guten Morgen, Frau Rowohlt. Wie geht es Ihnen an diesem bezaubernden Tag?“, will Hiroshi Kentaka wissen, als er nach dem obligatorischen Klopfen die Tür öffnet und das Bewohnerzimmer betritt. Die Sonne scheint durch die geöffneten Vorhänge und erfüllt den Raum mit Helligkeit. Die Rentnerin hat jeden Millimeter Stellfläche in ihren eigenen vier Wänden voll ausgereizt. Die Fenstersimse quellen über mit kitschigem Trödel und auf dem Boden vor dem zweiflügeligen Fenster steht eine Armada an Beistelltischen, auf denen die Rentnerin unzählige Töpfe mit Orchideen platziert hat. Die Luftwurzeln der Tropenblumen haben sich zu einem einzigen, dichten Wirrwarr zusammengefügt – verbunden für die Ewigkeit. Die grazilen Blüten erstrahlen in Weiß, Gelb und Rosa. In einer alten Massivholzvitrine entdeckt Hiroshi bedeutsamere Erinnerungen wie Fotos der Familie oder Sammelfiguren. Was die Rentnerin in dem überdimensionalen Schrank noch alles für Schätze versteckt hält, darüber kann der Altenpfleger nur spekulieren.

„Ach, du bist es, Hiroshi“, freut sich die dralle Frau, die in ihrem Sessel sitzt und sich zum Pflegefachmann umdreht. Sie hat ihr ergrautes Haupthaar strähnchenweise violett gefärbt und strahlt wie ein Honigkuchenpferd. „Mir geht es blendend.“ In ihren mit Altersflecken übersäten Händen hält sie Stricknadeln. Hiroshi hat ihr schon beim Stricken zugesehen und ist sich sicher, dass Traudl Rowohlt in einer Strickolympiade den ersten Preis holen würde. Auf ihrem Schoß liegt ein verschiedenfarbiges Irgendetwas, das Hiroshi nicht auf Anhieb einordnen kann.

„Was stricken Sie? Ist es etwa ein Schal oder Socken?“ Ihr durch die Jahre und starkes Rauchen rau gewordenes Lachen erfüllt den Raum.

„Das ist eine iPad-Schutzhülle“, antwortet sie ihm mit einem breiten Grinsen im Gesicht und einem Ton, der geradezu schreit: *Wie kann man das nicht sehen?* „Mein Enkel hat sich so ein Tablet angeschafft und da dachte ich mir, dass er sicher noch eine Hülle braucht. Diese Dinger gehen ja enorm schnell kaputt und ich schusseliges Muttchen, würde es sowieso sofort fallen lassen.“

„Wie alt ist ihr Enkel denn?“

„Fünfunddreißig." Hiroshi verkneift sich ein Grinsen und versucht gelassen zu bleiben. Er kann sich mehr als bildhaft vorstellen, wie entzückt ein Mittdreißiger über eine von Oma eigens für ihn gestrickte Schutzhülle sein wird.

„Oh, dann wird Ihr Enkel sicher begeistert sein."

„Du bist ein miserabler Lügner, Hiroshi", durchschaut ihn Frau Rowohlt auf Anhieb. „Ihr jungen Leute schätzt die gute alte Handwerkskunst einfach nicht mehr. Für euch gibt es nur noch Plastik und Chinakram. Wahrscheinlich wird er die Schutzhülle in einer Schublade verschwinden lassen oder direkt entsorgen."

„Nein, das wird er sicher nicht", widerspricht Hiroshi, der sich neben Frau Rowohlt setzt und ihr in die Augen schaut. „Er wird sie in Ehren halten."

„In der Schublade."

„Ja, vielleicht", muss Hiroshi eingestehen. „Aber warum ich eigentlich hier bin: Sind Sie bereit für die Physiotherapie?"

„Ist schon wieder Dienstag?", stöhnt die Rentnerin genervt. Hiroshi nickt und sieht sie mitfühlend an. „Ich werde das diesmal einfach auslassen. Ich fühle mich heute irgendwie nicht danach."

„Ach, Frau Rowohlt. Das haben wir doch schon ein paar Mal besprochen. Die Therapie tut Ihnen gut, unterstützt Sie bei der Erholung von der Operation und dabei, wieder volle Beweglichkeit zu erlangen."

„Wenn ich nicht gehen muss, mache ich dir auch eine iPad-Hülle, Hiroshi. Was hältst du davon?" Der Pfleger lacht und legt seine Hand auf die der alten Frau.

„Bestechen Sie mich gerade?"

„Ich biete dir nur ein Geschenk an", entgegnet sie grinsend. „Deine Hände sind angenehm warm", sagt sie mit einem Schnurren in der Stimme. „Meine sind immer so kalt wie Eisklötze. Seit ich hier im Altenheim bin, ist es mir sowieso immer kalt und dabei weiß ich eigentlich gar nicht warum. Wahrscheinlich, weil ich ein altes Huhn bin. Was ist jetzt also mit der Therapie?"

„Ach, Frau Rowohlt. Die Physio tut Ihnen wirklich gut. Wir wollen doch schließlich nur das Beste für Sie und dazu gehört, dass sie bald wieder ohne Rollator gehen können. Eine Hüftoperation ist kein Zuckerschlecken und Sie müssen aufpassen, dass ...“

„Du bist noch schlimmer als mein lieber Enkel“, murrt Frau Rowohlt und erhebt sich schwerfällig aus ihrem Sessel. Die Strickerei wirft sie achtlos auf die Sitzfläche, die Nadeln klappern. „Er ist Fitnesstrainer in einem renommierten Studio, musst du wissen.“

„Ach ja?“, hakt er nach. Die Bewohner erzählen oft von ihren Familien, Angehörigen und Freunden. Er lauscht den emotionalen Geschichten unheimlich gern, weil die Rentner dabei richtiggehend aufblühen. Dieses Funkeln, das er nun in den Augen von Frau Rowohlt sieht, ist einmalig. Das entschädigt ihn mehr, als das Gehalt für die Strapazen, die dieser Job mit sich bringt. „Gefällt ihm dieser Job? Ist das sein Traum?“

„Auf jeden Fall. Außerdem macht er seine Arbeit sehr gut. Die Kunden sind mehr als zufrieden mit ihm und auch sein Vorgesetzter hat nichts auszusetzen, lobt ihn in den höchsten Tönen. Zudem sieht er blendend aus.“

„Ihr Enkel scheint ein richtig toller Kerl zu sein, Frau Rowohlt.“

„Wie oft habe ich dir schon gesagt, dass du mich Traudl nennen sollst?“, schnappt die Rentnerin fast schon beleidigt.

„Wir dürfen unsere Bewohner nicht ...“

„Papperlapapp. Wenn du mich nicht Traudl nennst, gehe ich nicht mehr zur Physio und du bist schuld.“ Hiroshi seufzt tief und lang, während die Rentnerin die linke Augenbraue keck hochzieht und ihn anhimmelt.

„Das ist jetzt schon die zweite Bestechung heute, wenn das so weitergeht, muss ich mir ernsthaft Gedanken machen. Aber gut, du hast gewonnen. Dann begleitest du mich jetzt zur Therapie?“ Sichtlich zufrieden über diesen kleinen Etappensieg strahlt die Rentnerin übers ganze Gesicht. Sie nickt, wankt langsam zum Rollator und deutet zur Tür.

„Warum man euch jungen Leute immer zu eurem Glück zwingen muss, ist mir wahrlich ein Rätsel.“ Der große, hagere Japaner mit den tiefschwarzen Haaren und die leicht gebückt gehende, mollige Rentnerin gehen langsam zur Tür. Hiroshi passt seine Geschwindigkeit fast schon automatisch der seiner Schützlinge an. Er würde es ihr nie direkt sagen, aber er findet Traudl Rowohlt eine wirklich tolle Persönlichkeit und mag sie gern. Viele Pensionäre im Heim sind griesgrämig, aufmüpfig und teils aggressiv.

Nicht so Traudl.

Er öffnet ihr die Tür und wartet, bis sie an ihm vorbei in den Flur getreten ist. „Hier, schließ bitte ab. Ich will nicht, dass Herr Müller von nebenan oder die neugierige Heidi in mein Zimmer gehen.“ Hiroshi nickt, verriegelt die Tür und reicht ihr den Schlüssel zurück. Mit einer geschmeidigen Bewegung lässt sie ihn in ihre Tasche im Korb des Rollators fallen. „Also, zurück zu meinem Enkel. Er sieht super aus, ist groß, breitschultrig, hat hellbraune Haare, überall Muckis und er ist ein richtig lieber Schatz.“

„Das hört sich toll an, Traudl. Aber warum bitte erzählst du mir das alles?“ Er drückt den Knopf, um den Aufzug zu rufen. Er wird das Gefühl nicht los, dass da mehr dahintersteckt.

„Man wird doch noch von seinem Enkel erzählen dürfen, oder etwa nicht?“ *Spiel du nur das Unschuldslamm, ich hab dich längst durchschaut.* Wie auf Kommando beginnen sich Bilder in Hiroshis Kopf zu formen. Sinnliche, erotische Bilder von einem dunkelhaarigen, muskelbepackten Hünen, der sicherlich zum Niederknien schön ist. Braune, kurz geschnittene Haare, Grübchen, strahlend weiße Zähne und Muskeln, wohin das Auge reicht. *Warum erzählt sie mir das? Niemals hätte so ein gottähnliches Mannsbild Interesse an einem dünnen, untrainierten und bleichen Japaner.*

„Natürlich darfst du mir von ihm erzählen, Traudl. Bitte entschuldige.“ Er verdrängt die Bilder in seinem Kopf erfolgreich.

„Schon gut, Hiroshi. Ich habe schon mitbekommen, dass du kein Interesse an meinem Enkel hast. Erzähl mir lieber was von dir. Sag, wie war dein Wochenende?“

„Ich habe durchaus Interesse an ihm“, verteidigt sich Hiroshi und merkt zu spät, wie sich das anhören muss. Traudl grinst wissend. „Nein, nicht so. Ach, Traudl, du bist unmöglich.“ Hiroshi fährt sich verlegen durch seine kurzen Haare. „Am Wochenende habe ich gearbeitet, also keine Entspannung. Aber dafür habe ich diese Woche drei Tage frei. Darauf freue ich mich schon riesig.“

„Das kann ich mir vorstellen“, entgegnet Traudl mitfühlend. „In meinem Alter hat man ja quasi jeden Tag Wochenende. Ich kann da also nicht mehr mitreden. Aber ich kann mich vage an das Gefühl erinnern." Wieder dröhnt ihr rauchiges Lachen durch die Flure.

„Du Glückliche." Er seufzt. „Kleines Späßchen. Mir bereitet mein Job extrem viel Freude, da stört es mich nicht, wenn ich mal kein Wochenende habe. Außerdem ist es langweilig, stets an den Samstagen und Sonntagen freizuhaben."

„Man merkt, dass du deinen Job liebst. Du bist der beste Pfleger in diesem *Gefängnis*, Hiroshi, das muss ich dir endlich mal sagen." Ihr Gegenüber errötet.

„Danke, Traudl. Aber *Gefängnis*?"

„Insiderwitz", entgegnet Traudl zwinkernd. Das Zweiergespann betritt den Aufzug. Drei weitere Rentner verstellen die kleine Kabine. Vier Personen, ein Rollstuhl und drei Rollatoren reizen das vorhandene Platzangebot zur Gänze aus.

„Ich gehe zu Fuß", verkündet Hiroshi, drückt den Knopf für das erste Untergeschoss und verschwindet eilig durch die Tür ins Treppenhaus. Er ist froh, dass er ein paar Sekunden für sich hat. *Traudls Enkel muss ein absoluter Fitnessfanatiker sein; gut, das ist wohl die Voraussetzung, wenn man als Trainer arbeitet.* Beim bloßen Gedanken an den scheinbar gutaussehenden Hünen wird Hiroshi hart. Er richtet seinen Penis durch die Hose und seufzt. *Warum denke ich jetzt schon wieder an ihn? Ich kenne ihn doch nicht einmal. Wahrscheinlich ist er ein strohdummer Muskelprotz oder er ist hässlich - neigen Omis nicht grundsätzlich dazu, ihre Enkel süß zu finden? - oder er hat einen durch übermäßigen Steroidkonsum mickrig kleinen Schwanz. Gott, hör auf solche Sachen zu denken.* Dabei hat Hiroshi keine allzu hohen Ansprüche. Alles, was er sich wünscht, ist ein Mann, der romantisch ist. Ein Kerl, der ihn auf seinem Lebensweg begleitet und ihn gleichzeitig auf Händen trägt.

Einen richtigen Prinzen halt.

Das ist doch nicht zu viel verlangt, oder? Hiroshi nimmt zwei Stufen auf einmal und ist noch vor Traudl im Untergeschoss - wahrscheinlich musste der Aufzug in jedem Stockwerk halten, damit jemand aus- oder einsteigen konnte. Von dem tristen Flur gehen mehrere Räume ab, wovon einer der ungeliebte Physioraum ist. In einem Spiegel, der die Tristesse des Kellergeschosses durchbrechen soll, betrachtet sich Hiroshi. Er ist groß, fast ein Meter fünfundachtzig, wiegt aber nur um die fünfundsechzig Kilogramm. Die bleiche Haut, die schwarzen Haare und die mandelförmigen Augen kennzeichnen ihn überdeutlich als Asiat, auch wenn er noch nie in seinem Leben in Japan oder überhaupt in Asien war. Mit einem *Ping* kündigt sich endlich der Aufzug an.

„Da bist du ja wieder", frohlockt Traudl, als sie ihn entdeckt. Langsam schiebt sie sich mit ihrer Gehhilfe in Richtung Therapieraum. Hiroshi öffnet die Tür und lässt ihr den Vortritt.

„Hallo allerseits", begrüßt er die Kursleiterin und die anderen Bewohner. Die Rentnerin winkt euphorisch in die Runde. Ein „Guten Morgen", schallt ihnen als Antwort entgegen. Der kleine Raum ist mit allem ausgestattet, was es für eine erfolgreiche Physiotherapie braucht. Mehrere Barren, unterschiedlich große Sitzbälle, verschiedenfarbige Isomatten, Fitnessbänder und sogar eine Sprossenwand. Traudl setzt sich neben die anderen auf die bereitgestellten Stühle und beginnt sogleich eine hitzige Diskussion. Irgendetwas mit Menüplänen und eintönigem Essen in diesem Gefängnis.

„Guten Morgen, Hiroshi", begrüßt ihn die Therapeutin. Claire ist eine kleine, sportliche Frau in den Zwanzigern. Ihre braunen Haare hat sie zu einem Pferdeschwanz zusammengebunden.

„Morgen, Claire. Wie geht es dir heute?"

„Ich bin hundemüde. Mein Wochenende war der Horror und die unterschiedlichen Schichten schlauchen mich total."

„Wem sagst du das?"

„Kommst du Frau Rowohlt wieder abholen?"

„Wie lange braucht ihr heute ungefähr?"

„Na, wenn meine Patientinnen und Patienten mitarbeiten, sind wir in einer Stunde durch."

„Ich werde hier sein." Die Therapeutin nickt und Hiroshi winkt zum Abschied in die Runde. „Bis später, Ladys und Gentlemen, und viel Spaß." Traudl wirft ihm eine Kusshand zu, die er gekonnt einfängt und in seiner Hosentasche versteckt, bevor er den Raum verlässt. Die hauseigene Wäscherei befindet sich nur ein paar Türen weiter. Er liebt es, in diesem nach frischer Wäsche duftenden Raum zu sein und sich aufzuwärmen – aufgrund der vielen Trockner ist die Temperatur meist um einige Grad höher als sonst wo im Haus. Als er den Raum mit einem Stapel frischer Frotteewäsche verlässt, schaudert ihn kurz. Er arbeitet in *Abteilung zwei*, also im zweiten Obergeschoss. Einen Teil der Wäsche benötigt er für die Pflege seines nächsten Bewohners. Heute ist nicht nur Therapie-, sondern auch Badetag. Eine knappe Stunde sollte reichen, um den hageren Herr Tanner zu baden, zu pflegen und wieder anzuziehen, sofern der gute Mann schon wach ist.

Pünktlich eine Stunde später steht Hiroshi wieder vor dem Therapieraum. Joe Tanner war wach und ziemlich aggressiv gewesen. Er hatte partout keine Lust zu baden, also hat sich Hiroshi mit ihm auf Waschen verständigt. Leider nicht besonders erfolgreich.

Das Veilchen wird ihn noch eine Weile entstellen.

Als er die Tür öffnet, erwartet ihn Traudl bereits. Sie steht an ihren Rollator gelehnt im hinteren Bereich des Zimmers. „Da bist du ja endlich." Sie klingt gereizt.

„Was ist los?", erkundigt sich Hiroshi, sofort alarmiert.

„Was soll sein? Ich will gehen, das ist los." Hiroshis Blick schweift fragend zu Claire, die ratlos den Kopf schüttelt und die Schultern hochzieht. Erst jetzt entdecken die Frauen die zarte Verfärbung in Hiroshis Gesicht. „Was ist passiert?", echoen sie im Chor.

„Ein Bewohner wollte weder baden noch gewaschen werden. Ich habe nur mal kurz nicht aufgepasst und das ist das Ergebnis." Traudl zieht Hiroshi zu sich runter und küsst ihn auf die Stirn.

„Armer Junge", flüstert sie und streicht ihm über die Wange. Das ist der Alltag in einem Altenheim. Manche Bewohner sind anhänglich, während andere gewalttätig werden. Ein Pfleger muss entsprechend reagieren können, was nicht immer einfach ist. Hiroshi begleitet Frau Rowohlt nach oben, wo sie sich im Aufenthaltsraum niederlässt. „Bringst du mir mein Strickzeug?" Hiroshi nickt und kehrt ein paar Minuten später mit der angefangenen Schutzhülle zurück. Der Vormittag rast nur so dahin. Nach dem Mittagessen, das einige Senioren auf der Etage, andere in der Cafeteria einnehmen, widmet sich Hiroshi den ihm zugeteilten Bewohnern.

Freizeitbeschäftigung ist angesagt.

Während sich Hiroshi noch überlegt, was er heute mit seinen Leuten machen soll, äußert Traudl eine Idee. „Können wir in den Garten gehen, Hiroshi?“ Der Altenpfleger sieht sie an und überlegt. „Damit ich mal wieder ein paar Vögelchen beobachten und hören kann.“ Damit hat sie Hiroshi überzeugt.

„Das ist eine wunderbare Idee. Wer begleitet uns nach draußen?“, motiviert er die Leute, die sich auf der Couch und an den Tischen im Aufenthaltsraum versammelt haben. Unwirsches Gebrumme schlägt ihm entgegen. „Ach, kommt schon. Ein bisschen frische Luft tut uns allen gut. Herr Werner, begleiten Sie uns?“, will Hiroshi von einem alten Herrn wissen, zu dem er sich herunterbeugt, um ihn direkt anzusprechen. Der Bewohner ist nicht viel älter als Traudl und dennoch ist mit ihm kaum mehr eine Unterhaltung möglich. Leider hat er in den letzten Monaten ziemlich abgebaut. In den milchigen Augen des Mannes liest Hiroshi dennoch Zustimmung in Form eines kaum wahrnehmbaren Funkelns. Zehn Minuten später sind beide Rentner und der Pfleger bereit, um den Garten zu stürmen. Hiroshi schiebt Herrn Werner im Rollstuhl zum Aufzug, während Traudl mit ihrem Rollator folgt. „Komm, Traudl, keine Müdigkeit vorschützen.“

„Wenn du erst mal so alt bist wie ich, dann kannst du mitreden“, antwortet sie mürrisch. „Ich bin fünfundachtzig Jahre alt. Wie findest du das?“

„Fünfundachtzig? Unglaublich. Dafür hast du dich äußerst gut gehalten, Traudl.“ Hiroshi ist froh, dass die Aufzugstüren öffnen, so kann er Frau Rowohlts Klaps ausweichen. Draußen scheint die Sonne, ein wundervoller Frühlingstag erwartet das Trio. Hiroshi schiebt Herrn Werner vor sich her und passt seine Geschwindigkeit an Traudls an.

„Hörst du, wie die Vögel zwitschern?“

„Ja klar hör ich die“, antwortet Hiroshi wahrheitsgemäß. Natürlich kann ein junger Mensch die Natur noch nicht gleich intensiv genießen wie eine fünfundachtzigjährige Frau.

„Das gleichmäßige Pfeifen ist ein Spatz. Bei dem hohen Zirpen bin ich nicht ganz sicher. Könnte ein Sperber sein.“

„Wie kannst du nur all diese Vogelstimmen auseinanderhalten, Traudl? Für mich hört sich das alles irgendwie gleich an."

„Du Banause." Die Rentnerin schüttelt belustigt den Kopf. „Ich liebe es, den Vögeln beim Singen zuzuhören. Jede Gattung hat einen ganz eigenen Ruf", erklärt Traudl und sieht sich suchend im Garten um. Bis jetzt hat sie noch keinen einzigen gefiederten Freund entdeckt. Auf einem mit Steinplatten ausgelegten Weg dringt die Gruppe tiefer in den Garten vor. Herr Werner starrt beinahe teilnahmslos geradeaus und dennoch spürt man, dass er sich freut. „Ich würde mich gern kurz ausruhen, Hiroshi", äußert sich Traudl und schnauft als Beweis wie eine Dampfwalze.

„Kein Problem. Wollen wir uns dort vorn an den Teich setzen?"

„Gute Idee." Hiroshi platziert den Senior im Rollstuhl neben der Bank und zieht die Bremsen an. Traudl Rowohlt lässt sich schwerfällig auf das knirschende Holz der Bank fallen und zieht die Gehhilfe zu sich. Hiroshi setzt sich neben sie. Unter der leichten Jacke ist sein weißer Kittel zu sehen. „Reichst du mir mal eine Zigarette aus dem Korb?"

„Du sollst doch nicht rauchen, Traudl", seufzt Hiroshi.

„Warum denn nicht? Ich bin fünfundachtzig Jahre alt und rauche schon mein ganzes verdammtes Leben lang. Hat es mich ins Grab gebracht? Nein." Hiroshi verdreht die Augen und reicht ihr die Kippen.

Widerstand ist zwecklos.

Sie steckt sich eine zwischen die faltigen Lippen und zündet sie an. „Ah, tut das gut", meint sie zufrieden seufzend, als sie den Rauch in ihre Lungen zieht. Aus ihrem Mund qualmt Rauch. Hiroshi hustet und wedelt sich mit der Hand Frischluft zu. „Bist du einer von diesen Gesundheitsfanatikern?", ranzt sie ihn an.

„Nein, bin ich nicht. Aber trotzdem will ich nicht passiv rauchen und den beißenden Rauch mag ich auch nicht." Die Rentnerin schüttelt belustigt den Kopf.

„Hast du Zeit, mir heute etwas im Laden zu besorgen?"

„Heute schaffe ich es nicht, Traudl. Aber frag doch den Zivi."

„Ist der volljährig?"

„Keine Ahnung", antwortet Hiroshi. „Aber warum muss er volljährig sein? Was soll er dir denn besorgen?"

„Ich brauche neue Kippen und mein Schnapsvorrat ist ebenfalls langsam erschöpft." Hiroshi reißt die Augen weit auf.

„Wie bitte? Ich tu mal so, als hätte ich das nicht gehört."

„Was ist?" Traudl ist wie immer die Unschuld in Person. „Warum sollten Altenheimbewohner sich nicht mal ein kleines Schnäpschen gönnen dürfen? Also wirklich, tu bloß nicht so brav. Ich bin sicher, dass du ..."

„Ah, hier bist du, Omi", ertönt eine dunkle, tiefe Männerstimme. „Ich hab dich schon überall gesucht. Oben meinte man, dass ich dich wahrscheinlich hier finde." Traudls Gesichtsausdruck hellt sich merklich auf, als sie den heraneilenden Enkel entdeckt.

„Rico, ach, ist das schön, dass du deine alte Omi mal wieder besuchen kommst. Ich freue mich so, dich zu sehen." Die alte Frau erhebt sich krächzend von der Bank und fiebert der Ankunft des jungen Mannes entgegen. Hiroshi dagegen ist unfähig, sich auch nur einen Millimeter vom Fleck zu bewegen. Mit offenem Mund und beinahe aus seinem Kopf fallenden Stielaugen verfolgt er die Schritte des dunkelhaarigen Hünen. Trotz großer Anstrengungen versagt er bei dem Versuch, seine Aufmerksamkeit auf etwas anderes zu richten. Der Enkel trägt figurbetonte Bluejeans, weiße Turnschuhe, ein enges Muskelshirt und darüber eine verwegen wirkende Lederjacke. Ein richtiger muskelbepackter Bad Boy. Hiroshi entweicht beinahe ein Stöhnen, doch glücklicherweise kann er es gerade noch rechtzeitig zurückhalten.

„Hallo, Omi, schön dich zu sehen." Er umarmt sie herzlich. Dabei entdeckt er den zierlichen Asiaten auf der Bank neben seiner Großmutter. Dieser hat sich wieder mehr oder weniger unter Kontrolle – zumindest hat er den Mund geschlossen und sieht somit nicht mehr wie ein Koikarpfen aus. Die Stielaugen bleiben. Nach der Begrüßung setzt sich die Rentnerin wieder und nimmt einen tiefen Zug von ihrer Zigarette. „Du sollst doch nicht rauchen", ermahnt sie ihr Enkel in strengem Ton und mit erhobenem Zeigefinger. Die Rentnerin verdreht gespielt theatralisch die Augen.

„Ihr zwei seid euch wirklich sehr ähnlich", grummelt sie und deutet auf Hiroshi. „Das ist Hiroshi, mein Pfleger. Das ist Rico, mein Enkel."

„Freut mich", erwidert Hiroshi freundlich und reicht dem Mann seine zitternde Hand. *Warum schaffe ich es nicht, ruhig zu bleiben und cool zu wirken?* Als sich ihre Hände berühren, durchflutet Hiroshi ein unheimlich starker elektrischer Impuls. Jetzt entweicht dem Altenpfleger tatsächlich ein leises Seufzen.

„Mich auch.“ Ihre Blicke treffen sich und verharren länger, als es üblich wäre, aufeinander. Diese wundervoll blauen Augen faszinieren Hiroshi. Als er sich von dem Anblick loseisen kann, bemerkt er, wie Traudel sie interessiert beobachtet. Es scheint fast so, als ob sie jede Regung der Männer analysierte.

„Äh, ja, dann lasse ich euch mal allein. Ihr habt sicher viel zu besprechen“, versucht er sich aus der Affäre zu ziehen und aus dem Staub zu machen. *Wenn ich noch länger hierbleibe, garantiere ich für nichts mehr.*

„Bleib doch, Hiroshi“, bittet die Bewohnerin. Ein strahlendes Lächeln ziert ihr Gesicht. Wie ein Hundewelpe schaut sie Hiroshi an. Dieser heiße Kerl und die herzallerliebste Oma, das ist beinahe zu viel für ihn.

Doch er bleibt hart.

„Ich muss zurück und arbeiten. Aber ich nehme Herrn Werner mit, dann seid ihr ungestört. Genießt die Zeit zusammen. Hat mich gefreut, Rico.“ Damit steht Hiroshi auf, löst die Bremsen am Rollstuhl und schiebt den eingedösten Rentner zurück Richtung Heim. Als er sich noch einmal kurz umdreht, entdeckt er, dass Rico ihn beobachtet, ihm unverhohlen nachguckt. Blitzschnell schaut Hiroshi wieder geradeaus. *Kann das sein?* Doch die Blicke des Mannes verfolgen ihn, brennen auf seinem Rücken. Er sieht die strahlend blauen Augen und den Mann, dem sie gehören, vor sich.

Ein verlockender Gedanke.

Hiroshi bleibt an der nächsten, ein wenig schiefen Bodenplatte hängen und stolpert. Er kann sich gerade noch am Rollstuhl auffangen, doch der Ausfallschritt ist dem Hünen sicher nicht entgangen. *Mist, warum passiert mir nur immer solche Scheiße? Warum kann ich nicht einmal cool und gelassen sein?* Hiroshi ist froh, als er durch die Schiebetüren im Inneren der Seniorenresidenz verschwinden kann.

Endlich geschafft.

Kapitel drei

Hiroshi begleitet Herrn Werner zurück in sein Zimmer und verfrachtet ihn ins Bett. Obwohl es erst Nachmittag ist, soll der Rentner schlafen, wenn ihm danach ist. Der alte Mann ist nur noch Haut und Knochen, ein richtig abgemagertes Bündel. Wahrscheinlich dauert es nicht mehr lange, bevor er Abschied von der Welt nimmt – das Sterben, die letzte Phase eines jeden Lebenszyklus ist in Altenheimen besonders präsent. Hiroshi bleibt noch ein paar Minuten bei dem alten Mann und hält seine Hand. Der Fünfundzwanzigjährige arbeitet unheimlich gern in der Altenpflege, nur dieses leidige Abschiednehmen setzt ihm zu.

Eine halbe Stunde später serviert Hiroshi Kekse, Kaffee und Tee. Fast vollzählig sitzen die Bewohnerinnen und Bewohner der *Abteilung zwei* im Esszimmer, das gleichzeitig als Gemeinschaftsraum dient. Der wintergartenähnliche Anbau besteht beinahe vollständig aus Fenstern, was den Bewohnern und Angestellten einen fantastischen Ausblick auf den nahen Wald und die Stadt ermöglicht. Im Sommer wird es im lichtdurchfluteten Raum jedoch fast unerträglich heiß. An der Verbindungswand zum Hauptgebäude befindet sich eine kleine Küche, von der das Personal lediglich den Kühlschrank und die Spülmaschine regelmäßig nutzt – alles Weitere kommt aus der Küche im Erdgeschoss. „Sie nehmen Ihren Kaffee mit Zucker, nicht wahr, Frau Bertschinger?"

„Ja danke, Hiroshi." Er legt ihr einen Zuckerstick auf den Tellerrand und stellt ein Kännchen mit Milch auf den Tisch neben die Rentnerin. Bei den meisten Bewohnern seiner Abteilung weiß Hiroshi genau, wie sie ihren Kaffee mögen – Routine pur. Hiroshis Gedanken driften zu Rico ab, dem ziemlich heißen, großen und dunkelhaarigen Enkel von Frau Rowohlt. *Warum habe ich nur so lang gestarrt? Der muss ja denken, dass ich ein verzweifelt untervögelter Trottel bin. Gut, untervögelt bin ich auf jeden Fall.* Aus einem kleinen Radio rieselt Volksmusik, zu der sich die Leute sacht bewegen, mitschunkeln und gelegentlich sogar mitsingen. Hiroshi kann mit dieser traditionellen Art von Musik nicht viel anfangen, aber die Bewohner lieben sie, also ergibt sich der gute Pfleger von heute in sein Schicksal. *Wo war ich? Ach ja: Untervögelung. Ich weiß ja nicht einmal mehr, wie lange das letzte Mal zurückliegt.* Vom Flur her sind Geräusche und Schritte zu hören. Hiroshi wird aus seinen Gedanken gerissen, dreht sich um und beobachtet, wie Traudl in Begleitung ihres vor Kraft strotzenden Enkels den Raum betritt.

Hiroshis Knie werden weich.

Gott, er sieht so gut aus. Schmacht. „Fast hätte ich Kaffee und Kuchen verpasst“, grummelt Traudl, als wäre es *das* gesellschaftliche Ereignis des Tages, und lässt sich ächzend auf ihren Stammplatz nieder. Ihren Rollator lässt sie mitten im Durchgang stehen. Hiroshi reicht ihr die Tasse mit Kaffee.

„Du hast es ja zum Glück noch rechtzeitig geschafft, Traudl. Nicht auszumalen, was geschehen wäre, wenn du das verpasst hättest.“ Die Rentnerin fixiert ihn mit ihren halb zusammengekniffenen Augen – doch das Lächeln auf ihren Lippen verrät, dass sie es ihm nicht übel nimmt. „Mit Zucker und Milch?“

„Ach, du kennst mich zu gut, Hiroshi.“ Ihr Pfleger nickt lächelnd und wendet sich an ihren Enkel.

„Darf ich dir auch einen Kaffee anbieten?“ Der Fitnesscoach streift in diesem Moment die Lederjacke ab und legt sie salopp über die Stuhllehne. Hiroshis Augen weiten sich und sein Herz beginnt schneller zu schlagen. *Gott, wie heiß.* Das ärmellose Shirt passt wie angegossen und setzt den zur Perfektion getrimmten Körper von Traudls Enkel einmalig in Szene. Kein Muskel bleibt verborgen. *Sabber. Schleck. Gier.*

„Sehr gern. Danke.“ *Und dieses Lächeln.* Hiroshi macht sich auf den Weg, um ihm einen Kaffee aus der Thermoskanne einzugießen, ist aber nicht in der Lage, seine Augen von den Armen des Mannes zu lösen. Prompt stolpert er über Traudls Gehwagen. „Hoppla“, entfährt es Rico, als er Hiroshi auffängt und damit vor einem peinlichen Sturz bewahrt. *Dieser sinnliche Duft nach Mann und Shampoo und Duschgel und Rico. Gib mir mehr!* Der Moment, in dem sie sich in die Augen sehen, die Gesichter nur wenige Zentimeter voneinander entfernt, dauert viel zu lang. „Was ist mit deinem Auge geschehen?“, flüstert Rico und deutet auf das Veilchen, das wohl in der Zwischenzeit gut sichtbar sein dürfte.

„Ich … ein … Badeunfall.“ Rico stellt Hiroshi auf seine Füße zurück und lächelt ihn an.

„Du scheinst ein kleiner, chaotischer Unfallmagnet zu sein.“

„Nein, das war ein Bewohner“, verteidigt sich der zierliche Mann. Er strafft seine Schultern und räuspert sich. „Die Faust eines Bewohners war schneller, als ich hätte zurückweichen können.“

„Kommt das häufig vor?“

„Ab und an. Normalerweise bin ich gut darauf vorbereitet und kann reagieren. Na ja, Berufsrisiko. Danke für die Rettung.“ Er zwinkert Rico zu und richtet seine Klamotten. „Die einen schlagen mich, andere stellen mir ihre Rollatoren in den Weg. Jeder hier hat so seine ganz eigene Art, den Pfleger um den Verstand und ins Krankenhaus zu bringen“, zischt Hiroshi und sieht dabei anklagend in Traudls Richtung.

„Das tut mir höllisch leid, Hiroshi. Das war wirklich keine Absicht“, druckst Traudl herum. Das schelmische Lächeln auf ihrem Gesicht verdeutlicht Hiroshis Annahme, dass sie wahrscheinlich genau das geplant hat. Provozierend offensichtlich stellt er den Rentnerporsche zu den anderen Gehhilfen in die Ecke und beobachtet Traudl dabei genau. *Nicht mal ein verräterisches Zucken. Du bist gut, alte Frau. Sehr gut.* Hiroshi füllt zwei Tassen mit Kaffee aus der Thermoskanne und stellt eine vor Rico. Dann setzt er sich mit einem gut gefüllten Teller voller Kekse zu den beiden an den Tisch und bietet ihnen davon an. Nachdem sich der stramme Enkel und seine Großmama bedient haben, tunkt Hiroshi das trockene Gebäck im Kaffee und beißt herzhaft davon ab. Von Zeit zu Zeit ist ein Schlürfen oder das Geräusch von schepperndem Besteck in Steingut von den Nachbartischen zu hören.

„Und du bist für meine Großmutter zuständig?“, fragt Rico. Hiroshi hätte nicht gedacht, dass sich der Muskelberg für etwas anderes als sich selbst, sein Aussehen und Kohle interessiert. *Wie war das mit diesen Vorurteilen?*

„Ganz genau. Jeder von uns Pflegern hat drei bis vier ihm zugeteilte Bewohner. Für die gehen wir einkaufen, besorgen Klamotten, falls uns das nicht die Familie abnimmt, bringen sie zum Frisör, Arzt und übernehmen halt die tägliche Pflegeroutine.“

„Hört sich nach viel Arbeit an. Wen hast du verärgert, dass sie dir meine Omi zugeteilt haben?“

„Keine Ahnung, wem ich auf den Schlips getreten bin", antwortet Hiroshi kichernd.

„Hey", beschwert sich die Rentnerin und gibt beiden Männern einen Klaps auf den Hinterkopf. Sie räuspert sich. „Ich bin eine absolut liebenswerte Person, mache kaum Dreck und pflegeleicht bin ich auch." Wie abgesprochen brechen die Männer in schallendes Gelächter aus. Eine Bewohnerin am Nebentisch kichert ebenfalls leise. Traudl streckt den Männern die Zunge raus, doch dann muss sie ebenfalls mitlachen. Hiroshis Blick wandert immer wieder zu Rico. Ein Mann wie ein Schrank.

Fit und breit.

Sein Lachen hört sich für Hiroshi wie feinster Honig an. Eine Mischung aus sanft und rau. Absolut perfekt. Er schüttelt innerlich den Kopf. *Was will dieser viel zu attraktive Kerl mit einem Trottel wie mir? Das wird sicher nie geschehen, also mach dir keine Hoffnungen, Hiro. Du bist nicht sein …* In diesem Moment kippt sich eine Bewohnerin trotz Schnabeltasse den ganzen Kaffee über ihr geblümtes Kleid. Die dünne, mit Plastik überzogene Serviette hält die Plörre nur kurz zurück, bevor sie sich in den Stoff saugt.

Die tollpatschige Seniorin flucht lautstark.

Hiroshi eilt an ihren Tisch. Zuerst hebt er die Tasse vom Boden auf, dann hilft er ihr, das Kleid mit Servietten zu trocknen. „Haben Sie sich verletzt, Frau Drögel? War der Kaffee heiß?"

Sie schüttelt den Kopf.

Zum Glück füllt er ihren Kaffee jeweils mit so viel Milch auf, dass man kaum mehr von lauwarm sprechen kann. Ein Kribbeln in seinem Nacken macht ihn darauf aufmerksam, dass Rico ihn erneut beobachtet. *Warum begafft der mich so?* Er hilft Frau Drögel auf und begleitet sie in ihr Zimmer, um das Kleid zu wechseln. Als er zehn Minuten später, die Rentnerin musste noch auf die Toilette, den Gemeinschaftsraum wieder betritt, ist sein Kaffee kalt und Patrizia, seine Ablösung, eingetroffen. „Na, Hiroshi? Irgendwelche Probleme gehabt?"

„Alles gut. Bei Frau Müller musste der Arzt die Medikation leicht anpassen, was ich im Berichtsheft notiert hab. Herr Werner schläft und bei Herrn Winkler musst du aufpassen, dass er seine Medikamente nimmt. Er wird immer erfinderischer", setzt Hiroshi sie in Kenntnis.

„Also alles wie immer. Aber was ist mit deinem Auge passiert?“, will Patrizia wissen und deutet auf das Veilchen.

„Hubertus’ Faust.“

„Schon wieder? Wir müssen mit dem Arzt sprechen und die Kollegen warnen. Trägst du das in der Abteilungssitzung nächste Woche vor?“

„Ja, kann ich machen.“

„Hey, gute Besserung und genieß den restlichen Tag.“

„Danke.“ Hiroshi wendet sich an die im Aufenthaltsraum anwesenden Rentner. „Schönen Tag, wünsche ich Ihnen.“

„Tschüss, Hiroshi“, dröhnen ihm teils leise, teils krächzende Stimmen entgegen. Er legt die Hand auf Traudls Schulter. „Viel Spaß noch mit deinem Enkel und bis morgen.“

„Mach’s gut, Hiroshi. Bis morgen.“

„Hat mich sehr gefreut“, richtet er seine Aufmerksamkeit auf den Enkel, der sich erhebt und ihm die Hand reicht.

„Mich auch“, entgegnet dieser lächelnd. *Gott, diese Grübchen.* Hiroshi druckst noch rum, unfähig sich von dem Anblick zu lösen, schwankt er von einem auf das andere Bein.

„Gut, äh, mach’s gut.“ Damit dreht er sich um, stellt seine Tasse, den Unterteller sowie den Löffel in die Geschirrspülmaschine und verlässt den Gemeinschaftsraum Richtung Treppenhaus.

Rico sieht dem Japaner so lange nach, bis dieser durch eine Tür endgültig aus seinem Blickfeld verschwindet. *Eigentlich irgendwie schade.* Rico steht normalerweise nicht auf große, hagere Kerle ohne Muskeln. *Obwohl, diese außergewöhnlich langen, sehnigen Beine könnten sich sicher gut um mich schlingen.* Das Bild einer erotisch verknoteten Hiroshi-Brezel drängt sich ihm auf.

Er schüttelt den Kopf.

Was denke ich überhaupt über diesen Kerl nach? Er ist nicht mein Typ, so überhaupt nicht. Und dann ist der Kerl tollpatschiger als ein Volltrunkener. „Rico? Was genau geht dir durch den Kopf?“, reißt ihn seine Großmutter mit ihrer rauchigen Stimme aus den Gedanken um den Altenpfleger. Er sieht ihr in die Augen und lächelt.

„Ach, nichts.“ Er versucht es so nebensächlich wie nur irgend möglich klingen zu lassen.

„Hiroshi ist ein lieber Kerl, oder?“

„Scheint so. So wie du von ihm sprichst und wie ich ihn kennengelernt habe, ist er sicher ein toller Pfleger.“

„Och, er hat sicher noch andere Fähigkeiten, von denen ich keine Ahnung habe“, entgegnet die alte Frau zwinkernd. Ricos Augen weiten sich. Er sieht seine Großmutter erschrocken an und verschluckt sich beinahe an der Plörre, die man hier anstatt richtigem Kaffee serviert. Doch sie tut so, als hätte sie nichts Schlimmes gesagt, und blättert weiter in ihrer Zeitschrift.

„Omi, bitte!“

„Was ist denn?“

„Das weißt du ganz genau! Aber glaub mir, wenn die Zeit reif ist, werde ich einen Mann finden, mit dem ich glücklich werden kann und mit dem ich mein Leben verbringen will.“

„Und wann ist die Zeit reif? Du bist fünfunddreißig, Junge. Viel Zeit bleibt dir nicht mehr, um eine Familie zu gründen, bevor du so alt bist wie ich und dein Leben vorbei ist.“

„Übertreib nicht so schamlos. Ich bin noch jung und vielleicht bin ich auch einfach nicht der Typ für eine langfristige Beziehung. Diese Beziehungskisten sind kompliziert und irgendwie ist mir das alles neben meinem Job zu viel. Ich will frei sein, machen, was ich will“, erklärt Rico seiner Großmutter, die ihm geduldig zuhört.

„Alles Ausreden. Du bist einfach ein Riesenbaby, das keine Verantwortung übernehmen will.“ Jetzt verschluckt sich Rico tatsächlich und hustet lautstark.

„Wie bitte?“, keucht er, als er sich den Mund mit einer Serviette abwischt.

„Du mimst den großen, starken Fitnesscoach, der sicher reihenweise Kerle flachlegt …“

„Omi!“, versucht Rico den Redefluss seiner Großmutter zu stoppen. Doch diese plaudert munter weiter.

„Denkst du etwa, ich weiß nicht, wie du auf Jungs wirkst? Groß, kräftig, hübsch. Du bist ein Männermagnet. Würdest du auf Frauen stehen, würden die dir ebenfalls zu Füßen liegen."

„Das tun sie ja auch", grummelt Rico und denkt dabei an Bea, die ihn heute angemacht hat.

„Siehst du. Aber glaub mir, auf die Dauer wirst du mit diesen rein körperlichen Geschichten nicht glücklich. Werde erwachsen, Junge. Finde einen Mann, der dich liebt und den du lieben kannst. Einen Kerl, mit dem du das Leben verbringen kannst und der sich um dich sorgt. Das Leben ist viel zu kurz, um nur in der Gegend herumzufi..."

„Ich habe es verstanden, Omi", unterbricht er sie und sieht sich peinlich berührt um. Niemand der noch anwesenden Altenheimbewohner nimmt Notiz von ihrem Gespräch und Hiroshis Pflegeablösung ist dabei, die Geschirrspülmaschine einzuräumen. „Danke, ich werde mir deinen Rat zu Herzen nehmen." Sie streichelt ihm über die Wange und lächelt ihn an.

„Gerne, Junge." Rico erhebt sich und nimmt die Jacke von der Stuhllehne.

„Ich muss los, Omi, ich habe noch einen Termin."

„Soll ich dir verraten, wo du den Personalausgang findest? Vielleicht kannst du Hiroshi noch abfangen." Rico verdreht die Augen.

„Nein, das sollst du nicht. Ich gehe jetzt einkaufen und dann mit ein paar Jungs Sport machen."

„Wie erquicklich."

„Omi!"

„Viel Spaß und komm mich bald wieder besuchen."

„Werde ich machen. Tschüss." Er küsst sie auf die Wange und verlässt den Aufenthaltsraum. Draußen vor dem Altenheim schließt er seine Lederjacke und setzt den Helm auf, den er mit einem Fahrradschloss an die Maschine gekettet hat. Gerade als er sich auf den Sattel schwingt, geht eine Tür auf der Seite des Altenheims auf.

Hiroshi tritt auf die Straße.

Der junge Mann hat sich umgezogen, trägt nun schwarze Jeans, Turnschuhe, ein Hemd und eine leichte Jacke. Er sieht tatsächlich irgendwie gut aus. Vor allem die dunklen, mandelförmigen Augen faszinieren

Rico. Er beobachtet ihn dabei, wie er sich die Messenger Bag über die Schulter schwingt und losläuft. Sein Gang ist geschmeidig und vermittelt dennoch Stärke. Die enge Jeans betont diese wundervoll sehnigen Beine perfekt – Rico wird hart, wenn er sich vorstellt, wie er ohne Klamotten aussehen muss. Als ob Hiroshi Ricos Blicke über die Straße hinweg fühlen könnte, dreht er sich um.

Ihre Blicke treffen sich.

Schnell schließt Rico das Visier seines Helms, steigt auf und wirft die Maschine an. Mit röhrendem Motor fädelt er sich in den Verkehr ein und rast über die dicht befahrene Straße davon.

Hiroshi sieht dem Motorrad noch lange nach. *Er hat mich nicht einmal registriert. Kein Winken, kein Zwinkern, nichts. Ich bin halt einfach nicht sein Typ, aber das wusste ich ja schon. Aber irgendwie hatte ich dennoch Hoffnung. Es hätte ja sein können.* Der junge Japaner setzt sich wieder in Bewegung und marschiert nach Hause. Die Gedanken an Rico begleiten ihn auf seinem Weg. *Vielleicht würde er mich beachten, wenn ich ein bisschen fitter wär? Wenn ich Ausdauer hätte und sportlich aussehen würde? Warum mache ich mir überhaupt Gedanken darüber? Ich kenne diesen Kerl doch gar nicht. Aber diese Grübchen und diese Muskeln.* Als er zehn Minuten später vor seinem Wohnblock ankommt und zu seiner Wohnung hinaufspäht, hat er eine Entscheidung getroffen.

Ich gehe ins Fitnessstudio!

Nicht, um Muskeln aufzubauen, das funktioniert bei Hiroshis Körper sowieso nicht – ein Fakt, der ihn seit seiner Jugend begleitet und ihn damals in ein Tief stürzte. Er blieb dünn und hager, egal wie viel Sport er trieb, während seine Klassenkameraden aufgingen wie Hefeteiglinge. Keine Muskeln, aber vielleicht kann er ein paar Trainingseinheiten absolvieren, um die Ausdauer zu steigern und damit gleichzeitig sein Selbstbewusstsein aufzupäppeln. Möglicherweise läuft er dabei sogar noch Rico über den Weg, was dann eine Art Zugabe wäre. Er wird sich morgen bei Traudl Rowohlt nach Ricos Arbeitsplatz erkundigen.

Ein guter und solider Plan.

„Hallo, Jakob, ich bin zu Hause“, ruft er in die Wohnung, als er sie betritt. Er streift seine Schuhe ab und hängt die Jacke auf. Die Zimmertür zu seiner Linken öffnet sich und heraus kommt sein nerdig aussehender WG-Kumpel. Er trägt ein gelbkariertes Hemd, dazu Khakihosen und eine viel zu große Brille. Seine Haare sehen wie ein Vogelnest aus, in dem gerade ein eierschnabulierendes Wiesel gewütet hat.

„Hey, Hiroshi." Der Altenpfleger zieht die Nase kraus, als ihm die Luft aus Jakobs Zimmer in die Nase dringt.

„Warst du heute etwa den ganzen Tag in deinem Zimmer?"

„Ja, klar, ich habe ein neues Computerspiel programmiert. Das macht mich noch wahnsinnig. Es will einfach nicht so wie ich."

„Oh, dann bist du also bald wieder in der Lage, die Miete zu zahlen?", fährt ihn Hiroshi trocken, aber mit einem Zwinkern, an. Die Männer sind auf dem Weg in das gemeinsame Wohnzimmer.

„Hallo? Das ist jetzt also nicht fair. Ich bin erst einen Monat ..."

„Zwei", unterbricht ihn Hiroshi, öffnet den Kühlschrank und nimmt sich eine Mineralwasserflasche heraus.

„Ich bin erst eineinhalb Monate im Rückstand, also tu bloß nicht so. Denkst du, dass mir das Spaß macht?"

„Schon gut, schon gut." Hiroshi hebt beschwichtigend die Hände. „Du könntest auch mal wieder einkaufen gehen." Der Blick, den Jakob ihm zuwirft, spricht Bände. Hiroshi beißt sich auf die Unterlippe und verstummt.

„Was machst du heute noch?", erkundigt sich Jakob, um vom Thema abzulenken. Er tut Hiroshi ja auch ein wenig leid, aber immer die ganze finanzielle Last zu tragen, ist ebenfalls wenig prickelnd.

„Ich muss noch für meine Weiterbildung büffeln und morgen oder vielleicht auch übermorgen werde ich ins Fitnesscenter gehen." Jakob sieht ihn mit großen Augen an.

„Wohin willst du gehen?"

„Du hast schon richtig gehört. Ins Fitnessstudio."

„Okay", entgegnet Jakob und dehnt das Wort in die Länge. „Was ist heute los gewesen, dass du plötzlich so eine Schnapsidee hast?"

„Nichts." Hiroshi weicht Jakobs Blick aus und will sich mit der Wasserflasche in sein Zimmer flüchten, um nicht noch mehr Fragen beantworten zu müssen.

„Halt, halt, halt." Jakob hält ihn auf, umfasst seinen Arm. „Spuck es schon aus."

„Es ist nichts."

„Hiroshi Kentaka, wie lange kennen wir uns jetzt schon?" Jakob stemmt seine Hände in die Hüften und sieht ihn mit einem vernichtenden Blick an.

„Also gut, wie du willst. Ich habe den Enkel einer meiner Bewohnerinnen getroffen."

„Wie, stehst du jetzt auf kleine Jungs?" Hiroshi reißt Augen und Mund weit auf, bevor er Jakob auf den Oberarm schlägt.

„Aua."

„Geschieht dir recht."

„Also?"

„Er ist nicht klein. Ein Kasten von einem Mann. Riesig, muskulös und eine tolle Ausstrahlung."

„Aber?"

„Er steht wohl nicht auf mich."

„Und darum willst du trainieren?"

„Er arbeitet in dem Fitnesscenter als Trainer", murmelt Hiroshi kaum hörbar. Jetzt ist es Jakob, der ihn auf den Oberarm schlägt.

„Du kleiner, geiler Depp."

„Was?"

„Ach, tu nicht so scheinheilig. Du willst da trainieren gehen, um ihn aufzureißen, oder? Er soll sehen, was du für ein toller Kerl bist und ..."

„Ich muss jetzt büffeln gehen", unterbricht Hiroshi seinen Mitbewohner und eilt in Richtung seines Zimmers.

„Du kleiner ..." Hiroshi schlägt seine Tür zu, hört nicht mehr, was Jakob zu ihm sagt. Dennoch hört er das Lachen seines Mitbewohners laut und deutlich. Er verdreht die Augen, setzt sich an seinen Schreibtisch und holt die Bücher hervor, die er für den Lehrgang in *Basaler Stimulation* bearbeiten muss.

Ein schelmisches Lächeln ziert sein Gesicht.

Kapitel vier

„Traudl, bist du da?“, will Hiroshi wissen, als er nach zweimaligem Klopfen das Zimmer der Rentnerin betritt. Es riecht nach alten Möbeln, Blumen und Mottenkugeln - ein viel zu vertrauter Geruch in einem Altenheim.

„Wo sollte ich denn sonst sein?“, antwortet die Bewohnerin wie immer vor Sarkasmus triefend. „Ich bin im Badezimmer, komme aber sofort.“

„Okay.“ Hiroshi setzt sich auf einen knarrenden Bürostuhl, der vor dem völlig überladenen Sekretär der Seniorin steht. Er lässt seinen Blick über die Auslage gleiten. Chaotisch wurden Haftnotizen, Rechnungen, Steuerbelege, Zeitschriften, Zeitungsberichte und Kugelschreiber mit den Logos verschiedener Firmen übereinandergeschichtet. Ein Gedanke nistet sich hartnäckig in Hiroshis Kopf ein. Vielleicht findet er hier den Namen des Fitnessstudios, ohne dass er die Bewohnerin, die wahrscheinlich sofort die richtigen Rückschlüsse zieht, fragen müsste. Er stöbert flüchtig durch die obersten Haftnotizen und hebt ein paar Papiere an, findet aber zu seiner großen Enttäuschung nichts, das er mit Rico in Verbindung bringen kann. Doch dann entdeckt er einen schwarzen Terminplaner in einem Fach des Sekretärs. *Soll ich oder soll ich nicht?* Als er seine zierlichen Finger zögerlich nach dem kompakten Büchlein ausstreckt, ertönt die Toilettenspülung.

Ertappt.

Sofort zieht Hiroshi die Hand zurück, dreht sich zur Badezimmertür und lächelt Traudl Rowohlt zu, als sie mit ihrem Gehwagen aus dem kleinen, gefliesten Raum schlurft. Sie trägt heute ein violett geblümtes Kleid, das die Strähnchen in ihren ergrauten Haaren unterstreicht. „Schon wieder Zeit für irgendeine Therapie, die ihr euch ausgedacht habt, um mich zu quälen?“

„Hallo? Als ob ich dich nur dann besuchen würde. Lächerlich. Guck mal, was ich hier für dich habe.“ Er wedelt mit einer Einkaufstüte vor ihrer Nase herum. Aufgeregt wirft die Rentnerin einen Blick hinein und findet darin ihre Lieblingszigaretten und eine Auswahl an Schnapsfläschchen.

„Oh, vielen Dank, Hiroshi. Super. Wie viel schulde ich dir?"

„Du kannst mir das Geld auch ein anderes Mal geben."

„Das ist fein, danke. Wenn ich ehrlich bin, habe ich jetzt sowieso nichts bei mir." *Wer hätte das gedacht?* Hiroshi grinst wissend. Er kennt seine Pappenheimer und Traudl hat niemals Geld in der Börse.

„So, ich geh dann mal wieder." Der Pfleger erhebt sich und legt die paar Schritte zur Tür zurück, bevor er sich nochmals umdreht. „Ach, bevor ich es vergesse: In welchem Fitnessstudio arbeitet Rico noch mal?" Er äußert diese Frage so beiläufig wie nur möglich und versucht dabei mehr als desinteressiert dreinzuschauen. Die Rentnerin, die gerade dabei ist, die Schnapsflaschen an verschiedenen Orten im Zimmer zu verstecken, sieht auf und wirft Hiroshi einen seltsamen Blick zu. *Oh nein! Sie hat mich durchschaut, oder? Wie ist das möglich?* „Ich ... also, irgendwie ha... habe ich das vergessen. Ist auch nicht so wichtig, ich habe mich nur gefragt, weil wir doch davon gesprochen haben und ich ..." Ein kaum wahrnehmbares Lächeln tritt auf Traudl Rowohlts dralles Gesicht. *Verdammt.* Sie bewegt sich ächzend zum Sekretär und lässt sich auf den Stuhl sinken, auf dem Hiroshi noch vor wenigen Sekunden im Begriff gewesen war, ungefragt in ihre Privatsphäre einzudringen.

„Ich müsste es hier irgendwo haben, warte kurz", murmelt sie, als sie den schwarzen Taschenkalender aufschlägt, um darin zu blättern. Nachdem sie endlich den Teil mit den Adressen gefunden hat, nickt sie vielsagend. „Ach, hier ist es ja. Das Studio heißt FitOasis. Was auch immer das bedeutet."

„Das bedeutet Fitnessoase."

„Ach so? Alles klar. Ihr jungen Leute immer mit eurem Englisch. Furchtbar. Zu meiner Zeit lernte man noch Latein oder Französisch. Aber heute muss ja alles Englisch ..." Hiroshi unterbricht sie, um endlich aus diesem Zimmer raus zu kommen.

„Danke, Traudl, du bist super. Bis später, ich muss jetzt ..."

„Warte mal! Willst du auch gleich noch seine Handynummer haben?" Hiroshi läuft rot an und schüttelt vehement den Kopf.

„Nein, äh, es geht nicht um deinen Enkel. Ich wollte nur mal wieder trainieren und da dachte ich, weil mir der Name entfallen und ich ... wir sehen uns später." Damit flüchtet Hiroshi förmlich aus dem Bewohnerzimmer.

Mist, dampfender.

Gleich nach der Arbeit um sechzehn Uhr schnappt sich Hiroshi seine Sporttasche und verlässt das Altenheim auf seinem Fahrrad Richtung Innenstadt. Er weiß nicht, ob es eine gute Idee ist und trotzdem zieht es ihn beinahe magisch zu Rico, der nicht einmal Notiz von ihm genommen und der trotzdem einen bleibenden Eindruck bei Hiroshi hinterlassen hat. Rico, er spricht den Namen in Gedanken immer wieder anders aus, indem er verschiedene Buchstaben betont. Mit diesen Wortspielereien und sich hartnäckig in den Vordergrund drängenden Bildern - Bildern von einem nackten, verschwitzten Rico - vertreibt er sich die Zeit bis er bei der Adresse, die er im Internet gefunden hat, angekommen ist. Als er das Gebäude, in dem die FitOasis beheimatet ist, gefunden und einen Stellplatz für sein Fahrrad ergattert hat, hält er plötzlich inne. *Was, wenn Rico gar nicht da ist? Und was, wenn er doch da ist? Oh mein Gott, ich ... vielleicht ist das keine gute Idee und ich sollte umkehren und mich vom Acker machen. Ich meine, er hat mich ja nicht einmal gemocht. Was, wenn er sich belästigt fühlt oder ...* „Hiroshi?" Diese dunkle Stimme würde er überall wiedererkennen. Er sieht auf und entdeckt den muskelbepackten Berg von einem Mann, der gerade sein Motorrad abgestellt hat und mit dem Helm in der Hand auf ihn zukommt. „Was machst du denn hier, Mensch? Das ist ja ein Zufall." In seiner Stimme schwingt freudige Skepsis mit.

„Ich ... ähm ..." Hiroshi strafft seine Schultern, schluckt und nimmt allen Mut zusammen. „Ich trainiere hier." Es klingt nicht allzu falsch und ist die beste Ausrede, die ihm auf die Schnelle einfällt.

„Ach ja?" Rico streicht sich grübelnd über den Dreitagebart, der sich auf seiner unteren Gesichtshälfte ausgebreitet hat und zum Niederknien sinnlich aussieht. „Ich habe dich in der Oasis noch nie gesehen."

„Ich dich auch nicht." Hiroshis Selbstvertrauen kehrt langsam zurück. Er lächelt sogar schüchtern. Rico lacht sein wundervolles Honiglachen, bei dem Hiroshi schwach wird.

„Ja, dann komm, meine Schicht beginnt in ein paar Minuten. Ich kann dich an den Geräten unterstützen.“ *Oh nein, oh nein, warum, wieso mache ich nur so etwas? Er will mich an den Geräten unterstützen. Haha. An welchen Geräten? Ich weiß nicht einmal, wie man ein Laufband bedient. Ich weiß gar nichts. Nada, niente, null Komma gar nichts. Ich bin verloren.*

„Okay, gut“, stammelt er, um ein Lächeln bemüht. Die Männer betreten nebeneinander das Fitnessstudio. In großen Lettern prangt über dem Eingang *FitOasis* und darunter das Motto der Firma: Wir machen dich fit. Hiroshi ist erstaunt darüber, wie hell und einladend alles wirkt. Er hat sich ein Fitnessstudio bisher immer dunkel, nach altem Schweiß stinkend und vollkommen überfüllt vorgestellt. Das hier ist das pure Gegenteil. Hinter einem futuristisch wirkenden Empfangstresen steht eine Asiatin, wahrscheinlich auch eine Japanerin, ihrem Aussehen nach zu urteilen. Die Frau deutet eine leichte Verbeugung an, was Hiroshi der Etikette folgend erwidert. „Willkommen in der FitOasis.“

„Danke“, stammelt Hiroshi und ist sich absolut sicher, dass er bald auffliegen wird. *Die will sicher gleich einen Mitgliedsausweis oder so etwas sehen.*

„Darf ich bitte deine ...“, setzt die Empfangsdame an.

„Er ist mit mir hier“, meldet sich Rico zu Wort und nickt seiner Kollegin freundlich zu.

„Das ist schon der dritte Gasteintritt diesen Monat und wir haben erst den fünften“, stöhnt die junge Frau mit einem Zwinkern.

„Da siehst du mal, wie viele Neukunden ich akquiriere.“ Seine Kollegin verdreht lächelnd die Augen und tippt etwas in den Computer. Hiroshi atmet erleichtert durch. *Noch mal gut gegangen.* Er sieht sich im Studio um. Eine Fensterfront lässt Tageslicht und Sonnenschein in die Räumlichkeiten strömen. Dunkler Parkettboden, Palmen in übergroßen Töpfen und dezente Musik vermitteln pures Wohlfühlambiente. FitOasis ist tatsächlich ein Ort, der einer Oase sehr nahekommt. Neben dem Eingangsbereich plätschert sogar ein Springbrunnen. „Willst du dich nicht umziehen?“, dringt Ricos dunkel samtige Stimme an Hiroshis Ohr und reißt ihn aus seinen Gedanken.

„Oh, natürlich“, murmelt der Pfleger und findet tatsächlich auf Anhieb das Symbol für die Umkleiden.

„Unsere Teamsitzung fängt gleich an. Aber danach komme ich sofort zu dir. Einverstanden?“

„Toll, darauf freue ich mich“, antwortet Hiroshi erleichtert. Diese vom Schicksal inszenierte Teamsitzung gibt ihm die dringend benötigte Zeit, um jemanden nach der Funktionsweise der Geräte zu fragen und nicht wie ein vollkommener Idiot dazustehen. Er schickt rasch ein stilles Dankeschön ans Universum, bevor er in die Umkleide verschwindet. Schneller als ein Blitz zieht sich Hiroshi um, schließt seine Sachen in einen Spind und betritt mit einem Handtuch über den Schultern den modernen und hochwertig gestalteten Trainingsbereich. An unzähligen Maschinen arbeiten Männer und Frauen an ihren meist schon ziemlich perfekt wirkenden Körpern.

Schweiß. Stöhnen. Fluchen. Gepresste Atmung.

Worauf habe ich mich nur eingelassen? Ich bin ein absoluter Vollidiot. Ach, was soll's? Ich kann jetzt keinen Rückzieher mehr machen und muss es durchziehen. Außerdem wird es mir guttun. Hiroshi setzt sich auf die nächstbeste Maschine und versucht aus der Kurzanleitung schlau zu werden.

Pure Überforderung.

Millisekunden später gibt er entgeistert auf und pilgert zum nächsten Gerät. *Weshalb braucht man selbst für die Bedienung von Fitnessgeräten einen Doktortitel?* Schulter- und Brustpressen, Rudermaschinen, Bein-, Rückenstrecker, Rumpfdreher und noch viele andere Maschinen, die mehr Folter- als Fitnessgeräten gleichen. Hiroshi entscheidet sich nach reiflicher Überlegung für eine Schulterpresse. Wenn sogar die drahtige Frau zwei Maschinen weiter damit arbeiten kann, sollte er das ja wohl auch schaffen, oder? Er setzt sich auf das Polster des Geräts, umfasst die Griffe, strafft sich, schließt die Augen und atmet tief durch. Dann zieht er die unabhängig voneinander zu bewegenden Arme der Maschine nach unten. *Was zum Teufel?* Der Widerstand ist viel zu hoch. Er kann sie nicht halten. Ohne dass er es verhindern könnte, gleiten ihm die Griffe aus den Händen. Die Arme schnellen scheppernd in die Ausgangsposition zurück.

Die ganze Maschine vibriert.

Das Geräusch hallt durch das gesamte Fitnessstudio. Einige Kunden stellen ihr Training ein, um zu sehen, was da los ist. Diverse teils irritierte, teils gehässige Blicke treffen ihn. Mit feuerrotem Gesicht steht er auf und entschuldigt sich kleinlaut. *Was hat Jakob noch gesagt? Kleiner, geiler Depp. Das trifft es ziemlich genau.* „Entschuldigung, können Sie mir bitte helfen?", spricht er die zierliche Frau an, die an einer der anderen Schulterpressen arbeitet.

„Natürlich, gerne." Sie beendet ihr Training, steht auf und hilft Hiroshi die richtigen Einstellungen vorzunehmen. „Du hast vergessen das Gewicht einzustellen. Kein Wunder, dass du das nicht stemmen konntest. Ich würde mal mit fünf Kilo anfangen und dich dann steigern. Wenn du es aber genau wissen willst, frag einen der Coaches, dafür sind die da. Außerdem hast du den Sitz viel zu niedrig eingestellt. Er muss so eingestellt sein, damit du bequem sitzen kannst und deine Oberschenkel parallel zum Boden sind." Sie hilft ihm die Höhe richtig einzustellen.

„Vielen Dank. Du hast ja richtig viel Ahnung von dem Zeug."

„Keine Ursache. Ich trainiere hier schon seit mehreren Jahren, darum habe ich schon das eine oder andere Coaching durchgemacht. Das Personal ist super lieb und die Leute sind easy drauf. Gut, probier mal", entgegnet sie und deutet auf die Presse. Hiroshi setzt sich wieder, umfasst erneut die Griffe und zieht die mit Gewichten belasteten Maschinenarme zu sich.

Es funktioniert.

Er kann sie sogar einen Moment unten halten, bevor er das Gewicht wieder nach oben führt, um seine Arme zu entlasten. „Gut. Das macht man normalerweise in einer Routine von zwanzig auf fünf." Hiroshi schaut die Sportlerin an, als käme sie von einem anderen Planeten. Er versteht gar nichts mehr. Sie grinst und verdreht die Augen. „Das bedeutet, dass du zwanzig Mal nach unten ziehst und das Ganze dann fünf Mal wiederholst. Also hundert Züge."

„Hundert?!"

„Natürlich. Nach hundert Wiederholungen geht's auf an die nächste Station."

„Okay, danke dir. Ich werde es mal versuchen. Aber wahrscheinlich bin ich doch eher der Laufbandtyp." Sie lacht und nickt ihm zum Abschied zu, bevor sie ihr eigenes Training fortsetzt. Hiroshi umfasst die Griffe und zieht das Gewicht nach unten. Ein paar Sekunden halten und wieder nach oben. Nach fünf Wiederholungen brennen gefühlt alle Muskeln in seinem schmächtigen Oberkörper und seine Arme zittern.

Aua.

Gefrustet beendet er das Training am Gerät und stampft Richtung Umkleide. Das war's. *Es ist eine absolut dämliche Idee gewesen. Aber wenn ich jetzt gehe, sieht er mich vielleicht nicht.* Hiroshi plant, sich in seinem Zimmer zu verschanzen wie eine Schnecke in ihrem Haus. Eine verdammt dämliche Schnecke in einem extrem dunklen Haus. „Hey, Kumpel." Er geht weiter Richtung Umkleiden. „Kumpel?" Zu spät realisiert Hiroshi, dass mit ihm gesprochen wird. Er dreht sich um und sieht einen großen Mann in einem FitOasis T-Shirt auf ihn zukommen. *Sind hier alle so groß und muskulös? Haben die hier radioaktives Material in die Wände verbaut?* „Wenn du an der Presse fertig bist, reinige bitte Sitzfläche, Rückenauflage und Griffe mit dem bereitgestellten Desinfektionsmittel."

„Oh, äh, ich ..."

„Hast du dir die Hygienestandards etwa nicht durchgelesen?"

„Ich, also ..."

„Das ist meine Schuld, Karsten. Ich habe ihn mitgebracht und ihm das nicht gezeigt." Karsten und Hiroshi drehen sich fast gleichzeitig zu Rico um. Hiroshi lässt seinen Blick über die Erscheinung des Coachs gleiten. Kurze, rote Hosen, ein schwarzes Muskelshirt mit dem Firmenlogo und weiße Turnschuhe. Kein einziges Haar, soweit Hiroshi das momentan beurteilen kann, ziert den Körper des Mannes. Der Blick des Altenpflegers wandert langsam tiefer. *Was zum Geier?* Ein riesiger Schwanz zeichnet sich unter den roten Shorts ab, beult sie richtiggehend aus. Hiroshi schluckt trocken. Wie hypnotisiert starrt er auf Ricos Schritt, unfähig sich von dem Anblick zu lösen.

„Okay, dann hol doch das bitte noch nach", entgegnet Karsten und verabschiedet sich mit einem Nicken. Hiroshi steht mit feuerrotem Gesicht vor Rico und starrt zu Boden. Gut, eigentlich flitzt sein Blick zwischen dem Boden und dem wahrscheinlich radioaktiv mutierten Genital – so was kann nicht natürlichen Ursprungs sein! – hin und her.

„Sorry“, bringt er hervor und versucht sich zwanghaft auf das Gesicht des Trainers zu fokussieren. *Denk an etwas anderes: Denk an kopulierende Altenheimbewohner, an die Müllabfuhr oder an verrottende Leichen.*

„Kein Ding“, kommentiert Rico, spritzt Flüssigkeit aus einer Sprühflasche auf ein Küchentuch und wischt alle Flächen ab, die Hiroshi berührt hat. „Vergiss das in Zukunft einfach nicht mehr. Damit ersparst du dir viel Ärger.“ Hiroshi nickt zustimmend. „Wohin willst du als Nächstes?“

„Ich dachte aufs Laufband.“

„Gute Idee. Ausdauer ist wichtig. Dann komm, die sind dort hinten.“ Hiroshi folgt Rico in den hinteren Bereich des Studios, geht dabei ein paar Schritte hinter dem Trainer und lässt seinen Blick genüsslich über Ricos mehr als ansehnliche Kehrseite gleiten. Zwei kräftige, perfekt geformte Backen. Knackig und rund. *Ob er dort auch rasiert ist?* Er schüttelt den Kopf. *Was denke ich da bloß wieder? Schon peinlich, was die Gedanken mit einem machen, wenn man so lange abstinent lebt.* „Was ist deine Routine?“, will Rico von ihm wissen, als sie bei den Laufbändern angekommen sind.

„Äh, na ja, ich, also, ich renne meistens zwanzig Minuten.“ *Gute Lüge, sehr gut. Sehr überzeugend.*

„Hm ... nicht schlecht. Welcher Modus?“, hakt Rico nach.

„Geradeaus?“ Hiroshi formuliert es als scheue Frage. Ricos Honiglachen erklingt. Er bedeutet dem Japaner das Laufband zu betreten.

„Soll ich dir bei den Einstellungen helfen?“

„Nein, nein, das schaffe ich schon allein.“ Mit einer entsprechenden Handbewegung tritt Rico einen Schritt zurück, grinst ihn an und sieht dabei zu, wie Hiroshi mit seinen hageren Fingern auf dem Display herumdrückt.

Das Gerät erwacht zum Leben.

Was soll ich nur tun? Oh mein Gott. Was soll ich machen? Soll ich ihn mir doch helfen lassen? Nein! Der denkt ja, ich sei ein Vollhonk. Gut, das bin ich ja auch. Kleiner, geiler Depp. Hiroshi drückt wahllos auf dem Touchscreen herum. Als er auf einen großen, grünen Knopf drückt, setzt sich das Gerät in Bewegung. Das Band beginnt zu drehen. Froh, dass es geklappt hat, beginnt Hiroshi locker zu gehen. *Easy. Gar nicht so schwer.*

Nach ein paar Sekunden steigert das Gerät die Geschwindigkeit automatisch. *Kein Problem, alles in Ordnung.* Aus dem lockeren Gehen wird ein leichter Sprint. Zehn Sekunden später tritt erneut eine Geschwindigkeitsanpassung ein. *Oh nein!* Jetzt rennt Hiroshi. Seine Atmung kommt abgehackt, sein Puls schießt in die Höhe. Immer weiter und schneller. *Nur keine Blöße geben.* Die Maschine steigert die Geschwindigkeit nun in noch kürzeren Zeitintervallen. Hiroshi krallt sich mittlerweile förmlich an die seitlichen Handläufe und staunt, wie stabil sie sind. Er sieht zu Rico, der ihn belustigt beobachtet. *Lach nicht, hilf mir! Hilfeeee!* Doch statt etwas zum Trainer zu sagen, nickt Hiroshi ihm lächelnd zu und versucht sich krampfhaft auf dem Laufband zu halten. Langsam verwandelt sich sein Wunsch, nicht lächerlich zu wirken, in absolute Panik.

Der Motor des Laufbands legt noch mal zu.

Hiroshi schließt die Augen. Mittlerweile hat er das Gefühl, dass er um sein Leben läuft, weil er von einem T-Rex verfolgt wird. *Ich kann nicht mehr. Oh Mann, wie schaltet man dieses Ding nur ab? Ich ... es ist zu schnell, viel zu schnell. Was also soll ich tun? WAS?*

Dann geht alles sehr schnell.

Er verliert den Halt am Handlauf und fährt quasi auf dem Laufband nach hinten mit. Nur, dass das alles in so kurzer Zeit geschieht, dass es ihn förmlich von der Maschine katapultiert. Ein spitzer Schrei entreißt sich seiner Kehle. Er schließt die Augen, wartet auf den schmerzhaften Aufprall und schickt verzweifelte Stoßgebete gen Himmel. Dann tritt das Unvermeidliche ein. Er kollidiert mit etwas Hartem, wahrscheinlich mit einer Wand. Die Wand keucht und umfängt ihn mit zwei starken Armen.

Hä? Seit wann hat eine Wand Arme?

Das muss Rico sein. Er fühlt, wie sie beide zu Boden gehen. Langsam öffnet Hiroshi die Augen und sieht sich um. Er blickt in teils grinsende, teils schockierte Gesichter.

Stöhnen unter ihm.

Erst jetzt kommt Bewegung in seinen zur Salzsäure erstarrten Körper. „Rico? Ist dir etwas passiert?“ Er rollt sich von der ziemlich unbequemen Matratze, auf der er gelandet ist, auf die Knie. „Es tut mir so leid, ich ... ich, das war ...“

„Das war knapp“, keucht Rico und erhebt sich. Seine Gelenke knacken. „Bei dir alles in Ordnung?“ Hiroshi nickt zögerlich. „Gut, Leute, die Show ist vorbei.“ Die Menschentraube löst sich langsam auf, während sich Hiroshi überall betastet. „Nichts gebrochen, Kleiner?“

„Ich bin nicht klein“, gibt Hiroshi leicht gekränkt zurück. Rico lacht, laut und herzlich.

„Doch, das bist du.“

„Ich bin fast so groß wie du.“

„Wenn du meinst, Kleiner. Duschen?“

„Ja, und dann gehe ich und verkrieche mich in meinem Schneckenhaus.“

„Och, wir haben des Öfteren Knalltüten im Studio, die allen vorspielen, dass sie schon lange trainieren und dabei noch nie auch nur einen Fuß in ein Fitnessstudio gesetzt haben.“

„Du hast es gewusst?“ Hiroshi ist vollkommen baff, weiß nicht, was er dazu sagen soll.

„Natürlich.“

„Seit ... seit wann?“, hakt er vorsichtig nach.

„Seit ich dich draußen getroffen hab.“

„Du bist gemein.“

„Warum das denn?“ Rico gibt sich ahnungslos, ein richtiges Unschuldslämmchen.

„Du hättest ja etwas sagen können.“

„Und mir den ganzen Spaß verderben? Auf gar keinen Fall. Dafür war es viel zu witzig.“ Hiroshi schlägt ihm mit der geballten Faust freundschaftlich auf den Oberarm.

„Aua“, keucht Hiroshi, als seine Hand auf stahlharten Muskel trifft. Sofort zieht er sie zurück. Rico lacht erneut sein Honiglachen, das in Hiroshi ein angenehmes Kribbeln auslöst.

„Hast du dir was getan?“ *Schon wieder diese Unschuldsnummer. Unglaublich.*

„Nein“, knurrt Hiroshi, nachdem er seine Knöchel betastet hat. „Aus was bist du? Aus Stein?“

„Purer Muskel, Kleiner“, entgegnet Rico, hebt die Arme, spannt die Muskeln an und küsst seinen Bizeps. *Oh Mann. Langsam sehe ich deinen wahren Charakter, du Spacko, und was ich sehe, gefällt mir überhaupt nicht. Arroganter Fatzke.* Hiroshi verdreht die Augen und stampft in Richtung der Umkleiden. „Hey, warte mal.“

„Auf was? Auf dein Ego?“

„Das war doch nur Spaß“, versucht ihn Rico zu beschwichtigen.

„Wenn du meinst.“

„Hey, nun warte doch bitte mal ...“, verlangt Rico und hält ihn am Arm zurück. Hiroshi fährt herum. Sie stehen sich nur ein paar Zentimeter entfernt gegenüber. *Er riecht so gut. So verdammt sinnlich. Aber er ist ein egomaner Volltrottel, dem es nur um seinen Körper geht.*

„Was willst du?“, schnauzt ihn der Japaner an.

„Du bist doch sicher hier, um mit mir zu vögeln, oder?“ Diese Worte des Fitnesstrainers lassen bei Hiroshi sämtliche Gesichtszüge entgleiten.

„Äh, nein!“ *Überzeugungskraft? Hallo? Wohin hast du dich verkrochen. Natürlich will ich mit dir poppen, aber doch nicht jetzt, sondern erst, wenn wir uns besser kennen. Außerdem macht Arroganz nicht gerade attraktiv.* „Ich bin hier, um ... von dir ... ach, vergiss es.“

„Nein, sag endlich. Weshalb bist du hier?“

„Ich bin hier, um von dir beachtet zu werden und um dich kennenzulernen. Aber das sind wohl Dinge, von denen du keine Ahnung hast, oder? Für dich gibt es anscheinend nur deinen Body und deine Muckis.“ Damit betritt er die Umkleide und knallt die Tür derart laut ins Schloss, dass erneut einige der Trainierenden irritiert aufblicken. Rico strafft sich und stürmt ebenfalls in die Umkleidekabine.

„Hey, warte mal!“ Die Stimme des Hünen nimmt etwas Bedrohliches an. Hiroshi zieht instinktiv den Kopf ein. „Du kannst nicht einfach so eine verfickte Show abziehen und dich dann verpissen.“ Hiroshi dreht sich keuchend zu Rico um und sieht ihn mit weit aufgerissenen Augen an.

„Warum sollte ich nicht? Du bist ja so mit dir selbst und deinem Adoniskörper beschäftigt, dass andere Menschen in deinem Leben gar keinen Platz haben.“ Hiroshi ist wütend. Er weiß nicht genau weshalb, aber er ist es. Hastig streift er sich das T-Shirt über den Kopf und pfeffert den Stoff auf die hölzerne Bank.

„Woher willst du das wissen? Was, wenn ich dir sage, dass ich mich gerade erst aus einer zehnjährigen Beziehung gelöst habe?“ Der Fitnesscoach hält inne und sieht Hiroshi herausfordernd an.

„Hast du?“

„Nein, aber Fakt ist, dass du mich nicht kennst.“ Rico tritt näher zu Hiroshi. Viel zu nah. Er kann ihn wieder riechen. *Mayday. Mayday!* „Außerdem bist du keinen Deut besser. Du kommst hierher, um mich anzugaffen. Du ziehst mich schon die ganze Zeit mit deinen Augen aus. Und sag ja nicht, dass du vorhin nicht fantasiert hast, wie es wäre, wenn du meinen riesigen, dicken Schwanz in ...“ Das Geräusch einer schallenden Ohrfeige hallt durch die Umkleide. Ricos Augen verengen sich zu Schlitzen, seine Hände ballen sich zu Fäusten zusammen. Instinktiv tritt Hiroshi einen Schritt zurück und stößt gegen den Spind. Er hält die Hände abwehrend vor sein Gesicht, um sich zu schützen.

„Es ... das tut mir leid, wirklich, das wollte ich nicht, ich ...“ Rico überwindet den neu entstandenen Raum zwischen ihnen mit einem einzigen, energischen Schritt. Sie atmen sich wild schnaufend ins Gesicht und sehen sich dabei tief in die Augen. Hiroshi bebt am ganzen Körper. Als die brodelnde Spannung zwischen ihnen reißt, packt Rico Hiroshi am Nacken und zieht ihn zu sich. Ihre Lippen verschmelzen zu einem wuterfüllten Kuss. Hiroshi legt seine Hände auf Ricos Arme, hält sich an ihnen fest. Die Hände des Coachs gleiten unter Hiroshis Pobacken. Er hebt ihn mit einer einzigen Bewegung hoch. Der Pfleger keucht und schlingt seine langen, dünnen Beine um Ricos Körper.

Ihr Kuss verwandelt sich in etwas Animalisches.

Sie pressen ihre Körper gierig aneinander. Rico drückt Hiroshi gegen den Spind, während er ihm seine Zunge tief in den Rachen drängt. Ein gutturales Knurren entweicht dem Coach. Dann, ohne Vorwarnung, trägt er Hiroshi in den hinteren Teil des Raumes, wo ihnen eine mit Magnetleser ausgestattete Tür den Weg versperrt. „Nimm die Karte und öffne die Tür“, keucht Rico zwischen ihren Küssen. Hiroshi fummelt blind an Ricos Hose herum und findet schließlich, was er sucht. Nach mehreren Anläufen gelingt es ihm, die Tür aufzuschließen. Sie stolpern in den angrenzenden Raum. Das Licht springt automatisch an. Weitere Spinde und Bänke. Die Tür fällt hinter ihnen ins Schloss.

Endlich allein.

Rico setzt Hiroshi ab, betrachtet für ein paar Sekunden seine nackte Brust, bevor er sich das Shirt über den Kopf zieht, die Shorts und Unterwäsche abstreift. Als der Fitnesscoach nackt, mit einem halb harten Schwanz vor Hiroshi steht, gibt es kein Halten mehr. Der Altenpfleger streift ebenfalls seine Klamotten ab. Nach wenigen Sekunden stehen sich zwei nackte, nur mit Turnschuhen bekleidete Männer gegenüber. Die Schwänze der Männer stehen stramm von ihren Körpern ab, wippen vor Verlangen auf und ab. Sie gehen aufeinander zu, nehmen sich in die Arme.

Feuchte Küsse, überall.

Sie pressen ihre Lenden aneinander, reiben sich am jeweils anderen. Hiroshi löst sich als Erster aus ihrem wilden Kuss. Atemlos und erregt bis in die Haarspitzen. Er geht in die Knie, leckt sich über die Lippen und pustet auf die hochrote, feucht schimmernde Eichel. Rico schaudert, Gänsehaut überzieht seinen Körper. Mit einem schelmischen Grinsen nimmt Hiroshi den dicken Schaft in sich auf. Immer tiefer lässt er das Glied gleiten. Als die dicke Eichel in seine Kehle vordringt, entspannt Hiroshi seine Muskulatur, damit Ricos Glied tiefer gleiten kann. „Wow, geil, Kleiner“, keucht dieser angetan. Hiroshi sieht nach oben, ihre Blicke treffen sich. In den Augen des großen Kerls funkelt nebst Verlangen auch so etwas wie Anerkennung. „Kein Würgereflex?“ Stolz wallt in Hiroshi auf. Er antwortet, indem er Rico noch tiefer in sich aufnimmt. Rico gibt sich dem engen, heißen und feuchten Gefühl hin, das ihm Hiroshis Rachenmuskulatur beschert. Er fickt ihn in den Mund und beobachtet fasziniert, wie sein Penis unter der feinen Haut am Hals des Mannes sichtbar wird, je tiefer er stößt.

Einmalig geil.

Nach ein paar tiefen Stößen zieht er sich zurück. Hiroshi hat ein glühend rotes Gesicht. Seine Lippen sind gerötet, leicht geschwollen und feucht. Unbeschreiblich schön und verboten sexy. Rico drängt sein Gegenüber mit der Brust gegen den Spind und geht in die Knie. Mit seinen Händen spreizt er dessen Pobacken auseinander. Rico keucht verzückt, als der rosafarbene, enge Ring vor ihm auftaucht. Er pustet dagegen und beobachtet mit Genugtuung, wie er vor Verlangen zuckt. Er umrundet den

Muskel mit seiner Zunge und reizt die empfindliche Haut, während er die Backen noch weiter auseinanderzieht.

Hiroshi entspannt sich.

Als Rico mit der Zungenspitze in das warme Innere eindringt, stöhnt Hiroshi lustvoll und beginnt zu beben. Seine Knie drohen nachzugeben. Er stemmt sich mit den Händen gegen den Spind, streckt Rico seine empfindlichsten Teile hin. Vor Glück und Lust könnte er auf der Stelle abspritzen. Aber er hält sich zurück, will mehr von Rico in sich spüren. Der Hüne verwöhnt ihn so lange, bis er sich vollkommen entspannt hat, bevor er sich auf eine der Holzbänke setzt und Hiroshi auf sich zieht. „Hast du ein Kondom?“, nuschelt Hiroshi lusttrunken.

„Immer.“ Rico greift in die am Boden liegenden Shorts und fördert einen Gummi zutage. Er öffnet die Verpackung mit seinen Zähnen und streift sich das Silikon über seine pochende Härte. „Bereit?“ Hiroshi nickt und krallt sich an Ricos Schultern. Er spürt Ricos Eichel an seinem Eingang. Immer wieder dringt die Spitze kurz in ihn ein, nur um sich gleich wieder zurückzuziehen. Folter in reinster Form. Hiroshi will mehr, so viel mehr. Er lässt sich langsam auf das steinharte Glied sinken.

Ein Schmerzenslaut entweicht seiner trockenen Kehle.

Es fühlt sich an, als ob Rico ihn vollkommen ausfüllt, ihn fast bis zur Unendlichkeit dehnt. Es tut weh, aber da ist noch mehr. Dieser sanfte Schmerz tut irgendwie gut. Es fühlt sich vollkommen an. Für einen Moment sehen sich Rico und Hiroshi einfach nur in die Augen, halten sich fest und atmen heftig. Dann beginnt sich Hiroshi zu bewegen. Auf und ab. Sie nehmen den fordernden Kuss wieder auf. Rico umfasst Hiroshis Backen, knetet sie mal sanft, mal hart. Drückt sie zusammen, zieht sie auseinander. Hiroshi legt seine langen Beine um den Rumpf des Fitnesstrainers. Ihr Stöhnen erfüllt den kleinen, fast leeren Raum, in dem nur Spinde und Bänke Zeugen ihrer Vereinigung sind.

Sinnlichkeit pur.

Rico gibt die Geschwindigkeit vor. Hiroshi krallt sich an Ricos Bizepsen fest und pariert jeden Stoß mit seinem ganzen Körper. Sein eigener Schwanz wird zwischen ihren schwitzenden, erhitzten Körpern stimuliert. Diese Stellung, obwohl neu für Hiroshi, ist perfekt. Enger Körperkontakt, harte Stöße und die Möglichkeit zum Küssen. Hiroshis Körper droht zu verbrennen, als Ricos Schwanz tief in ihm drin immer wieder diesen süßen Punkt streift. Seine Lust droht überzusprudeln. Er verliert sämtliche Hemmungen, lässt einfach los. Rico hält ihm den Mund zu, um seine Geräusche zu dämpfen, auch wenn das nur wenig nützt. Mittlerweile schreit Hiroshi vor Geilheit.

Ricos Bewegungen werden schneller und härter.

„Ah, Kleiner, du bist wunderschön. Zeig mir, wie du auf mir kommst. Bring dich selbst zum Orgasmus." Diese Worte lösen in Hiroshis Körper ein unkontrolliertes Kribbeln aus. Er lehnt sich nach hinten, hält sich an Ricos Schultern fest und bewegt sich auf dem Penis, der tief in ihm steckt und ihn um den Verstand bringt. Da, genau jetzt, Hiroshi findet die Position, in der jeder Stoß sein Lustzentrum mit Reizen überflutet. Empfindungen schießen wie elektrische Impulse durch Hiroshis Körper. Ohne sich zu berühren, kommt er. Sein Glied verteilt den heißen Samen schubartig zwischen ihren erhitzten, verschwitzten Körpern.

Es ist, als würde er schweben.

Er droht das Gleichgewicht zu verlieren, doch Rico hält ihn fest und bevor er realisiert, was geschieht, spürt er, wie Ricos Glied in ihm zu zucken beginnt und der Fitnesscoach kommt. Der großgewachsene Mann knurrt dabei wie ein wildes Tier, während er noch tiefer und noch fester in Hiroshi stößt. Das Pulsieren in seinem Hintern und Ricos unbändige Kraft verlängern Hiroshis Orgasmus. Zusammen reiten sie auf dieser Welle des absoluten Glücks und der Zufriedenheit. Sie umarmen sich, pressen ihre verschwitzten Körper aneinander und atmen sich ihre Lust gegenseitig in den Mund.

Kapitel fünf

„So, ich muss dann mal wieder.“ Hiroshi hat sich, während sie schweigend nebeneinander geduscht haben, überlegt, wie er weiter vorgehen soll. Obwohl sich sein Gehirn noch im post koitalen Zufriedenheitsstadium befindet, hat er seine Optionen abgewogen. Zur Auswahl stehen: die klammernde Klette oder der ausdruckslose Mir-alles-egal-Typ.

Rico ist ein selbstverliebter Macho.

Demnach kommt bei ihm die klammernde Klette wohl nicht so gut an. Selbstredend ist Hiroshi naturgemäß genau dieser Kategorie zuzuordnen. Jetzt hier, nach diesem Hammersex den Desinteressierten zu spielen, kostet ihn alle Willenskraft, die er aufbringen kann. *Aber nur so kriege ich dich.* Der nackte, gottähnliche Fitnesscoach dreht sich zu ihm um. Sein halb hartes Glied schwingt leicht hin und her und zieht Hiroshis Aufmerksamkeit beinahe magisch an. Hiroshi schluckt, fixiert Rico und setzt ein Lächeln auf. *Bitte lass ihn darauf ansprechen. Bitte, bitte, bitte.* „Okay, viel Spaß noch.“ Bam! Hiroshis Laune fällt in sich zusammen. *Wer verleiht mir für meine Menschenkenntnis einen Oscar?* Geknickt tritt Hiroshi aus der Dusche, trocknet sich flüchtig ab und bindet sich ein Badetuch um die Hüften. Am liebsten würde er auf der Stelle losheulen, schreien und die Umkleide demolieren.

„Mach's gut“, sagt er stattdessen. Damit verlässt der Altenpfleger die Nasszelle und betritt die Umkleide. In seinem Innern tobt ein Orkan an Gefühlen. *Verdaaaamt. Warum habe ich mich verstellt? Ich hätte ihm einfach einen Verlobungsring an den Finger stecken sollen, dann wäre es klar gewesen. Ich bin so dämlich. Warum habe ich das gemacht?* Er öffnet den Spind und zuckt zusammen, als die Metalltür gegen den Nachbarspind knallt.

„Kleiner?“ Hiroshi dreht sich um und blickt direkt in Ricos hellblaue Augen. *Er ist so geil, so hammermäßig abartig hot und ich bin ein vollkommener Idiot.* Der Hüne hat sich ebenfalls ein Badetuch um seine schmale Hüfte geschlungen. Hiroshi schluckt trocken. *Spiel den Desinteressierten. Spiel den Gleichgültigen. Sei locker.*

„Hm?“

„Wollen wir mal was trinken gehen, du und ich?“ In diesem Moment bleibt für den Altenpfleger die Zeit stehen. *Yes!* Hiroshi kreischt, fällt Rico um den Hals und verteilt kleine Küsse über dessen ganzes Gesicht. Dieser hält ihn fest und dreht sich mit ihm um die eigene Achse. Pure Glückseligkeit. Doch dann läuft die Zeit auf einmal weiter und Hiroshi erwacht aus seinem überaus schönen Tagtraum. Mühsam versucht er die Miene des coolen Kerls aufrechtzuerhalten.

„Klar, warum nicht? Wann hast du gedacht?“

„Ich gebe dir meine Handynummer, dann schreiben wir und machen was aus.“

„Klingt super.“ Hiroshi nimmt sein Smartphone aus dem Spind und tippt Ricos Nummer ein. „Super, ich schreibe dir.“ Blitzschnell schlüpft der Hüne in seine Unterwäsche, die roten Shorts, das Muskelshirt mit dem Firmenlogo und in seine Turnschuhe. Dann verabschiedet sich Rico mit einem Nicken und verlässt die Umkleide. Hiroshi steht einfach da, unfähig sich zu bewegen. *Der geile Kerl will tatsächlich ein Date mit mir?* Erst als er ganz sicher ist, dass Rico nicht zurückkommt, beginnt er zu tanzen. Ein kleines Freudentänzchen hat noch nie geschadet, oder? Als die Tür aufgeht und eine Horde Muskelprotze mit Migrationshintergrund die Umkleide betritt, entsteht eine viel zu lange, viel zu peinliche Stille. Die Kerle starren den Altenpfleger durchdringend an. Hiroshi hat noch immer die Arme erhoben, ist quasi in der Bewegung erstarrt. In diesem Moment löst sich sein Handtuch und rutscht ihm von den Hüften. Unter anhaltenden Zurufen und Gröleinlagen der Adidasfraktion zieht sich Hiroshi an und verlässt mit hochrotem Kopf die Umkleidekabinen. *Warum müssen solche Sachen immer mir passieren? Warum nur?* In absoluter Rekordzeit hat er das Fitnessstudio verlassen und ist sich ziemlich sicher, dass er es niemals wieder betreten wird.

Rico sieht dabei zu, wie die Tür zur Umkleide auffliegt und Hiroshi mit hochrotem Kopf herausstürmt. Ohne sich umzusehen, huscht der Kleine davon, was Rico ein Lächeln aufs Gesicht zaubert. Eigentlich ist dieser viel zu große, viel zu hagere Kerl so überhaupt nicht sein Typ und dennoch muss sich Rico eingestehen, dass er irgendetwas an sich hat, dass ihn fasziniert und anzieht. Das Lächeln? Seine Art? Der Sex war absolute Spitzenklasse. Rico hatte noch nie einen Kerl, der ihn so tief in sich aufnehmen konnte und dabei nicht würgen musste. Einmalig. Ganz zu schweigen von diesem engen, haarlosen Loch. Rico freut sich doch tatsächlich darauf, mit Hiroshi zu schreiben und ihn baldmöglichst wiederzusehen. Grundsätzlich trifft er keine Kunden aus dem Studio privat, aber Hiroshi ist ja kein wirklicher Kunde und außerdem hat er ihn zuerst bei seiner Omi kennengelernt. *Omi, ich bin sicher, dass sie dieses Kennenlernen so geplant hat. Schließlich wusste sie ganz genau, dass ich sie besuchen wollte.* Die nächste Indoor-Cycling-Gruppe wartet bereits auf ihn, also löst er sich von den Gedanken an Hiroshi, strafft seine Schultern und betritt den Raum. „Guten Abend zusammen. Dann wollen wir mal, oder?"

Gequältes Stöhnen schlägt ihm entgegen.

Nachdem er die Gruppe in den wohlverdienten Feierabend geschickt hat und sich die FitOasis langsam leert, zieht er sich in die Personalumkleide zurück. Das Erste, das er macht, ist sein Smartphone zu checken, auf dem eine Nachricht von Hiroshi auf ihn wartet. Er liest die paar Worte und lächelt zufrieden. Eigentlich will er ihn noch ein wenig zappeln lassen, aber aus irgendeinem Grund, bringt er das einfach nicht übers Herz. Sofort schreibt er ihm eine Antwort und lächelt dabei die ganze Zeit mehr als zufrieden. Ein richtiges Date. *Wie lange habe ich schon kein richtiges Date mehr gehabt? Viel zu lang ist das schon her.* Grundsätzlich genügen ihm die gelegentlichen Ficks in der Umkleide. Beziehungen sind anstrengend und enden fast immer in einer Enttäuschung. Dennoch freut er sich irgendwie auf dieses Treffen mit Hiroshi.

Ein lauter Freudenschrei, der selbst vor dem Gebäude noch zu hören ist, hallt durch die Dreizimmerwohnung an der Hauptstraße fünfzehn – die Vögel, die gemütlich auf den Dachrinnen sitzen, flattern aufgescheucht davon. Als Hiroshi die WhatsApp-Nachricht von Rico liest, reißt es ihn fort, er kann einfach nicht anders, als seine Freude in die Welt zu schreien. „Was ist? Alles in Ordnung?", will Jakob irritiert wissen, als er ihn in der

Küche findet. Hiroshis nerdiger Mitbewohner sieht so aus, als mache er sich ernsthaft Sorgen.

„Ich habe ein Date“, verkündet Hiroshi stolz, doch Jakob schüttelt nur verunsichert den Kopf. „Ein Date, Jacky. Ist das nicht hammeraffengeil?“

„Mit dem Fitnesscoach?“, hakt dieser nach, nachdem er sich ein wenig beruhigt hat.

„Nein, mit dem Präsidenten der Vereinigten Staaten. Natürlich mit Rico. Ich und der geilste Kerl auf Erden, was sagst du dazu? Freu dich doch mal!“ Hiroshi ist derart aufgekratzt, dass er seinen Mitbewohner kaum zu Wort kommen lässt.

„Es scheint ihm also tatsächlich gefallen zu haben.“

„Na hör mal! Es war affenartig geil. Der beste Sex, den ich seit Jahren hatte.“

„Erzähl es mir noch mal. Ihr habt euch also tatsächlich in einer Abstellkammer das Hirn herausgevögelt?“

„Neihein. Mein Gott, wie oft soll ich es noch sagen, es war eine Erweiterung der Umkleide, nenn es einen abgetrennten Bereich.“

„Abstellkammer, sag ich doch.“ Hiroshis flache Hand trifft Jakob unvorbereitet am Hinterkopf. Das klatschende Geräusch hallt durch den Flur. „Aua.“

„Geschieht dir recht. Gut, wir treffen uns morgen zum Essen. Ich bin total nervös. Was soll ich nur anziehen?“

„Mein Gott, du bist ja schlimmer als ein Mädchen.“

„Musst gerade du sagen. Das Bad ist voll mit deinen Schönheitsmittelchen“ Jakob streckt ihm die Zunge raus. „Nein, im Ernst, du bist keine Hilfe, Jacky.“

„Nenn. Mich. Nicht. Jacky.“

„Warum denn nicht, Jacky?“ Hiroshi rennt los und trampelt wie ein Elefant durch die Wohnung, als Jakob die Verfolgung aufnimmt.

„Du weißt genau, dass das ein Name für ein Mädchen ist und nicht für einen Kerl.“ Wenige Sekunden später umfasst ihn Jakob von hinten und drängt ihn auf die Couch. Körper an Körper. Jakob beginnt ihn zu kitzeln. In diesem Moment entweicht Hiroshi ein Furz.

Es wird still in der Wohnung.

„Boah, nein. Sag nicht, dass du mich gerade angefurzt hast, du Sau!“ Er beginnt den Altenpfleger noch viel verrückter zu kitzeln.

„Lass mich, bitte“, kichert Hiroshi, bekommt kaum Luft und röchelt wie ein erstickender Hund. Jakob hört nicht sofort auf, sondern genießt die süßen Geräusche, die Hiroshi dabei macht. Als er sich endlich genügend für das miefende Darmlüftchen gerächt hat, setzt er sich neben ihn und sieht seinen Mitbewohner an.

„Du siehst in allem gut aus, Hiroshi. Mach dir keine Gedanken. Dass er sich mit dir treffen will, sagt doch schon alles. Der steht auf dich.“

„Nein, kann ich mir nicht vorstellen.“

„Ach, und warum trifft er sich dann mit dir?“

„Ich habe wirklich keine Ahnung.“ Jakob hebt beschwichtigend die Hände. „Mitleid?“

„Meine Güte, Hiro, du musst echt an deinem Selbstwertgefühl arbeiten. Du bist ein toller, liebenswerter, sexy Kerl und jeder, der dich bekommt, kann glücklich sein.“

„Wirklich?“

„Ja natürlich. Komm her.“ Sie umarmen sich und verbleiben ein paar Sekunden in dieser innigen Position.

„Danke, Jakob. Wie geht es mit deinem Computerspiel voran?“

„Frag mich bitte etwas anderes.“

„So schlecht?“

„Noch viel bescheidener.“

„Armer Jacky. Aber irgendwann schaffst du es. So, jetzt muss ich aber dringend ins Bettchen.“

„Hast du morgen wieder Frühschicht?“ Hiroshi nickt. Die Mitbewohner verabschieden sich voneinander und ziehen sich in ihre Zimmer zurück. Hiroshi lässt sich das Zusammentreffen mit Rico immer wieder durch den Kopf gehen. Es war schnell, hart und dennoch ziemlich geil. Er spürt Rico noch immer in sich. Die Haut, an der ihn Rico berührt oder geküsst hat, kribbelt. Hiroshis Hand wandert unter die Decke zu seiner Erektion. Es braucht nicht viel, bis er sich unter seinen eigenen Berührungen windet und kurz darauf in seine Hand kommt.

Im Altenheim ist alles wie immer. Hiroshi pflegt die ihm zugeteilten Bewohner und meidet Traudl Rowohlt dabei systematisch, was gar nicht so einfach ist – die Alte ist überall. Hiroshi weiß nicht warum, aber irgendetwas in seinem Innern sagt ihm, dass sie ihr Zusammentreffen geplant hat. Wahrscheinlich lauert sie wie ein ausgehungerter Geier darauf, sich auf ihre Beute zu stürzen und sich an seinen Geschichten zu laben. *Aber nicht mit mir!* Das Veilchen in seinem Gesicht scheint doch nicht so heftig gewesen zu sein, man sieht es kaum noch, vor allem, weil Hiroshi es gekonnt mit Make-up abgedeckt hat. Nach der Teamsitzung, bevor er in die Mittagspause verschwinden kann, geschieht das Unvermeidbare. Als er an Traudls Zimmer vorbeieilt, schwingt die Tür auf und trifft ihn beinahe am Kopf. Er keucht und verhindert in allerletzter Sekunde eine neuerliche Verletzung. „Huch", entweicht es ihm. Traudl linst um die Tür und grinst zufrieden. *Das hast du geplant, oder? Du bist gut, alte Frau, sehr gut.*

„Hiroshi, da bist du ja endlich. Ich habe dich schon vermisst."

„Guten Tag, Traudl. Wie geht es dir?"

„Ach, wen interessiert, wie es einer alten Schabracke geht? Erzähl mir von dir und meinem Enkel." Sie packt ihn am Arm und zieht ihn förmlich in ihr Zimmer. *Unglaublich diese Energie, die sie an den Tag legt, wenn es darum geht, Informationen zu bekommen.*

„Da gibt es nichts zu erzählen, Traudl", versucht er die Frage zu umgehen. *So einfach mache ich es dir nicht, Süße.*

„Was, nicht? Warst du gestern trainieren?", hakt sie nach.

„Ja." Hiroshi ändert kurzentschlossen seine Taktik und setzt nun vermehrt kurzangebundene Antworten ein – eine tolle Maßnahme um das Gegenüber zu zermürben.

„Hast du dich mit ihm unterhalten? Hast du ihn getroffen?" Traudls Anspannung steigt merklich, was Hiroshi ein Lächeln aufs Gesicht zaubert.

„Ja."

„Mein, Gott, was ist mir dir los? Warum muss man dir heute alles aus der Nase ziehen? Du machst eine alte Frau sehr unglücklich." Hiroshi seufzt und setzt sich auf Traudls Bürostuhl. Ein Jammern entweicht ihm, als der abgewetzte Stuhl die falschen Stellen an seinem wundgescheuerten Po berührt – natürlich bleibt der betagten Detektivin auch das nicht verborgen. Ihre Augen weiten sich und ein wissendes Lächeln tritt auf ihr Gesicht.

„Wir haben trainiert, ich habe mich zum Narren gemacht und wir haben morgen ein Date.“ *Mist, dampfender. So viel wollte ich ihr doch gar nicht erzählen. Hat er es ihr gesagt oder habe ich ihn gerade bei seiner Oma geoutet?* Als ob sie seine Gedanken erriete, winkt sie ab.

„Er hat es mir schon vor Jahren erzählt.“ Die Anspannung fällt von Hiroshi ab. „Ein Date?“

„So sieht es aus, Traudl, und jetzt bitte entschuldige mich, ich ...“

„So einfach kommst du mir nicht davon, Hiroshi Kentaka.“ *Warum habe ich das nur geahnt?* „Wo trefft ihr euch? Was unternehmt ihr zusammen? Geht man heute auch immer noch ins Kino? Holt er dich, wie es sich für einen Gentleman gehört, ab?“

„Du weißt, dass ich dich mag, Traudl, oder?“ Die alte Dame nickt eifrig und setzt ein strahlendes Lächeln auf. Die Neugierde steht ihr überdeutlich in ihr dralles Gesicht geschrieben. „Gut, dann bist du bitte nicht böse, wenn ich dir keine einzige deiner Fragen beantworte. Das ist privat.“ Ihr Gesicht verzieht sich enttäuscht.

„Privat?“, wiederholt sie schallend. „Ich habe euch zusammengebracht.“ *Ha! Wusste ich es doch. Da habe ich dich erwischt, du alter Verkupplungsdinosaurier.*

„Du gibst es also zu?“ Er deutet mit seinem Zeigefinger auf sie und sieht sie fragend an.

„Jaha, mein Gott. Ihr seid so ein süßes Paar. Also, wohin geht ihr?“ Der Altenpfleger verdreht die Augen und stöhnt genervt.

„Wir gehen essen in ein Restaurant. Wohin weiß ich aber noch nicht, ist eine Überraschung von Rico.“

„Gut, gut. Ich freue mich ja so für euch zwei. Für heute lasse ich dich vom Haken. Aber morgen will ich mehr Details erfahren, Hiroshi.“

„Da wirst du dich noch ein wenig gedulden müssen. Ich habe die nächsten drei Tage frei.“ Die mollige alte Dame zieht einen Flunsch, was bei Hiroshi den Drang auslöst, lautstark loszuprusten.

„Lachst du mich gerade aus?“

„Nein, natürlich nicht, Traudl." Er steht auf, macht die paar Schritte auf die Rentnerin zu und küsst sie auf die Wange. „Würde mir nie einfallen." Sie lächeln sich einen Moment lang an. „Danke fürs Verkuppeln." Der Pfleger verlässt mit einem freudigen Winken das Zimmer, um sich seiner Arbeit zu widmen. Der Nachmittag zieht sich ewig hin, vor allem für Hiroshi, der sich mehr als alles andere auf das heutige Treffen mit Rico freut, werden Minuten zu Stunden. Es kommt ihm so vor, als ob sich das Universum gegen ihn verschworen hätte und die Zeit nun langsamer abliefe als es eigentlich normal gewesen wäre. Als es endlich soweit ist, rast Hiroshi wie ein Wahnsinniger in die Umkleiden im Untergeschoss und stößt dabei fast mit Raphael, einem Pfleger aus Abteilung drei, zusammen. „Hey, immer langsam mit den jungen Pferden. Was hat dich denn gestochen?"

„Entschuldige, Raphael. Ich muss mich beeilen."

„Was hast du denn noch vor, dass du mich beinahe über den Haufen rennst?"

„Ich habe ein Date", erklärt Hiroshi stolz.

„Hey, das freut mich für dich."

„Danke."

„Mit Traudl Rowohlts Enkel?" Hiroshi hält inne, blinzelt irritiert und sieht Raphael entsetzt an.

„Woher?", beginnt er, bricht dann aber ab.

„Es stimmt also?", erkundigt sich sein Kollege.

„Ja, aber ..."

„Sie erzählt es schon überall rum, die gute Traudl. Sie ist unheimlich stolz."

„Diese alte Tratschtante, unglaublich, ich ... verdammt noch mal." Hiroshi lässt Raphael in der Umkleide stehen und düst übers Treppenhaus wieder nach oben. Ohne zu klopfen, betritt er Traudls Zimmer, was die alte Frau keuchend von der Couch hochschrecken lässt. Sie hält sich die Hand ans Herz, grinst aber, als sie Hiroshi entdeckt. „Wie kannst du es wagen, das mit Rico und mir hier überall im Altenheim herumzuerzählen?" Hiroshis Stimme ist gepresst und mehr als anklagend.

„Hiroshi, was ist denn los?“, will Traudl wissen und mimt dabei mehr als erfolgreich das Unschuldslamm. *Wie der Enkel, unglaublich. Diese verfluchte Unschuldsnummer habt ihr mehr als gut drauf. Respekt.*

„Tu bloß nicht so. Ich möchte nicht, dass du es allen erzählst. Es ist ja noch nicht einmal klar, ob das zwischen uns was wird. Okay? Bitte.“

„Also gut, ich halte mich in Zukunft zurück“, verspricht die Rentnerin mit ernsten Gesichtsausdruck.

„Warum weiß ich jetzt schon, dass du dich nicht daran halten wirst?“, seufzt Hiroshi kopfschüttelnd.

„Du kennst mich halt zu gut.“

„Jaja, tschüss.“

„Tschüss, Hiroshi.“ Hiroshi findet die Umkleiden leer vor und atmet erleichtert durch. Als sein Blick auf die Uhr an seinem Handgelenk fällt, keucht er erschrocken: Noch zehn Minuten. Wie ein geölter Blitz duscht er und stylt sich vor dem Spiegel. Damit er nicht noch nach Hause muss, hat er Wechselklamotten mitgebracht. Nachdem er mit seinem Aussehen einigermaßen zufrieden ist, verlässt er die Seniorenresidenz durch den Personaleingang und wartet auf Rico. Als fünf Minuten später ein Motorrad knatternd um die Kurve biegt, wird Hiroshi klar, dass er sich vollkommen falsch angezogen hat. Er könnte sich selbst schlagen; er wusste ja, dass Rico ein Motorrad fährt, aber irgendwie hat sein Gehirn die erforderlichen Schlüsse schlichtweg nicht gezogen. *Ob ich das noch immer auf die post koitale Zufriedenheit schieben kann?* Das Motorrad hält viel zu dicht neben ihm, was Hiroshi einen Schritt zurückweichen lässt. Rico öffnet das Visier seines Helms und steigt ab. In seiner Hand hält er einen zweiten Kopfschutz, den er Hiroshi reicht. „Hallo, Kleiner. Schön dich zu sehen.“

„Hallo ebenfalls.“ *Na toll. Wo ist meine Wortgewandtheit hin? Wo ist sie geblieben? Hallo ebenfalls, wie ein verdammter Papagei.* Rico taxiert seine Aufmachung kurz und lächelt dann.

„Hast du dich in Schale geworfen?“

„Nö, wie kommst du denn darauf?“ *Yes, da ist meine Gelassenheit ja wieder. Juhuuiii. Ruhig bleiben, ganz ruhig.*

„Okay, dachte nur, du siehst verdammt gut aus“, stammelt Rico und läuft doch tatsächlich ein wenig rot an. Hiroshi lächelt zufrieden. „Dann spring mal hinten auf“, verlangt Rico von ihm, als er sich selbst wieder auf den Sattel seiner Maschine gesetzt hat. Hiroshi schwingt sein Bein in die Höhe. Die eng anliegende Hose verhindert natürlich, dass er auch nur annähernd auf die erforderliche Höhe kommt, bevor sie ihn ausbremst – er bleibt an der Maschine hängen und fällt beinahe vornüber. Ein spitzer Schrei entweicht ihm. Sein Fuß hat sich irgendwo verhakt, also tänzelt er wie ein einbeiniger Storch beim Ballettunterricht vor der Maschine herum, rudert wild mit den Armen und versucht verzweifelt nicht auf die Nase zu fallen. *Nur nicht hinfallen, bitte nicht, nicht schon wieder. Mein Gott, wo hänge ich denn fest? Hilfeee!* „Vorsicht.“ Ricos Stimme löst in Hiroshi ein angenehmes Kribbeln aus, auch wenn er sich im Moment vor Scham am liebsten unter einem Stein verkriechen würde. Rico befreit Hiroshis Fuß von der Maschine, steigt ab und lässt seinen Blick erneut über Hiroshis Aufmachung gleiten. „Das sind vielleicht nicht unbedingt die richtigen Hosen für eine Motorradfahrt.“

„Das weiß ich jetzt auch“, presst der Altenpfleger zwischen seinen Zähnen hervor. Ricos Honiglachen ertönt, als er Hiroshi auf den Sattel hilft. Gut, eigentlich hebt er ihn hoch und setzt ihn wie eine Puppe auf das weiche Leder, während der sich an ihm festklammert wie eine Klette. Zum Glück weiß Hiroshi nicht, dass sie von einem Balkon der Seniorenresidenz aus beobachtet werden: Traudl Rowohlt genießt das Spektakel in vollen Zügen, während sie eine Zigarette qualmt. Sichtlich zufrieden lächelt sie vor sich hin. Als Nächstes quetscht sich Rico vor Hiroshi auf den Sattel und startet die Maschine mit dem Anlasser.

„Halt dich gut fest, Kleiner.“ Nur zu gerne hält sich Hiroshi an dem muskulösen Fitnesscoach fest. Es ist schön, ihn so nah zu haben, irgendwie vertraut. Die Fahrt ist alles andere als entspannt. Hiroshi klammert sich bei jeder Kurve an Rico fest und drückt ihm je nach Paniklevel den Bauch zusammen. Da er noch nie auf einem Motorrad gefahren ist, empfindet er den Gegenverkehr mehr als bedrohlich und auch die Kurven sind beängstigend. Rico dagegen lächelt zufrieden. Ein paar Minuten später kommen die beiden vor einem Restaurant an, in dem Hiroshi bislang noch nie war. Das Absteigen von der Maschine ist weniger problematisch als das Aufsteigen und so betreten die Männer wenige Minuten nach ihrer Ankunft das Restaurant. Hiroshi staunt nicht schlecht, als er sich von der einen auf die andere Sekunde in einer vollkommen anderen Welt befindet. Hollywood und Filme, so weit das Auge reicht. Das Licht ist schummerig und der großzügig bemessene Gastraum erinnert mit den schweren, dunkelroten Vorhängen an einen alten Kinosaal. An den Wänden hängen übergroße Filmplakate längst vergangener Filmklassiker, die Speisenkarten sind alte Filmrollen und die Tischsets Kinoprogramme.

„Das sieht ja toll aus hier", begeistert sich Hiroshi, als sie sich in ihre Nische gesetzt haben. Ja selbst die Sitzgelegenheiten sind alte Kinostühle. Sehr geschmackvoll und absolut passend.

„Nicht wahr? Ich war noch nie hier, wollte aber schon lang mal hier essen und da dachte ich, dass unser Date eine perfekte Gelegenheit dafür ist." Hiroshi nickt zustimmend und lässt seinen Blick anerkennend durch das Restaurant schweifen. In jeder Ecke gibt es etwas zu entdecken.

„Habt ihr schon gewählt?", will eine männliche Servierdüse mit dem Charme einer Zitrone von den Männern wissen.

„Wir brauchen noch einen Moment", antwortet Hiroshi, der noch keine Gelegenheit hatte, die Speisekarte anzusehen.

„Soll mir recht sein. Dann vielleicht die Getränke?" Rico und Hiroshi geben ihre Getränkebestellung auf und sehen dem Kellner dabei zu, wie er gelangweilt zur Theke schlurft, um die Bestellung an den Barmann weiterzugeben.

„Der ist ja sehr motiviert", witzeln sie beinahe gleichzeitig. Sie sehen sich in die Augen und beginnen zu kichern. „Wenn ich meine Bewohner so betreuen würde, wäre ich nicht mehr lange dort."

„Wem sagst du das. Meine Kunden sind einen anderen Service gewohnt." Ein peinliches Schweigen breitet sich zwischen den beiden aus. Hiroshis Gedanken laufen auf Hochtouren. Er erinnert sich viel zu deutlich an ihr sinnliches Zusammentreffen.

Seine Wangen erröten.

Rico lacht sein dunkles, sinnlich tiefes Lachen. „Warum weiß ich genau, woran du denkst?", feixt er.

„Bin ich so durchschaubar?"

„Sieht so aus." Sie grinsen sich eine Weile dümmlich an, bevor sie auf Ricos Fitnessstudio zu sprechen kommen. Hiroshi findet es faszinierend, Rico beim Erzählen zuzuhören. Er ist Feuer und Flamme für Sport – wenn man so aussieht, auch verständlich – und liebt die Zusammenarbeit mit den Kunden.

„Soll ich auch mal zu einem, einem, wie hast du das genannt?"

„Spinning?"

„Genau. Ich könnte doch auch mal zum Spinning kommen?"

„Kannst du gerne. Ich weiß allerdings nicht, ob unsere Bikes das überleben." Hiroshi reißt die Augen weit auf und starrt Rico entrüstet an. „Ist doch nur ein Scherz. Klar, komm doch mal zum Training. Die Anfängergruppe ist immer dienstags um achtzehn Uhr."

„Werde ich vielleicht sogar machen."

„Du machst deinen Job aber auch gern, oder? So wie ich dich mit meiner Omi erlebt habe." *Es ist ihm aufgefallen. Juhui. Vielleicht ist er doch nicht so oberflächlich wie anfangs gedacht.* „Obwohl, mit meiner Großmutter ist es sicher auch nicht einfach."

„Wem sagst du das? Ist dir bewusst, dass sie uns verkuppelt hat?"

„Nicht dein Ernst!"

„Doch, das hat sie heute zugegeben und dann hat sie es im ganzen Altenheim herumerzählt." Rico schüttelt den Kopf.

„Ich dachte mir noch, dass sie das eingefädelt haben muss. Wir waren ja verabredet für diesen Nachmittag und da ist sie einfach nirgends zu finden, sondern sitzt mit dir im Garten."

„Sie ist ein durchtriebenes altes Weib." Die Männer lachen herzhaft. Keiner der beiden scheint es Traudl wirklich übel zu nehmen. Warum auch? Der Kellner bringt ihre Getränke und nimmt die Essensbestellung auf. Hiroshi wählt Spaghetti alla carbonara, während Rico eine Hähnchenbrust auf Reis bestellt. Die Gerichte haben so klangvolle Namen wie Casablanca, Dinner for two, Der Pate oder Titanic. Die Geräuschkulisse im Restaurant nimmt zu. Doch die Nische, in der Rico und Hiroshi sitzen, sorgt für die dringend benötigte Privatsphäre. Sie unterhalten sich über Hobbys, ihre Berufe, Urlaub und diverse andere Themen, die sich während des Gesprächs ergeben. Es wird beiden nie langweilig. Sie sehen sich tief in die Augen, hängen an jedem Wort, das der andere äußert. Das Abendessen wird zur Nebensache.

„Sie strickt mir allen Ernstes eine iPad-Schutzhülle?“, will Rico kräftig lachend wissen. Hiroshi nickt.

„Ja, leider. Tut mir total leid für dich. Sie verwendet verschiedene Farben, sieht todschick aus. Rot, Orange, Violett.“

„Oh Mann. Sie macht mir doch nicht wirklich eine Regenbogenschutzhülle?“

„Immer schützen beim Datenverkehr“, platzt Hiroshi heraus. Rico sieht ihn einen Moment lang an, bevor er losprustet. Sie lachen gemeinsam und essen nebenbei ihre Mahlzeiten.

„Magst du noch ein Dessert?“ Hiroshi hält sich den Bauch und schüttelt wild den Kopf.

„Nein, sonst platze ich noch.“

„Och, du verträgst das, Kleiner“, scherzt Rico und deutet auf Hiroshis flachen Bauch.

„Willst du sagen, dass ich mager bin?“ *Oh, das ist jetzt ein bisschen zu forsch rübergekommen.*

„Nein, natürlich nicht“, verteidigt sich Rico und hebt beschwichtigend die Hände. „Heikles Thema?“

„Irgendwie schon, ja. Ich kann nicht zunehmen, egal was ich versuche. Ich bin immer viel zu dünn“, offenbart Hiroshi ein Geheimnis, das er noch nicht vielen Leuten anvertraut hat.

„Du bist perfekt, so wie du bist“, antwortet Rico nach einer kurzen Pause. Hiroshi schaut auf und klimpert erstaunt mit seinen schwarzen Wimpern.

„Danke für das Kompliment. Auch wenn ich weiß, dass du das nicht ernst meinst.“ Hiroshi starrt auf den Tisch. *Er hat mir ein Kompliment gemacht, warum fühle ich mich dann jetzt schon wieder, als ob ich gleich losflennen müsste?*

„Siehst du mich bitte an?“ Ricos Stimme ist fest und lässt keine andere Reaktion zu, als den Blick zu heben. „Du siehst super aus, Hiroshi.“

„Ich bin doch gar nicht dein Typ“, platzt der Altenpfleger heraus. Rico verstummt und sieht ihn durchdringend an.

„Du hast nicht unrecht. Eigentlich stehe ich auf Muskeln, aber bei dir, da ist alles anders. Du bist mein Typ. Du, Hiroshi. Dich finde ich toll."

„Wollt ihr noch Nachtisch?", platzt der Kellner genau in diesem Schlüsselmoment ins Gespräch – er scheint wirklich ein Händchen für die falschen Momente zu haben. *Hau doch einfach ab, du doofer Kerl. Gerade als es spannend wird. Grrr.*

„Nein danke. Nur die Rechnung bitte", entgegnet Rico ohne Hiroshi auch nur einen Augenblick aus den Augen zu lassen. „Oder magst du noch was trinken?" Der Altenpfleger schüttelt hastig den Kopf. Der Kellner schlurft wieder davon.

„Du findest mich also toll?", wiederholt Hiroshi und grinst dabei derart niedlich, dass auch Rico lächeln muss.

„Natürlich. Ich finde dich sexy und süß und lustig."

„Du gefällst mir auch", braust Hiroshi auf. Rico lächelt und nickt zufrieden.

„Sag mal, was machst du morgen?"

„Äh, nichts, ich habe frei."

„Ich auch. Wollen wir einen Ausflug machen?"

„Einen Ausflug?", wiederholt Hiroshi und kommt sich in der gleichen Sekunde wie ein Vollidiot vor.

„Ja, vielleicht auf die Sommerrodelbahn?"

„Was auch immer das ist, es hört sich spannend an."

„Du kennst Sommerrodeln nicht?", hakt Rico nach. Hiroshi schüttelt den Kopf. „Man sitzt auf einer Art Wagen und rast ins Tal. Mit einem Bremsknüppel kannst du das Tempo natürlich selbst steuern."

„Ach so, äh, nein, ich denke nicht, dass das etwas für mich ist. Das ist viel zu unsicher. In so einer Rinne ins Tal zu donnern. Nö, nicht mit mir."

„Nein, bei der Coasterbahn fährt der Wagen auf Schienen, wie bei einer Achterbahn. Macht total viel Spaß und ist gar nicht gefährlich. Ach komm, das wäre doch ein toller Ausflug. Du und ich."

„Ist das weit?"

„Halbe Stunde mit dem Motorrad."

„Eine halbe Stunde?“, erkundigt sich Hiroshi. Wenn er an seinen brennenden Hintern denkt und die lange Motorradfahrt, dann verdirbt ihm das sämtliche Vorfreude.

„Hier eure Rechnung“, platzt der Kellner erneut in ihr Gespräch. Zu allem Überfluss bleibt er neben dem Tisch stehen und stiert ins Leere. Rico reicht ihm seine Kreditkarte, ohne ihn anzusehen.

„Das ist nicht weit, Hiroshi.“

„Auf einem Motorrad? Hinter dich gequetscht?“ Rico antwortet darauf mit einem Lachen.

„Ach komm, es hat dir gefallen. Also, kommst du mit?“

„Bitte noch die PIN eingeben.“ Rico verdreht die Augen, reißt dem Kellner das Kartengerät beinahe aus der Hand, tippt hastig seinen Pin ein und gibt es ihm zurück. „Wollen Sie eine ...“

„Nein danke. Schönen Abend“, fällt ihm Rico ins Wort. Wütend murmelnd zieht der Kellner davon. „Also?“

„Mein Hintern ist etwas sensibel, wenn du verstehst, was ich meine. Aber okay. Ich komme gern mit. Aber lach mich bitte nicht aus, wenn ich wie eine Schnecke ins Tal rausche.“

„Nein, natürlich nicht.“ Rico erhebt sich und auch Hiroshi steht auf. „Dann hole ich dich morgen um neun Uhr ab. Wie ist deine Adresse?“ Hiroshi sagt sie ihm, er speichert sie in sein Handy und nickt. Gemeinsam verlassen die Männer das Filmfetischisten-Restaurant. „Komm, ich bringe dich noch nach Hause.“

„Wirklich?“

„Natürlich, spring rauf.“ *Als ob das so einfach wäre.* Ein paar Minuten später schert das Duo in den Verkehr ein und düst in Richtung Hauptstraße fünfzehn. Es ist bereits dunkel, als sie vor Hiroshis Wohnblock ankommen. Hiroshi steigt stöhnend ab und reicht Rico den Ersatzhelm.

„Es war schön heute Abend mit dir“, flüstert er. Rico ist ebenfalls abgestiegen. Die Helme liegen auf dem Sattel. Der Fitnesshüne lehnt lässig an sein Motorrad. Er umfasst Hiroshis Handgelenke und zieht ihn näher. Sie lehnen dicht aneinander, als Rico ihn zum Abschied küsst. Der Kuss ist sinnlicher und romantischer, weniger fordernd als der, am Abend zuvor. Mehr ein Gutenachtkuss, als die Zungenakrobatik, die sie während des Sex geteilt haben. ‚Komm doch noch mit hoch‘, diese Worte würde

Hiroshi so gern sagen. Aber mit einem derart neugierigen Mitbewohner wie Jakob ist das nicht so einfach. Außerdem müsste er dann den Ausflug morgen auf jeden Fall absagen, also hält er sich zurück. Als ob Rico die Schwingungen wahrnähme, lächelt er zufrieden.

„Mir hat es auch gefallen. Im Hinblick auf deinen Hintern komme ich nicht mit hoch, einverstanden?“ Hiroshi nickt beschämt. „Es gibt tolle Cremes, die du ...“

„Ich bin Altenpfleger, Rico, ich kenne sie alle!“

„Na dann. Bis morgen, ja?“ Sie lösen sich aus ihrer Umarmung. Hiroshi winkt Rico zum Abschied noch einmal zu und verschwindet dann im Hauseingang. Er steht stocksteif hinter der geschlossenen Tür und wartet, bis er das knatternde Motorengeräusch von Ricos Maschine hört. Sein Herz pocht wild. Er ist glücklich, zufrieden und gespannt wie ein Flitzebogen auf den folgenden Tag.

Kapitel sechs

Pünktlich um neun Uhr am nächsten Morgen steht Hiroshi vor dem Wohnhaus und wartet auf die Ankunft von Rico, dem strahlenden Prinzen auf dem weißen Pferd. Gut, der Prinz ist ein Fitnesscoach und sein Pferd ein Motorrad.

Egal. Prinz ist Prinz.

Hiroshi hat gelernt. Heute trägt er lockere Hosen, die ihn hoffentlich vor weiteren Peinlichkeiten bewahren. In einem kleinen Rucksack hat er zudem einen Pullover verstaut, den er zur Not anziehen kann. Es ist ziemlich kalt an diesem Morgen. Frühling halt. Gerade als Hiroshi den Pullover aus dem Rucksack kramen will, um diesen unter seiner Jacke anzuziehen, schießt Ricos Maschine um die Hausecke. Er sieht wie ein wahr gewordener Traum aus. Diese Lederjacke, die Jeans, die Turnschuhe. „Guten Morgen, mein Prinz“, säuselt Hiroshi zufrieden seufzend, als Rico absteigt und seinen Helm auf den Sattel legt.

„Wie?“ *Fuck nein. Ach, ich bin so ein ...*

„Guten Morgen, habe ich gesagt.“ Sein feuerrotes Gesicht spricht Bände. Rico küsst Hiroshi flüchtig auf den Mund, scheint plötzlich Hemmungen zu haben – vielleicht, weil ihn jemand aus dem mehrstöckigen Wohnhaus dabei beobachten könnte?

„Bevor du dir deinen Pullover anziehst, nimm doch diese hier.“ Rico hat ebenfalls einen Rucksack umgeschnallt und zieht nun eine Lederjacke daraus hervor.

„Für mich?“ Hiroshi ist überwältigt.

„Natürlich, es kann kalt werden auf einem Motorrad. Es ist eine meiner alten Jacken. Dürfte dir zu groß sein, aber für heute tut sie's, oder?“

„Auf jeden Fall.“ Hiroshi schlüpft in die Jacke, die nach Rico duftet. Ein wundervoll herber, männlicher Geschmack, in dem sich Hiroshi suhlen könnte.

„Passt fast perfekt“, entgegnet Rico grinsend. „Gut, dann wollen wir mal.“ Rico stopft Hiroshis Rucksack in seinen und reicht ihn ihm zurück. „Wie geht es deinem Hintern?“

„Besser“, murmelt Hiroshi. Rico nickt zufrieden, bevor sie beide aufsteigen. Hiroshi schmiegt sich an Ricos Rücken, umfasst ihn mit seinen Armen. Es fühlt sich wunderschön an. Ein Gefühl purer Zufriedenheit.

„Bereit?“, will Rico wissen. Hiroshi nickt. Doch als der Fitnesscoach Gas gibt, fliegt er fast von der Maschine. Klammernd hält er sich fest. Die Fahrt führt die Männer aus der Stadt hinaus und durch ein enges, üppig bewachsenes Tal. Die Straßen schlängeln sich richtiggehend durch die Landschaft. Hellgrüne Blätter zieren die Bäume und die Wiesen blühen. „Rico?“ Der Fahrtwind verhindert, dass man sich wirklich unterhalten kann. Beide müssen beinahe schreien. Rico hält die Maschine am Straßenrand an und öffnet das Visier seines Helms.

„Was ist, Hiroshi?“

„Ich müsste dringend mal pullern“, druckst Hiroshi herum.

„Feel free.“

„Doch nicht hier“, beschwert sich Hiroshi.

„Hier gibt’s genügend Bäume an die du pissen kannst, Kleiner.“ Hiroshi sieht in den Wald und schüttelt dann den Kopf.

„Ich muss doch nicht“, krebst er zurück.

„Hiro.“

„Hm?“

„Was ist los?“ Ricos Stimme ist zuckersüß.

„Ich ... ich kann nicht hier draußen. Ich brauche ein Klo.“

„Okay?“ Er formuliert es als Frage. „Wir sind in zehn Minuten am Ziel. Hältst du es noch so lange aus?“

„Ich glaube nicht.“

„Dann bleibt dir nichts anderes übrig, als an einen Baum zu pinkeln.“

„Dann versuchen wir halt mal, bis dorthin zu fahren.“

„Was ist das Problem mit dem Baum, Hiro?“

„Seit wann nennst du mich Hiro?“

„Das passt doch zu dir. Magst du es nicht?“

„Doch, natürlich, ist nur ungewohnt.“

„Also, was ist?“

„Ich weiß nicht, es geht einfach nicht. Mich ekelt es hier draußen an. Außerdem habe ich Angst, dass ich mich anpinkle." Rico schüttelt kurz den Kopf und seufzt tief.

„Ich suche dir ein Klo. Halt dich fest." Damit schert Rico wieder in den Verkehr ein. Im nächsten Dorf hält er vor einer Wirtschaft an. „So, bitte. Ich warte hier." Hiroshi steigt vom Motorrad und will Rico küssen.

Ihre Helme krachen zusammen.

„Oh", kommentiert Hiroshi und beginnt schallend zu lachen. Rico stimmt ein. Als der Kleine den Helm abgezogen hat, rauscht er ins Restaurant. Ein paar Minuten später kommt er sichtlich erleichtert zurück. Rasch den Helm aufgesetzt und weiter geht's. Wie versprochen erreichen die Männer ein paar Kilometer entfernt den Urlaubs- und Kurort, in dessen hügliger Landschaft sich die Coasterbahn schmiegt. Rico hält vor der Talstation des Sessellifts an und stellt den Motor aus.

„Da sind wir", kommentiert Rico das Offensichtliche und macht eine ausladende Geste mit seinen Händen.

„Es ist genial hier. Die Luft ist viel frischer als in der Stadt und guck dir den Himmel an."

„Wie lange hast du die Stadt nicht mehr verlassen?"

„Da ich weder Auto noch Motorrad habe, sind solche Ausflüge eher selten." Rico befestigt die Helme mit einer schweren Kette am Motorrad und nimmt Hiroshi den Rucksack ab. „Hier oben ist es viel kühler als im Tal."

„Willst du deinen Pullover?"

„Nein, alles in Ordnung. Wie funktioniert das jetzt?"

„Man fährt mit dem Sessellift hoch und rauscht mit dem Coaster ins Tal. Guck, dort hinten ist das Ende der Bahn." Hiroshi folgt dem ausgestreckten Finger.

„Sieht verdammt steil aus."

„Du kannst ja bremsen. Komm, wir kaufen die Tickets und fahren die erste Runde." Hiroshi folgt Rico zur Kasse. „Zweimal ..."

„Zweimal Coaster, ich zahle", unterbricht ihn Hiroshi und schiebt seine Kreditkarte durch den Schlitz. Er bemerkt Ricos verdatterten Gesichtsausdruck und grinst ihn an. „Du hast gestern schon das Abendessen bezahlt. Vielen Dank übrigens noch."

„War mir eine Freude.“ Mit den Tickets in der Hand begeben sich die Männer zum Einlass des Sessellifts. „Ich lade dich gern ein.“

„Das ist lieb von dir. Da ich mein eigenes Geld verdiene, erwidere ich den Gefallen gern. Ich will nicht ausgehalten werden oder so.“

„Ausgehalten? Meine Güte, darf man dir keine Freude machen?“

„Was ist so schlimm daran, wenn ich bezahle?“

„Nichts, eigentlich. Komm, lass uns hochfahren.“ Hiroshi stimmt zu und lässt das Thema ruhen – vorerst. Die Sessel sehen so aus, als ob sie beim nächsten Windstoß auseinanderfielen, was Hiroshi nicht unbedingt zuversichtlich stimmt. Vor ihnen wartet eine sechsköpfige Gruppe. „Die senilen Bergsteiger“, flüstert Rico Hiroshi zu. Dieser kichert, was ihm einen bösen Blick von einer grauhaarigen Frau einbringt. Er beißt sich auf die Lippe und verstummt. Von der anderen Seite der Talstation drängen drei Mountainbike-Fahrer zu den Sesseln. Ihre Bikes sind derart verschmutzt, dass man unter der ganzen Erde kaum noch die Marke entziffern kann, genauso wie ihre Klamotten und die Gelenkschoner. Nach einer kurzen Auseinandersetzung lassen die Seniorenwanderer den Downhill-Fahrern den Vortritt. Der Liftwart befestigt die Fahrräder an den Sesseln, die dafür eine extra Halterung aufweisen. Rico und Hiroshi beobachten das Spektakel und warten, bis auch die Wandergruppe erfolgreich verladen ist, bevor sie auf die rote Markierung am Boden treten und ausharren, bis sie mitgenommen werden. Scheppernd schießt der nächste Sessel um die Umlenkscheibe und rast auf die Männer zu. Als die abgewetzte, harte Kante der Sitzfläche mit Hiroshis Kniekehle kollidiert, wird der zierliche, junge Mann regelrecht in den Sitz gedrückt.

„Aua!“ Ächzend richtet sich Hiroshi auf und beobachtet Rico, wie dieser problemlos elegant in den Sessel gleitet.

„Alles in Ordnung bei dir, Kleiner? Achtung, ich schließe den Sicherheitsbügel.“

„Wunderbar“, murmelt Hiroshi, der sich erst ein wenig entspannen kann, als der Bügel unten ist und seine Sicherheitsfunktion wahrnimmt. Holpernd und schwankend werden die Männer auf den Berg gezogen.

„Aus welchem Land stammen deine Eltern?“, eröffnet Rico das Gespräch.

„Meine Mutter kommt ursprünglich aus Japan. Meinen Vater habe ich nie kennengelernt. Meine Mutter spricht nicht gern über ihn. Und deine Familie?“

„Meine Eltern sind früh gestorben. Omi hat mich aufgenommen und auf mich aufgepasst.“

„Das tut mir leid, erklärt aber eure enge Verbindung.“

„Genau.“ Hiroshi kuschelt sich dicht an Rico und legt ihm seinen Kopf auf die Schulter. Dieser legt seinen Arm um ihn und zieht Hiroshis schmächtigen Körper näher. „Ist dir kalt?“

„Jetzt nicht mehr“, antwortet Hiroshi verträumt. Sie sehen sich tief in die Augen. Rico lehnt sich näher, bis sich ihre Lippen treffen. Küssend vergessen die Männer die Zeit. Obwohl der Wind um den Sessel pfeift, ist Hiroshi nicht kalt. Er fühlt sich geborgen und zufrieden. Immer wenn der Sessel über die Seilführungsrollen rattert, schreckt er hoch, entspannt sich jedoch sofort wieder in Ricos Armen. Seine Hand gleitet tiefer, bis sie auf Ricos Schoß zu liegen kommt. Er ist hart, genauso hart wie Hiroshi. Er beginnt den Fitnesscoach durch die Hosen hindurch zu streicheln, fühlt den dicken, geäderten Schwanz unter dem Stoff. Rico bewegt sich unter ihm und beginnt sich die Hose zu öffnen. „Doch nicht hier!“, empört sich Hiroshi und sieht sich verstohlen um.

„Na hör mal, wenn du mich so spitz machst. Außerdem sieht das niemand. Die Sessel hinter uns sind frei und die Wanderer sind schon lange über alle Berge.“ Hiroshi verdreht die Augen und deutet auf Ricos Schoß. Dieser nickt lächelnd, öffnet den Hosenschlitz, greift in die Öffnung und zieht seinen halb harten Schwanz hervor. Hiroshi fackelt nicht lange, sondern schiebt seine Lippen über die empfindsame Eichel. Rico lehnt sich im Sessel ein wenig zurück, um Hiroshi besseren Zugang zu ermöglichen. Dieser lässt das Glied tiefer gleiten. Als er Ricos gestutzte Schambehaarung an seinem Kinn fühlt, hält Hiroshi inne, versucht sich an die Dehnung in seinem Rachen zu gewöhnen. Rico beginnt sich langsam zu bewegen. Rein, raus. Tiefer und härter. Hiroshi befreit dessen Hoden aus der Unterhose und beginnt sie liebevoll zu kneten und zu massieren. Ricos Hände krallen sich in Hiroshis Haare, drücken ihn tiefer. Es dauert nicht lang, bis Rico von einem gewaltigen Orgasmus geschüttelt wird und sich in Hiroshis Kehle entleert. Dieser schluckt alles, kann gar nicht genug von Ricos salziger Essenz bekommen. „Ah, wow, du bist einmalig, Hiroshi“, keucht Rico, als sich Hiroshi erhebt und sich mit der Hand über die Lippen fährt. „Du hast da was“, raunt Rico und leckt den Samen von Hiroshis Wange, während er sein Gemächt in der Hose verstaut. Langsam und zärtlich reizt er mit seiner Zunge Hiroshis Haut. Die Hand an Hiroshis Nacken, vereinen sich ihre Lippen zu einem sinnlich feuchten Kuss. „Ich rieche gut an dir“, murmelt Rico, was Hiroshi ein entzücktes Keuchen entlockt. „So, und jetzt bist du dran, mein Kleiner.“ Ricos Hände wandern in Hiroshis Schritt. Diesem entweicht ein heiseres, verlangendes Stöhnen.

„Hey!“, brüllt jemand. Sie schrecken auseinander. Die Bergstation. Ungebremst rasen die Männer auf den Ausstieg zu. Rico drückt Hiroshi den Rucksack in die Hände und versucht hektisch den Bügel zu öffnen. „Nimm deine Füße vom Bügel.“

„Was?“

„Deine Füße! Los, schnell.“ Keuchend zieht Hiroshi seine Füße zurück und verliert dabei den Halt am Rucksack. Ein spitzer Schrei entweicht ihm. Verzweifelt greift er nach dem in die Tiefe stürzenden Gepäckstück. In letzter Sekunde, kann er ihn noch auffangen, fällt dabei selbst fast aus dem Sessellift und muss von Rico gehalten werden. Schwungvoll fährt der Sessel in die Bergstation ein. Natürlich schaffen sie es nicht, sich rechtzeitig von dem Sicherheitsbügel zu befreien. Der Wart drückt auf den roten Knopf und hält die Bahn damit an. Die Sessel kommen schwingend zum Stehen.

„Verdammt noch mal. Seid ihr von allen guten Geistern verlassen? Solche Aktionen sind gefährlich! Jetzt raus mit euch“, ruft der Liftwart wütend. Hiroshi und Rico steigen aus und sehen sich verlegen um. Die ganze Seniorenwandergruppe sieht sie belustigt an. Beide Männer haben feuerrote Gesichter. „Passt das nächste Mal besser auf.“ Sie nicken und wollen gehen. „Ach und Kleiner?“ Hiroshi dreht sich noch mal zu dem Mann um. „Der Rekord bei Blowjobs ist der vierte Pfosten von der Talstation aus gemessen. Du musst dich also das nächste Mal noch ein wenig mehr ins Zeug legen.“ Der Mann zwinkert ihm zu und die Teilnehmer der Seniorengruppe kichern belustigt. Die Männer verlassen die Bergstation fluchtartig und ohne sich noch einmal umzudrehen. In sicherem Abstand bleiben sie stehen und beginnen schallend zu lachen. „Oh, Mann!"

„Wem sagst du das? Der hat uns beobachtet?"

„Kann ich mir gar nicht vorstellen. Vielleicht der Abschuss?"

„Abschuss, also hallo?" Rico lacht und drückt ihm einen Kuss auf die Wange. „Es ist schön, dich lachen zu hören."

„Das kann ich nur zurückgeben. Komm jetzt. Es dauert fünf Minuten, bis wir die Sommerrodelbahn erreichen. Hier entlang." Die Männer bezwingen den unebenen und steilen Kiesweg hintereinander. Hiroshi ist froh, dass ihm ein hölzerner Handlauf Stabilität gibt. Er sieht immer wieder zu Rico, der wie eine Gämse über die Steinbrocken und Wurzeln hüpft. Bilder beginnen sich in Hiroshis Kopf zu bilden. Bilder von Rico, der nackt über die Felsen klettert. Wie sein Schwanz und die tief hängenden Eier hin und her schaukeln. Er sieht es beinahe vor sich und würde zu gern die arbeitenden Muskeln berühren, seinen Herzschlag spüren und nah bei ihm sein.

Unvermittelt stolpert Hiroshi über einen Steinbrocken.

Er hält sich am hölzernen Handlauf fest, als er zu Boden geht. „Aah!", keucht er, weil sich etwas in seine Hand bohrt. *Ein Nagel?* Sein Festhaltemanöver verhindert, dass er auf dem Boden aufschlägt, dafür reißt es ihm beinahe den Arm aus. Mit zwei Sätzen ist Rico bei ihm und stützt ihn.

„Hast du dir was getan?", will er mitfühlend wissen, als er Hiroshi hilft, sich auf die ein paar Meter entfernte Bank zu setzen.

„Geht schon", gibt Hiroshi zurück, reibt sich den Arm und sieht sich seine Hand an. Er fährt mit einem Finger darüber und quiekt, als der Splitter tiefer ins Fleisch dringt.

„Oh, das sieht nach einem Holzsplitter aus."

„Was du nicht sagst", schnappt Hiroshi giftig.

„Ruhig, Kleiner. Ich will dir doch nur helfen. Warte mal", entgegnet Rico, nimmt den Rucksack ab, stellt ihn auf seine Knie und kramt darin herum. Als er ein Erste-Hilfe-Set zutage fördert, ist Hiroshi restlos begeistert.

„Du bist einfach auf alles vorbereitet", staunt Hiroshi voller Anerkennung. „Hast du das immer dabei?"

„Nein, nur heute. Ich dachte mir schon, dass etwas in der Art geschieht, wenn ich mit dir unterwegs bin.“ Hiroshi sieht ihn mit weit aufgerissenen Augen an. Unvermittelt holt er aus und schlägt Rico auf den Oberarm. Fast gleichzeitig entfährt ihnen ein ‚Aua'. Rico wegen des Schlags und Hiroshi, weil der Splitter durch den Schlag noch tiefer geht. „Warum schlägst du mich?“

„Weil das fies und lieb zu gleichen Teilen ist.“

„Was? Dass ich wegen dir das Erste-Hilfe-Set eingepackt hab?“

„Jepp.“ Rico verdreht die Augen, nimmt Hiroshis Hand und neigt sie so, dass die Sonne ein gutes Licht wirft. „Und jetzt halt still“, murmelt er, vertieft in das Betrachten von Hiroshis Finger. „Da sehe ich ihn.“ Fachmännisch zieht er eine Pinzette aus dem geöffneten Etui und nimmt sich des Splitters an.

„Warte!“, kreischt Hiroshi. „Sei vorsichtig, ja? Das tut verdammt weh.“ Rico kann sich ein Lachen nicht verkneifen.

„Natürlich passe ich auf“, entgegnet Rico und nähert sich mit der Pinzette.

„Au, au, au.“

„Ich habe noch gar nichts gemacht!“

„Trotzdem.“ Rico umfasst die Fingerkuppe stärker, drückt und zieht den Holzsplitter mit einer geschickten Bewegung aus dem Fleisch. „Aua, aua. Tut das verdammt weh.“

„Du bist ein Weichei, weißt du das?“, gluckst Rico, als er Hiroshi den Splitter zeigt.

„Der ist ja total klein.“

„Sag ich doch.“

„Ich hätte mit einem halben Nagel gerechnet.“

„Ich sage ja, du bist ein Weich…“, weiter kommt Rico nicht, bevor ihn Hiroshi küsst. Er verstummt und erwidert den Kuss.

„Danke“, murmelt Hiroshi, als sich ihre Lippen voneinander trennen.

„Gerne.“ Rico verstaut das Erste-Hilfe-Set im Rucksack und steht auf. „Können wir jetzt endlich rodeln gehen?“

„Jaha, meine Güte. Hast du Stress?“

„Na ja, ich würde gerne wenigstens einmal fahren, bevor sie schließen.“ Hiroshi schüttelt belustigt den Kopf und stapft voraus.

„Blöder Hammel“, brummt er kaum hörbar.

„Wie war das?“, erkundigt sich Rico, als er zu ihm aufschließt.

„Och, nichts.“ Rico lacht und kitzelt Hiroshi an den Rippen. Dieser kichert und rennt los.

„Pass bloß auf, dass du nicht wieder umfällst, Kleiner.“

„Komm schon, alter Mann“, neckt ihn Hiroshi und eilt weiter voraus. Mit ein paar großen Schritten hat Rico den zierlichen Freund eingeholt und hüllt ihn in eine Umarmung.

„Alter Mann?“ Hiroshi windet sich kichernd aus Ricos Armen.

„Lass mich.“

„Wer so frech ist, muss bestraft werden“, entgegnet Rico und klatscht seine flache Hand auf Hiroshis Hintern.

„Aua, geht's noch?“ Hiroshi ist sichtlich geschockt, doch er erholt sich schnell. „Stehst du auf Spanking, Rico?“

„Bei dir könnte ich mir das schon vorstellen“, gibt dieser unvermittelt zu. Der bloße Gedanke daran, wie Rico ihm den blanken Hintern versohlt, beschwört in Hiroshi Bilder herauf, die wohlige Schauer über seinen Rücken schicken.

„Na, mal sehen.“ Hiroshi stampft weiter. Rico holt auf und so gehen sie nebeneinander her den Trampelpfad hoch. Ein paar Biegungen später erreichen die Männer die Sommerrodelbahn. Unter einem überdachten Bereich warten die Wagen darauf, benutzt zu werden. Ein Drehkreuz regelt den Besucherandrang, wobei diese Einrichtung im Moment mehr als überflüssig ist. Vor Rico und Hiroshi wartet lediglich eine vierköpfige Familie.

„Guten Tag, wollen Sie auch gleich zuhören, wenn ich die Funktionsweise des Rodels erkläre?“, erkundigt sich der junge Hüttenwart.

„Ja gerne“, ruft Rico, als die Männer durch das Drehkreuz treten und sich anstellen.

„Gut. Es ist ganz einfach: Hebel nach vorne bedeutet Geschwindigkeit. Hebel nach hinten bremst den Wagen ab. Es gibt Hinweisschilder, wo gebremst werden muss, sonst wird es gefährlich. Aber in den Geraden könnt ihr den Wagen auch mal rollen lassen.“ Der junge Mann mit dem Bergbahn-T-Shirt sieht jeden Einzelnen an, um zu sehen, ob die Instruktionen angekommen sind. „Bitte nicht zu nah auffahren. Das ist gefährlich.

Wenn ihr unten ankommt, bitte rasch aussteigen.“ Wieder der Blick zu jedem einzelnen. „Gibt es noch Fragen?“ Die Eltern vor Rico und Hiroshi haben zwei Jungs im Teenageralter dabei. Die beiden schütteln den Kopf und brennen förmlich darauf, endlich losfahren zu dürfen.

„Ist das gefährlich?“, fragt Hiroshi. Ein genervtes Stöhnen entweicht den Teenagern.

„Der Wagen fährt in Schienen, was den Fahrspaß sehr sicher macht. Wenn Sie in den Kurven abbremsen und genügend Abstand halten, kann nichts geschehen.“

„Okay, danke.“

„Wollen Sie als Erste fahren?“, will die Mutter der Teenies wissen. „Bis wir alle gestartet sind, warten Sie viel zu lang. Gehen Sie doch vor.“ Erneutes Stöhnen von der Pickelfraktion.

„Vielen Dank“, entgegnet Hiroshi und drängelt sich an den Testosteronbomben und den Eltern vorbei. „Darf ich als Erster?“, erkundigt er sich bei Rico, der nickt und den zweiten Wagen hinter Hiroshi besteigt.

„Wenn die Ampel dort vorne auf Grün springt, fahren Sie los. Okay?“ Hiroshi nickt. „Viel Spaß.“ Hiroshi ist nervös, aber er freut sich auch auf die Abfahrt. Er testet mehrfach, ob der Bremshebel funktioniert, sucht die bequemste Sitzposition und sieht sich den Verlauf der Schienen an, um vorbereitet zu sein.

Das Licht springt auf Grün und er fährt los.

Ihm entweicht ein gellender Jubelschrei, als der Wagen in der Geraden Fahrt aufnimmt. Es klingt sogar wie auf einer Achterbahn. Dieses Klappern von Metall und Quietschen von Gummi auf den Schienen. *Uh, ist das schnell!* Er bremst ab und jagt durch die erste Kurve. Der Wagen wackelt, als ob es ihn nächstens aus den Schienen höbe und der Fahrer wird richtiggehend durchgeschüttelt. Gemäßigter setzt er die Fahrt fort. Ein Tunnel überdeckt die nächste Biegung. Als er aus der Dunkelheit wieder ins Helle tuckert, flucht jemand hinter ihm. „Rico? Bist du das?“

„Verdammt, Hiro, warum schleichst du denn so? Ich wäre fast auf dich draufgeknallt!“

„Ich schleiche nicht!“, schreit Hiroshi gegen den Fahrtwind an.

„Komm, gib Gas.“

„Schneller geht nicht." In der nächsten Kurve hat Hiroshi die Gelegenheit, einen Blick auf Rico zu werfen. Er sieht irgendwie lustig auf dem doch sehr kleinen Wagen aus. Doch sein Gesichtsausdruck lässt nichts Gutes erahnen. Widerwillig drückt Hiroshi den Bremsknüppel nach vorn und nimmt Fahrt auf. Schneller und schneller.

„Mensch, Hiro, bitte. Mach mal, so macht das keinen Spaß."

„Ich habe doch schon beschleunigt", verteidigt dieser sich.

„Von Zeitlupe zu Schneckentempo?"

„Haha." Quietschende Bremsen hinter ihnen.

„Mann, was ist da vorne los?" Einer der Pickelträger hat aufgeschlossen und scheint nicht zufrieden zu sein. „Fahrt mal endlich. Das ist ja voll beschissen."

„Sag das dem da vorne", hört Hiroshi Rico sagen. Der Altenpfleger lässt den Wagen noch schneller fahren. Der Wind zerzaust ihm die Frisur. Die Geschwindigkeit löst in ihm einen Rausch aus. Es ist aufregend und geil.

„Hallo? Ist das ein Schneckenrennen?", ertönt eine dritte Stimme. Hiroshi blickt nach hinten und entdeckt, dass ihm drei Wagen folgen. Im ersten sitzt Rico, der ziemlich sauer aussieht, dann die erste Pickelfresse, ebenfalls wütend, während dessen Bruder zu glühen scheint. In dieser Komposition schiebt sich die Kolonne langsam den Berg hinab. Hiroshi ist das mehr als unangenehm und dennoch muss er auf sein Gefühl hören. Als das Schild für den Ausstieg vor Hiroshi auftaucht, atmet er erleichtert durch. Er fährt den Wagen in die entsprechend markierte Zone und steigt ab. Er reckt und streckt sich.

Seine Knochen knacken.

„Das war ja voll cool", frohlockt er, als sich Rico aus dem Wagen schält. Der Gesichtsausdruck seines Begleiters verrät ihm jedoch, dass er besser schweigt.

„Das war nicht voll cool, das war beschissen. Warum fährst du denn so langsam?"

„Sonst hätte ich Angst gehabt." Rico schüttelt den Kopf, bevor er zu lachen beginnt.

„Oh Mann, mit dir braucht man echt Nerven aus Drahtseilen."

„Du fährst das nächste Mal einfach allein, dann hast du dieses Problem nicht mehr“, zischt Hiroshi, verschränkt die Arme und stapft davon. Rico folgt ihm.

„Warte doch mal, so war es doch nicht gemeint.“

„Wenn ich so ein dämlicher Trottel bin, dann müssen wir uns auch nicht mehr treffen.“

„So habe ich das nicht gemeint, Hiro“, äußert sich Rico. „Komm, sieh mich an.“ Nur langsam und zögerlich sieht ihn Hiroshi an. Rico lächelt warm. „Ich bin gern mit dir unterwegs und es tut mir leid, dass ich das gesagt hab. Wir fahren jetzt noch mal hoch und dann gehe ich vor. Okay?“ Hiroshi reagiert nicht, sondern schmollt. Rico umfasst Hiroshis Kinn und zwingt ihn mit sanftem Druck, ihn anzusehen. „Okay?“

„Ja.“

„Hört auf zu knutschen, das ist ja voll schwul“, dringt die Stimme der einen Pickelkröte an ihre Ohren. Ricos ignoriert es und küsst Hiroshi auf den Mund.

„Die Schwulis knutschen, guck, Martin.“

„Jens, so was sagt man nicht. Lasst die Männer in Ruhe“, mischt sich nun die Mutter der Jungs ein.

„Bitte entschuldigen Sie meine Jungs.“

„Kein Ding“, antwortet Rico, legt seinen Arm um Hiroshi und führt ihn zum Sessellift zurück.

„Beim zweiten Mal wollen wir aber vor!“, verlangt Martin und drängt an den beiden vorbei. Jetzt muss auch Hiroshi lachen.

„Dürft ihr. Ich fahre ganz am Schluss.“

„Nein, ich.“ Wieder die Mutter der Teenies. „Ich war noch langsamer als Sie.“ Hiroshi lacht und nickt dann.

„Gut, dann bilden Sie den Schluss und alle sind zufrieden.“

„Außer, wenn hinter euch noch mal jemand kommt, der nicht vor lauter Langeweile einschlafen will“, gibt Jens zu bedenken. Hiroshi und Rico beginnen zu lachen und auch der Vater der Teenager stimmt ein. Lachend und witzelnd bewegt sich die Truppe langsam Richtung Sessellift.

Kapitel sieben

Die zweite Abfahrt verläuft, zumindest für Hiroshi, wesentlich harmonischer. Zwar brechen sich die pickeligen Jungs und Rico bei einer haarsträubend rasanten Verfolgungsjagd beinahe die Hälse, aber so sind Jungs nun mal, egal welches Alter. Hiroshi indes genießt die Aussicht ins Tal, den frischen Fahrtwind und die Sonne, die ihn anstrahlt. Als er unten ankommt, wird er schon erwartet. Rico geht neben den Schienen auf und ab. „Wo warst du denn so lange?“, will Rico ungeduldig wissen. „Ich wollte schon einen Suchtrupp losschicken.“ Hiroshi lacht und bremst den Wagen ab.

„Ach, du hast mich also vermisst?“, schnurrt Hiroshi, während er aus dem Rodel klettert. Rico läuft doch tatsächlich ein wenig rot an, was Hiroshi ein Lächeln aufs Gesicht zaubert. Hiroshi streicht sich über den Hintern. *Bäh, total feucht. Igitt. Verdammte Sonne.* „Gehen wir was essen? Ich habe einen Riesenhunger.“

„Ich dachte schon, du würdest nie fragen“, kontert Rico, nimmt seine Hand und zieht ihn vom Sessellift weg zu einer rustikal wirkenden Gaststätte, die gleich neben den Sportanlagen liegt. „Hat es dir denn gefallen?“, erkundigt er sich.

„Die zweite Fahrt wesentlich besser als die erste“, gibt Hiroshi unumwunden zu.

„Mir auch.“ Sie grinsen vielsagend und betreten das Restaurant. Eine heimelige Stube mit holzvertäfelten Wänden und Massivholztischen erwartet sie. Trotz der traditionellen, aber geschmackvollen Einrichtung, wirkt das Lokal verlassen. „Die sind sicher alle auf der Terrasse.“

„Na, dann nichts wie raus.“ Durch den Gastraum kommen sie in den Außenbereich des Restaurants. An massiven Holztischen, auf Plastikstühlen, sitzen die Gäste des Lokals, trinken und schlagen sich die Bäuche voll. Eine dralle Servierdüse im Dirndl begrüßt sie freundlich und weist ihnen einen Tisch zu.

„Warum trägt die gute Frau ein Dirndl? Wir sind hier doch gar nicht in Bayern.“ Hiroshi ist mehr als verwirrt.

„Na, vielleicht, weil die Gaststätte *Bayrischer Hof* heißt?“, wirft Rico grinsend ein. *Ach, Hiro, warum überlegst du nie, bevor du drauflosquasselst?*

„Das erklärt es natürlich.“ Hiroshis Wangen verfärben sich rot. Rico mustert ihn interessiert, doch die Falte zwischen seinen Augenbrauen verrät, dass ihn etwas beschäftigt. Gerade, als er sich danach erkundigen will, rückt Rico mit der Sprache heraus.

„Hiro, es sieht fast so aus, als ob du um die Nase ziemlich Farbe angenommen hättest. Hast du einen Sonnenschutz dabei, den du auftragen könntest?“, will Rico wissen und deutet lächelnd auf Hiroshis Gesicht.

„Was? Oh nein. Verdammt. Ich will doch nicht braun werden! Dabei habe ich mich extra eingeschmiert, bevor wir heute Morgen los sind.“ Hiroshi wirkt aufgekratzt, betastet wild sein Gesicht und versucht sich mit den Händen verzweifelt vor der direkten Sonneneinstrahlung zu schützen. Er duckt sich und versucht den Schatten eines Sonnenschirms einzufangen.

„Warum willst du nicht braun werden?“, erkundigt sich Rico und beobachtet leicht belustigt Hiroshis vollkommen überzogene Reaktion auf ein bisschen Sonne.

„Weil es unter Asiaten verpönt ist. Braun gebrannt ist nur, wer arm ist und damit viel draußen arbeiten muss“, erklärt ihm Hiroshi mit einer verzweifelt hohen Stimme.

„Aus welchem, mir gänzlich unbekannten Jahrhundert stammt diese Ansicht denn? Ich finde es sexy, wenn einer braun ist. Ich vertrage die Sonne zum Glück sehr gut und werde rasch braun.“

„Wie schön für dich“, murmelt Hiroshi, während er seinen Blick über Ricos leicht gebräuntes Gesicht gleiten lässt. „Wir Asiaten sind da halt anders.“ Er seufzt, doch dann scheint er das Gesagte zu realisieren. Er schüttelt aufgeschreckt den Kopf. „Du sagst also, dass du mich hässlich findest, weil ich nicht braun gebrannt bin?“ *Er findet mich abstoßend. Mist, ich wusste es. Aber braun will ich auch nicht werden. Ich könnte heulen oder ausflippen oder alles zusammen und das gleichzeitig.*

„Nein, natürlich nicht.“ Rico richtet sich in seinem Stuhl auf, streckt den Rücken durch und nimmt Haltung an. Nach einem kurzen Räuspern fährt er fort: „Zu dir passt dieser Schneewittchen-Teint total gut.“ Er schluckt trocken. „Du hast ja im Gegenzug auch gesagt, dass ich als braun gebrannter Kerl ein armer Schlucker bin.“ Ein unangenehmes Schweigen breitet sich zwischen ihnen aus. *Hm ... ganz unrecht hat er nicht. Dabei liebe ich seine braune, haarlose Haut, die so gut riecht und schmeckt und ach, ich weiß nicht.*

„Gut, lassen wir das. Ich finde dich unheimlich sexy und deine braune Haut ist ein Leckerbissen.“ Rico lacht sein Lachen, das für Hiroshi wie purer Zucker ist, und nickt eifrig. Selbstredend kann sich Hiroshi noch nicht damit abfinden. *Ich muss sehen, wie es aussieht, muss wissen, ob ich mich wieder mit diesen teuren Aufhellungscremes einschmieren muss. Gott, die wollte ich ja noch kaufen, das habe ich total vergessen. Mist, dampfender.* „Ich gehe mal kurz auf die Toilette.“ Er steht unvermittelt auf und rauscht davon. Dabei stößt er beinahe mit der in bayrischer Tracht gekleideten Bedienung zusammen. „Entschuldigung“, murmelt er und verschwindet im Inneren der Gaststätte.

„Was ist ihm über die Leber gelaufen?“, erkundigt sie sich lachend.

„Die Sonne.“

„Ja, hier oben brennt die Sonne ganz schön und Ihr Freund hat ja sehr helle Haut“, erwidert sie verständnisvoll und reicht Rico die Speisekarten. Dieser nickt freundlich legt die Karten auf den Tisch und steht auf – er hat einen Plan.

In der Zwischenzeit hat Hiroshi die Toilettenräume gefunden. Beim hastigen Öffnen der Tür hätte er beinahe einen anderen Gast am Kopf getroffen. Nachdem er sich entschuldigt hat, betritt er den braungefliesten Raum und sieht sich um. *Da ein Spiegel. Endlich.* Er stellt sich davor und starrt sich an. *Verdaaaammt. Nein, ich sehe ja aus, als hätte ich wochenlang Felder bestellt. Gnahr. Verflucht, schau dir das an. Ein Tag an der Sonne und dann das! Ob es in diesem Ort eine Apotheke mit aufhellender Hautcreme gibt?* Kopfschüttelnd verwirft er den Gedanken wieder. *Albern.* Hiroshi seufzt, erleichtert sich am Urinal und tritt den über mehrere Treppen führenden Rückweg an. Als er die Sonnenterrasse ein paar Minuten später schließlich wieder betritt, schüttelt er irritiert den Kopf. Er bleibt stehen und reibt sich die Augen. *Nein, keine Einbildung. Er hat doch tatsächlich ... ist er von allen guten Geistern ... Aber eigentlich ist es unheimlich niedlich. Besser als das, es ist romantisch und vollkommen bescheuert.*

„Was soll das jetzt?“, erkundigt er sich skeptisch bei Rico und deutet auf die Installation, die dieser in seiner Abwesenheit vorbereitet hat.

„Na, ich dachte, dass ich dich vor der Sonne schützen muss.“ Hiroshi schüttelt grinsend den Kopf und deutet auf die sechs Sonnenschirme, die ähnlich einem Schildkrötenpanzer um ihren Tisch drapiert wurden. Ihre leuchtend gelben Stoffe überlappen sich und spenden nichts als Schatten – so viel Schatten, dass selbst ein Vampir keine Angst vor einem qualvollen Tod durch Verbrennen haben müsste. *Gott, er ist so unheimlich liebenswert und das tut er alles nur für mich.* Entgegen den Glückgefühlen, die ihn durchströmen, mimt er den Schockierten.

„Wenn du nicht so ein großer, starker Kerl wärst, würde ich dich jetzt übers Knie legen.“

„Uh, Hiro, ein kleiner Spanker, wer hätte das gedacht?“, gibt Rico grinsend zurück, was Hiroshis Gesicht zum Glühen bringt. Er quetscht sich an den Sonnenschirmen vorbei, setzt sich schweigend zu Rico und schnappt sich eine Karte. *Nur nichts anmerken lassen.*

„Was nimmst du?“, erkundigt er sich so beiläufig und distanziert wie möglich.

„Ich nehme das Schnitzel mit Fritten.“

„Uh, sehr gesund.“

„Hallo? Wir haben frei, da darf man sich auch mal was gönnen.“

„Du hast recht. Dann nehme ich das doch auch“, entgegnet Hiroshi. In diesem Moment vernehmen die Männer ein erschrockenes Keuchen und sehen auf. Die Bedienung steht im Türrahmen und starrt entsetzt auf die Kunstinstallation *Tausend Sonnenschirme.*

„Sie können doch nicht …“, beginnt sie zu schimpfen, doch Rico kommt ihr zuvor. In seiner lässig, spontanen Art antwortet er ihr: „Ich habe die anderen Gäste selbstverständlich um Erlaubnis gefragt. Es scheint fast so, als ob mein Hiroshi hier, der einzige Sonnenphobiker ist.“ Hiroshi keucht erschrocken, holt aus und will Rico gegen das Schienbein treten. Dabei erwischt er lediglich die Holzstrebe unter dem Tisch.

„Aua!“, entfährt es ihm. Die Blicke sämtlicher Restaurantbesucher wandern in seine Richtung. Er schließt beschämt die Augen.

„Gut, ja, also, wenn das so ist. Was darf es denn Leckeres für euch sein?“ Nur langsam fängt sich die Frau wieder.

„Zweimal Schnitzel mit Fritten, bitte.“

„Kommt sofort. Was darf ich euch zu trinken bringen?“

„Ein Wasser mit Kohlensäure für mich“, antwortet Hiroshi.

„Ein Bier, bitte.“ Die Kellnerin notiert die Bestellung der Männer auf einem Block und eilt davon.

„Du trinkst Alkohol, wenn du mit dem Motorrad unterwegs bist?“

„Na, das kleine Bierchen. Das ist verdampft, bis wir hier raus sind.“

„Hm, wie du meinst.“ Hiroshis Skepsis ist nicht mehr zu überhören.

„Was ist Hiroshi? Spuck es aus.“

„Nichts, nichts.“

„Hiro!“ Ricos Stimme hat nun einen leicht ungeduldigen Unterton angenommen, was Hiroshi nicht entgeht.

„Jaha. Ich finde es nicht gut, wenn du trinkst, während wir zusammen mit dem Motorrad unterwegs sind.“ Rico sieht ihn eine Weile schweigend an – man sieht förmlich, wie es in seinem Kopf rattert.

„Wie du meinst, dann nehme ich halt auch ein Mineralwasser“, entgegnet er leicht genervt.

„Nein, du kannst natürlich nehmen, was du willst.“

„Schon gut. Du hast ja recht“, murmelt Rico und schiebt kaum hörbar „wie ein verdammtes Ehepaar“ hinterher.

„So, meine Herren, hier kommen Ihre Getränke.“ Mit dieser Ansage stellt die Bedienung ein Mineralwasser und ein Bier auf den Tisch – natürlich erst, nachdem sie sich unter den Schildkrötenpanzer gekämpft hat.

„Entschuldigung, könnte ich doch lieber ein Wasser haben?“ Die Kellnerin sieht Rico stirnrunzelnd an, setzt aber gleich wieder ihr professionelles Lächeln auf.

„Das Bier habe ich bereits geöffnet, das müssen Sie trotzdem bezahlen“, antwortet sie ihm. Rico antwortet mit einem Schulterzucken, also nimmt sie das Bier kommentarlos wieder mit.

„Zufrieden?“ Hiroshi nickt verlegen, wird rot und lächelt dankbar. Rico schüttelt den Kopf, schenkt seinem Gegenüber aber dennoch ein strahlendes Lächeln. „Dann ist ja gut.“

„Es tut mir leid“, nuschelt Hiroshi.

„Was?“

„Dass ich, ich so kompliziert bin.“

„Mach dir keinen Kopf. Das passt zu dir und ich finde es irgendwie charmant, obwohl es mich aufregen müsste.“

„Wirklich?“

„Jupp.“ *Er findet es charmant! Juhui, kreisch, ausflipp!*

„Was machen wir als Nächstes?“

„Ich dachte, dass wir dieser Straße über den Pass folgen und dann via Norden zurück in die Stadt fahren.“

„Das hört sich doch super an.“

„Und dann könntest du noch mit zu mir kommen, wenn du magst“, schiebt Rico nach. „Ich will natürlich unbedingt erfahren, was es mit deinen Spankingfantasien auf sich hat.“

„Oh mein Gott. Das war doch nur ein Witz.“

„Bist du sicher?“ Rico wackelt mit den Augenbrauen, was Hiroshi losprusten lässt.

„Ganz sicher.“ Hiroshi nimmt einen kräftigen Schluck aus seinem Wasserglas.

„Schade“, antwortet Rico. Prompt verschluckt sich Hiroshi. Er hustet und prustet. Ein Teil des Mineralwassers spritzt ihm aus der Nase auf den Tisch.

„Bäh, wie eklig“, entgegnet Rico kichernd und reicht Hiroshi Servietten. Die Gäste an den Nachbartischen schauen erneut irritiert zu ihnen rüber.

„Sag nicht so was“, beklagt sich Hiroshi, als er den Rest des Wassers geschluckt und sich wieder beruhigt hat.

„Warum denn nicht?“

„Du bist unmöglich.“ Die Kellnerin bringt die Teller mit ihren Schnitzeln sowie Ricos Mineralwasser und stellt alles vor den Männern ab – die nasse Tischplatte lässt sie unkommentiert. Während die beiden essen, wird es still am Tisch. Hiroshi beobachtet sein Gegenüber genau. Hungrig bohrt Rico die Gabel in das Fleisch und schneidet ein viel zu großes Stück ab, das er gierig in seinen Mund schiebt. *Wie ein Jäger, ein großer, strammer Jäger.* Hiroshi indes schneidet zuerst das gesamte Schnitzel in kleine

Häppchen, bevor er das Messer ablegt, um das Essen mit der Gabel aufzuspießen.

„So habe ich auch noch nie jemanden Schnitzel essen sehen", kommentiert Rico belustigt.

„Was? Ich esse immer so."

„Das kann ich mir vorstellen." Sie sehen sich eine Weile schweigend an, bevor jeder von ihnen auf seine Art weiterisst. Nachdem Hiroshi das Essen und die Getränke bezahlt hat, verlassen sie das Lokal über die Außentreppe.

„Danke für das Essen, Hiro. Aber eigentlich wollte ich das übernehmen."

„Du hast mich doch schon gestern eingeladen. Warum wolltest du jetzt schon wieder dein Portemonnaie zücken?"

„Na ja, weil ich ... also ... du weißt schon", druckst er herum.

„Nein, ich weiß nicht. Was denn?" Hiroshi kann sich vorstellen, worauf das hinausläuft. Wut baut sich in seinem Innern auf.

„Na ja, weil der Mann ja normalerweise bezahlt und ..."

„Ich bin auch ein Mann."

„Ja, ich weiß, aber es ... ich habe doch das Bedürfnis, dich einzuladen."

„Weil ich so weibisch bin?", schnappt Hiroshi jetzt viel zu laut. Einige Passanten drehen sich zu ihnen um. Rico versucht ihn zu beschwichtigen.

„Nein, das hast du ganz falsch verstanden. Weil ich einfach größer und stärker bin und ich dich einladen möchte."

„Arschloch", murmelt Hiroshi kaum hörbar und stampft zum Motorrad. Genervt und mit verschränkten Armen steht Hiroshi vor der Maschine und wartet auf Rico.

„Hey, Hiro, es tut mir wirklich leid. Es ist ganz falsch angekommen."

„Können wir endlich los?"

„Nein, können wir nicht. Hiro, bitte." Rico baut sich vor dem zierlichen Kerl auf, doch dieser starrt stur durch ihn hindurch. Er packt ihn an den Armen und schüttelt ihn kurz. „Hör bitte auf zu schmollen, ja? Ich will dich einladen, weil ich weil es mir Freude macht und ich dich gerne ein wenig verwöhnen möchte."

„Wirklich?“ Hiroshis Stimme klingt schwach und dennoch ist darin ein wenig Freude zu hören.

„Ja, wirklich.“ Als Hiroshi Rico endlich in die Augen sieht, küsst er den Asiaten. Er weiß nicht, warum er ihn so gern küsst, aber er tut es und das so oft wie möglich. Die Männer steigen auf die Maschine und Rico fährt auf die Straße und weiter Richtung Passhöhe. Rico weiß stets, wann er zu schnell fährt, dann nämlich drückt ihm Hiroshi beinahe die Luft ab, so kraftvoll klammert er sich an ihn. Rico schüttelt belustigt den Kopf und passt seine Geschwindigkeit an. Wenn er ehrlich mit sich ist, gefällt es ihm, wie der Kleine an ihm hängt – wie ein Klammeräffchen. Das Wetter an diesem Tag ist perfekt für einen Motorradausflug.

Sonne pur, blauer Himmel, keine Wolken.

Eine halbe Stunde später düsen die Männer auf der Landstraße Richtung Stadt zurück. In der Ferne sind bereits die ersten Ausläufer zu sehen. Um vier Uhr lenkt Rico das Motorrad in die Tiefgarage unter seinem Wohnhaus. Er hat eigens einen Abstellplatz dafür gemietet, damit die Maschine nicht der Witterung ausgesetzt ist. Hiroshi steigt ab, nimmt den Helm ab und reicht ihn Rico. „Es war toll“, entgegnet er grinsend. „Aber aua, das Sitzen auf deinem Motorrad wird auf die Dauer auch ziemlich ungemütlich. Ich bin froh, dass wir da sind.“

„Daran gewöhnst du dich, glaub mir. Ging mir am Anfang auch so“, erwidert Rico, kettet seinen Helm an die Maschine und zeigt Hiroshi den Weg zum Aufzug. Der junge Altenpfleger geht breitbeinig und verzieht leicht gequält das Gesicht. „So schlimm?“

„Ja, schon.“

„Schade.“

„Warum?“

„Na, ich hatte tolle Pläne für uns.“

„Ich bin sicher, dass wir die trotzdem umsetzen können, Rico.“

„Denkst du?“ Hiroshi nickt begeistert. Rico drückt den Knopf für den Aufzug. Ein paar Sekunden später öffnen sich die Türen und die Männer betreten die Kabine.

„Auf jeden Fall“, flüstert Hiroshi und setzt seinen verführerisch sinnlichen Blick auf. „Nimm einfach genügend Gleitgel.“ Rico stellt sich breitbeinig vor ihn und drückt ihn gegen die Wand. Als sich ihre Lippen berühren, keuchen beide die angestaute Erregung in den Mund des jeweils anderen. Rico reibt seine Erektion an Hiroshis Körpermitte und trotz der Klamotten spürt dieser die Hitze, die von seinem Gegenüber ausgeht. Das Verlangen, das ihn antreibt. Die Gier, die in seinem Blick liegt. Küssend und eng umschlungen taumeln die Männer durch den – zum Glück menschenleeren – Flur zu Ricos Wohnung. Er öffnet die Tür, ohne Hiroshi auch nur einen Moment loszulassen. Sie stolpern durch Ricos Wohnung, von der Hiroshi nichts mitbekommt, weil er sich vollkommen auf Rico konzentriert. Die Lederjacken haben sie schon im Flur ausgezogen und zu Boden geworfen. Hiroshi ist gerade dabei, Ricos T-Shirt nach oben zu schieben, um dessen heiße Haut unter seinen Fingerkuppen zu spüren. Er will ihn berühren und ihm nah sein. Der Hüne hebt seine muskulösen Arme und Hiroshi streift ihm das Shirt vom Körper. Die gut definierten Muskeln lassen ihn entzückt aufstöhnen.

Er lässt seine Finger darüber tanzen.

Ricos Haut ist seidige Sünde, die sich so wunderbar fest und gleichzeitig unbeschreiblich zart unter Hiroshis Fingerkuppen anfühlt. Der großgewachsene, muskulöse Mann streift sich die Schuhe ab und öffnet die Hose, bevor er sie zusammen mit den Shorts zu Boden gleiten lässt. Hiroshi schluckt trocken und ist gebannt von dem sinnlichen Anblick, der sich ihm bietet. Der Hüne schlüpft süffisant grinsend aus seinen restlichen Klamotten, präsentiert sich Hiroshi nackt und köstlich wie reiner Honig. Dieser saugt jeden Zentimeter des begehrenswerten Körpers und der delikaten Haut in sich auf, lechzend nach mehr. Nachdem Rico Hiroshi aus dem T-Shirt befreit hat, vereinen sich ihre Lippen zu einem erregenden Zungenkuss. Sie umarmen und halten sich so fest, als hätte jeder von ihnen Angst, den anderen auch nur für eine Millisekunde loszulassen. Hiroshis Herz schlägt so schnell, dass er fürchtet, es könnte ihm aus der Brust springen. Sie teilen tiefe, verlangende Blicke und anregende Berührungen. Rico drängt Hiroshi Richtung Massivholzesstisch. *Genau hier will ich dich. Hier und nirgendwo anders.*

Sanft legt er ihn nach hinten auf die Tischplatte.

Rico richtet sich auf und blickt auf Hiroshi herab, saugt diesen lustvollen Anblick in sich auf und genießt ihn in vollen Zügen. Der halb geöffnete Mund, der keuchende Atem, die mandelförmigen Augen und der Ausdruck darin rauben ihm beinahe den Verstand. Geschickt öffnet Rico Hiroshis Hosen und streift ihm den hinderlichen Stoff samt Shorts von den schmalen Hüften. Als er den nackten Mann mit der weißen Haut und den roten Wangen auf seinem Holztisch liegen sieht, ausgestreckt, erregt und wunderschön, kann er nicht anders, als sich auf ihn zu legen und ihn zu küssen.

Ich muss dich einfach überall berühren.

Hiroshi genießt die Zuwendung mit allen Sinnen, kann gar nicht genug von Rico bekommen. Viel zu schnell ist es jedoch vorbei und Rico lässt von ihm ab. Beinahe hypnotisiert und bebend vor Lust, richtet sich Hiroshi auf, nur um zu sehen, wie Rico seine feuchten Lippen über sein Glied gleiten lässt – er könnte auf der Stelle kommen. Er drückt den Rücken durch und stöhnt seine steigende Lust in den Raum.

„Mehr", verlangt er. „Mehr, oh, Rico."

„Kannst du haben, Kleiner", antwortet Rico, bevor er mit seiner Zunge den Schaft heruntergleitet und Hiroshis Hoden liebkost. Er taucht noch tiefer, leckt sich seinen Weg den Damm entlang zu Hiroshis zuckendem Ring. Der Geruch, der an dieser delikaten Stelle von ihm ausgeht, ist ungefiltert und geil. Rico drückt Hiroshis Beine sanft aber bestimmt nach oben und zieht seine knackigen Backen auseinander. Hiroshi ist ihm nun wehrlos ausgeliefert, schenkt ihm alles von sich und verlangt sogar noch mehr. Süffisant grinsend taucht Rico mit seiner routinierten Zunge in die feuchtwarme Ritze vor, leckt einmal quer hindurch, nimmt den delikaten Geschmack in sich auf, bevor er seine Zunge um den Eingang tanzen lässt. Hiroshi stöhnt langgezogen und gierig nach mehr. Neckend durchstößt Rico die Muskelbarriere mit seiner Zungenspitze. Immer wieder, nur kurz, viel zu flüchtig, als dass es genug für Hiroshi wäre. „Oh Gott", keucht er verzückt und windet sich unter den Liebkosungen seines Gegenübers.

„Rico reicht vollkommen", entgegnet dieser in sarkastischem Ton und reagiert damit auf Hiroshis *Oh Gott*.

„Der ist … ah … mehr als … aaah … ausgelutscht“, stöhnt Hiroshi und verdreht dabei die Augen.

„Noch nicht ganz“, erwidert Rico und leckt wilder an Hiroshis zuckender Rosette. Hiroshis Kopf schlägt lautstark auf die harte Tischplatte zurück, was Rico kurz lachen lässt, bevor er sich wieder seiner Aufgabe widmet. Nach ein paar Minuten ist Hiroshi ein sich windendes, bettelndes, in Wollust auflösendes Etwas, das mehr braucht und sich danach verzehrt. Rico richtet sich auf, spuckt sich in die Hand und verteilt den Speichel auf seinem pochenden Glied. Dann setzt er seine feuchtglänzende Eichel an. Er ist mehr erstaunt, wie einfach es geht. Mit einem einzigen, harten Stoß versenkt er seine Männlichkeit in Hiroshis Hintern. Ricos Körper klatscht gegen den, des Kleinen.

Ein fantastisches Gefühl.

Hiroshi legt seine sehnigen Beine auf Ricos Schultern, lässt sich von ihm benutzen und gibt ihm genau das, was er benötigt. Es ist geil, es ist hart, es ist perfekt. Rico nimmt einen fordernden Rhythmus auf, ohne dabei den Augenkontakt zu unterbrechen. *Diese dunklen Augen sind der helle Wahnsinn und der Ausdruck darin wunderschön. Etwas zwischen Verletzlichkeit und Geilheit.* Während er tief in die heiße Enge stößt, die ihn wie eine zweite Haut umfängt, küsst und knabbert er an Hiroshis schlanken Waden, an seinem zierlichen Fußgelenk. Als er Hiroshis kleinen Zeh in seinen Mund saugt und ihn mit der Zunge umspielt, entweicht diesem ein irritiertes Keuchen. *Was? Oh Mann, was tut er da? Das sollte mich eigentlich abturnen, oder? Aber das Gegenteil ist der Fall. Wow, oh, das ist so geil. Uh, es kitzelt und aah.* Hiroshi schaut auf und beobachtet Rico fasziniert bei dem, was er da mit seinen Zehen tut, bevor ihn die Empfindungen überrennen und er seinen Kopf wieder auf die Tischplatte zurücklegt. Rico kann normalerweise nichts mit Füßen anfangen. Aber Hiroshis Zehen sind so zart, so knuffig, dass er einfach nicht anders kann. Die kleinen Trappelfüßchen riechen zum Glück nicht zu intensiv. Obwohl: Hiroshi duftet eigentlich überall verführerisch. Während er sich jedem Zeh einzeln widmet, stößt er in Hiroshi und entlockt ihm damit immer lautere Geräusche. Verzweifeltes Wimmern, erschrockenes Keuchen, gutturales Stöhnen.

Aus Hiroshis Kehle klingt alles erotisch.

Als er sich von den Zehen des Kleinen löst, widmet er sich dessen Nippeln. Zartrosa heben sie sich von der restlichen Haut ab. Er beginnt den bebenden Körper vor sich zu erkunden, berührt ihn überall, streichelt mit seinen Fingern über die erhitzte Haut. Hiroshi hält es fast nicht mehr aus, ist kurz davor. Fordernd schlingt er seine langen Beine um Ricos trainierten Körper und zieht ihn näher. Es ist geil, wie ihn Rico ausfüllt.

Er will mehr davon. Alles.

Rico legt sich auf ihn, fickt ihn noch härter und tiefer. Hiroshi pariert jeden Stoß, umfasst Rico nun auch mit seinen Armen. Er will ihn spüren, so nah wie möglich, er braucht alles von dem wundervollen, starken Mann. Sie setzen ihren Kuss fort, lassen ihre Zungen miteinander tanzen, während sie sich ihre Lust, die Begierde in den Mund stöhnen. „Ich halte nicht mehr lange durch, Kleiner“, schnauft Rico und erhöht die Geschwindigkeit.

„Oh bitte, oh Gott“, keucht Hiroshi kehlig. Mit seinen Fingern kratzt er über Ricos Rücken, hält sich an ihm fest, drückt die Fingerkuppen tief in die Muskeln des trainierten Mannes. Ihre Blicke treffen sich, bevor beide fortgerissen und in Sphären purer Zufriedenheit geschossen werden. Als Hiroshi spürt, wie Rico tief in ihm explodiert, kommt auch er. Es ist anders als beim ersten Mal. Sinnlicher, direkter. Sein Penis beginnt den Samen zwischen ihren verschwitzten Körpern zu verteilen. Gemeinsam erleben die Männer eine Sturzflut an Gefühlen, verlängern ihren Orgasmus, in dem sie sich weiter bewegen, sich küssen und streicheln.

Es soll nicht enden, noch nicht.

Zufrieden bleiben sie aufeinanderliegen – ein Knoten aus Armen und Beinen. Nachdem sich ihre Atmung und der Puls beruhigt haben, stützt sich Rico mit seine Ellbogen und erhebt sich leicht. Er lächelt Hiroshi an, der zurücklächelt. „Das war extrem geil. Du bist wunderschön.“

„Ja, das war es. Du bist so stark und ich liebe es, wenn du mich so ausfüllst und mich nimmst.“

„Du bist aber auch so unheimlich eng.“ Mit einem süßen Lächeln beugt sich Rico zu Hiroshi, um ihn zu küssen und an seiner Unterlippe zu knabbern. Dann erhebt er sich und zieht sich aus Hiroshi zurück. Dieser keucht, als Kälte die wohlige Wärme ersetzt. Er lässt sich von Rico hochziehen und steht auf. In diesem Moment geht Hiroshi ein Licht auf: *Ich liebe ihn. So einfach. Das ist mir gerade jetzt klar geworden. Ich liebe dich, Rico. Aber das kann ich diesem Macho ja nicht sagen, sonst ergreift der sofort die Flucht und weg ist er. Nein, da muss ich noch ein wenig zuwarten und es ihm schonend beibringen.* Seine Gedanken driften wieder ab. Es hat sich heute wirklich anders angefühlt. Vollkommen anders. Als Ricos Sperma aus seinem Hintern zu tropfen beginnt, weiß er auch weshalb.

„Oh, shit, Rico!"

„Was? Was ist denn?", will dieser leicht geschockt wissen, als er Hiroshis Gesichtsausdruck entdeckt.

„Du hast mich ohne Gummi gefickt."

„Oh."

Kapitel acht

„Das tut mir wirklich wahnsinnig leid, Hiro, ich habe es einfach vergessen."

„Schon gut. Ich nehme nicht an, dass du Träger eines gefährlichen Virus bist, oder?" Rico schüttelt entsetzt den Kopf.

„Sieh mich an. Ich bin strotzende Gesundheit und pure Kraft."

„Und so überhaupt nicht eingebildet", entgegnet Hiroshi und verdreht dabei die Augen. „Ich habe mich Anfang des Jahres testen lassen."

„Ich auch und ich nehme sonst immer einen Gummi."

„Außer, wenn du es vergisst oder? Du Flachzange."

„Na, warte, dich kriege ich", bläst Rico zum Angriff und eilt Hiroshi hinterher. Dieser sprintet kichernd und splitterfasernackt durch die ihm unbekannte Wohnung. *Wohin? Wohin soll ich nur?* Er hängt Rico an der Küchenkombination ab und betritt den ersten Raum, den er zur Linken ausmachen kann.

Schlafzimmer.

„Hey, du tropfst mir hier alles voll", beklagt sich Rico, als er die Spermaspuren auf dem Parkett sieht, die Hiroshi in seiner Wohnung hinterlässt.

„Hallo? Wer hat denn das Kondom vergessen?" Starke Arme umfassen ihn von hinten. Hiroshi quiekt und versucht sich zu befreien.

„Hiergeblieben", flüstert Rico und beginnt seinen Hals zu küssen. Hiroshi lehnt sich in die Berührung, genießt das leicht kratzende Gefühl von Ricos Bartschatten. „Ich denke, wir brauchen beide eine Dusche, oder?"

„Unbedingt."

„Dann bist du hier gar nicht so falsch", entgegnet Rico und führt Hiroshi in das angrenzende Badezimmer.

„Nobel, nobel", kommentiert Hiroshi, als sie das warme Bad betreten. „Bodenheizung, wie cool ist das denn?"

„Sag mal, lebst du in einer Bruchbude?"

„Nein, aber eine Bodenheizung haben wir nicht. So habe ich immer kalte Füße."

„Ich mag deine Füße", murmelt Rico, als Hiroshi in die Wanne klettert.

„Das habe ich gemerkt", antwortet dieser grinsend. „Es war ... speziell."

„Hat es dir nicht gefallen?", will Rico wissen, als er hinter Hiroshi in die Wanne steigt.

„Doch. Natürlich hat es mir gefallen. Es war einfach nur ungewohnt." Hiroshi greift nach dem Wasserhahn und dreht ihn auf, noch bevor Rico ihn warnen kann.

„Halt, das Wasser ist anfangs ..." Ein gellender Schrei hallt durch das Badezimmer. Wild mit den Armen rudernd, rutscht Hiroshi aus, bei dem missglückten Versuch sich vor dem eiskalten Wasser in Sicherheit zu bringen. Rico versucht ihn festzuhalten und wird ebenfalls mitgerissen. Zusammen stürzen sie durch den Duschvorhang und aus der Badewanne. Hiroshi krallt sich verzweifelt an das durchsichtige Plastik. Mit mehreren kleinen Reißgeräuschen lösen sich die Ösen aus dem Klicksystem und der Duschvorhang gibt nach. Dumpf schlagen die Männer nebeneinander auf. Das Wasser aus der Dusche spritzt in alle Richtungen. „Hast du dir was getan?", will Rico entsetzt wissen, als er sich aufrappelt, um das Wasser abzustellen.

„Nein, und du dir?" Der Hüne schüttelt den Kopf, bevor beide schallend zu lachen beginnen. Rico hilft Hiroshi auf die Beine, bevor er den Duschvorhang wieder einklinkt. Er muss noch immer herzhaft lachen. „Du hättest ja was sagen können."

„Wollte ich ja. Tut mir leid."

„Können wir jetzt duschen?"

„Ich liebe es, wenn du schnippisch wirst", flüstert Rico und haucht Hiroshi einen Kuss auf die Wange.

„Ich werde nicht schnippisch!" Als er den Satz zu Ende gesprochen hat, muss er über sich selbst lachen. Die Männer klettern wieder in die Dusche und dieses Mal lässt Hiroshi Rico den Vortritt – natürlich ist das Wasser nun bereits warm.

„Willst du bei mir übernachten?" *Genau auf diese Frage habe ich den ganzen Abend gewartet und jetzt stellt er sie endlich.*

„Ist das dein Ernst?"

„Ja klar. Vielleicht bestellen wir noch etwas zu essen?“

„Gerne.“ Rico kann seine Finger genau so wenig von Hiroshi lassen wie dieser von ihm. Sie berühren sich, während ihre Lippen erneut zu einem sinnlichen Kuss verschmelzen. Das warme Wasser hüllt die Männer mit Wasserdampf ein. In diesem Moment gibt es nur sie und niemanden sonst. Rico drückt etwas Duschgel in seine Hand und beginnt Hiroshi damit zu verwöhnen. Er erforscht die Konturen des zierlichen Asiaten und entdeckt dabei, an welchen Stellen sein Gegenüber kitzelig ist. Die Geräusche, die Hiroshi dabei macht, sind zuckersüß. Etwas zwischen Kichern, Ersticken und Prusten. „Lass das“, verlangt er wenig überzeugend, bevor sie sich wieder küssen. Rico spürt, wie er wieder hart wird, und auch bei Hiroshi lösen die zärtlichen Berührungen etwas aus. Er hätte nicht gedacht, dass er so schnell nach einem derart gewaltigen Orgasmus wieder steif werden könnte.

Aber Hiroshi scheint genau diese Macht über ihn zu haben.

Er geht vor Hiroshi in die Knie und nimmt sich seinem steifen Glied an. Sie sehen sich tief in die Augen und teilen ein Gefühl, das über pure Lust hinausgeht. Rico umfasst das Glied an der Wurzel und drückt gleichzeitig die Hoden zusammen.

Hiroshi keucht verzückt.

Niemals unterbrechen sie ihren intensiven Augenkontakt. Auch nicht, als Rico seine Zunge über die samtige Haut an Hiroshis Eichel gleiten lässt. Sie sind beide nicht beschnitten. Sorgsam schiebt Rico die Haut vor und zurück, leckt mit seiner Zunge darunter und treibt den Kleinen damit beinahe um den Verstand. Rico spürt Hiroshis Hände an seinem Kopf. Er lässt den steinharten Penis tiefer in seinen Mund gleiten und beobachtet mit großer Genugtuung, wie Hiroshi darauf reagiert. Sein Stöhnen wird lauter, fordernder. Er drückt Rico das Becken entgegen, will tiefer eindringen, braucht mehr. Hiroshi hat keinen sonderlich dicken Penis, aber dafür ist die Länge umso erstaunlicher. Als die Eichel an seinem Gaumen kitzelt und das Halszäpfchen passieren will, zieht sich Rico zurück.

Er würgt.

„Entschuldige“, keucht er, als er sich ein wenig beruhigt hat. „Ich kann das nicht so gut wie du.“

„Es ist wunderschön“, gibt Hiroshi zurück und lächelt angetan. Rico lässt den Schaft nun nicht mehr so tief vordringen, zieht sich vorher zurück. Mit seinen Fingern erkundet er Hiroshis Hintern. Als er den gedehnten Ring findet und dagegen stupst, wird Hiroshis Stöhnen, die drängende Bewegung seiner Körpermitte fordernder. Rico ist erstaunt, wie einfach er eindringen kann. Hiroshis Öffnung ist glitschig von Ricos Samen. Er tastet im Innern des Asiaten nach der delikaten Stelle, die alles verändert. Als er sie findet, drückt er dagegen.

Hiroshi bäumt sich auf.

Überwältigt von den Empfindungen, die Rico in ihm auslöst, verschwimmt Hiroshis Sicht. Sterne beginnen vor seinen Augen zu tanzen. Er legt den Kopf in den Nacken und unterbricht damit den intensiven Augenkontakt. Rico hat nun die Wahl. Doch der Hüne leckt und bläst ihn weiter, denkt nicht daran, sich zurückzuziehen. Als Hiroshi den Rücken durchdrückt, zieht sich sein Hodensack zusammen. Der dünne, lange Schwanz beginnt wild zu pulsieren. Rico genießt jeden Schub der salzigen Köstlichkeit, saugt weiter, will alles aus Hiroshi herausholen und dessen Orgasmus verlängern. Ohne es zu merken, kommt auch Rico, überwältigt von Hiroshis Schönheit im Orgasmus, seinen Geräuschen, dem sinnlichen Geschmack auf seiner Zunge.

Als Hiroshi wieder klar sehen kann, sucht er erneut den Blickkontakt zu Rico. *Er ist gekommen? Einfach so? Wow, erstaunlich, was ich in dem Kerl auslöse. Oder mache ich mich hier wieder verrückt? Ist es normal, dass einer bei einem Blowjob kommt? Ich schon, aber andere?* Er hilft Rico auf die Beine. Als beide stehen, beginnen sie mit dem Einseifen wieder von vorne.

Einfach, weil es so schön ist.

Sie stellen das Wasser ab und klettern aus der Wanne. Rico zaubert aus einem Schrank zwei frische Badetücher hervor, mit denen sie sich gegenseitig abtrocknen. „Auf was hast du Lust? Pizza, Chinesisch, Sushi?“

„Mit Sushi kann ich so gar nichts anfangen“, antwortet Hiroshi und verzieht angeekelt den Mund.

„Nicht? Aber das kommt doch aus Japan, oder?“

„Ja und, hast du alles gern, was die deutsche Küche zu bieten hat?“

„Punkt für dich.“ Sie ziehen sich an und setzen sich nebeneinander auf die Couch. Rico fischt zahlreiche Werbeflyer von Kurierdiensten aus dem unteren Fach des kleinen Beistelltisches, auf dem diverse Fernbedienungen liegen. „Also ich hätte voll Bock auf eine Pizza.“

„Teilen wir uns eine?“, erkundigt sich Hiroshi. Seltsam. Er hätte schwören können, dass Rico ihn ein wenig enttäuscht ansieht.

„Können wir schon“, druckst er dann auch unschlüssig herum.

„Magst du keine Pizza mit mir teilen?“

„Na ja, doch ...“

„Aber?“

„Wenn ich mir schon mal etwas Ungesundes erlaube, dann hätte ich schon gerne eine ganze Pizza. Ich habe einen Bärenhunger.“ Hiroshi beginnt frei und gelöst zu lachen. Er schüttelt den Kopf.

„Du bist unmöglich, Rico. Gut, dann bestell ich mir einfach eine kleine Pizza. So sind wir beide happy.“

„Gut.“ Rico bestellt mit dem Handy ihre Pizzen und legt sich währenddessen auf die Couch. Hiroshi kuschelt sich dazu, bettet seinen Kopf auf den Schoß seines Gegenübers und sieht verträumt nach oben. So liegen sie einfach nur da, streicheln sich und unterhalten sich leise. Hiroshi fühlt sich bei Rico wohl und geborgen. Es ist schön, seine Körperwärme zu spüren, zu wissen, dass jemand da ist. Ein paar Minuten später fallen ihm die Augen zu. „Hiroshi?“, ertönt eine sanfte, dunkle Stimme und reißt ihn aus seinen Träumereien. „Wach auf, die Pizzen sind da.“

„Habe ich geschlafen?“, murmelt Hiroshi müde.

„Wie ein Bärchen“, entgegnet Rico grinsend, erhebt sich und bettet Hiroshis Kopf sacht auf die Couch, bevor er zur Tür eilt. Hiroshi hört nur, wie er den Pizzaboten begrüßt, bezahlt und sich verabschiedet. Als die Tür ins Schloss fällt und Ricos Schritte zu hören sind, erhebt sich Hiroshi. „Wollen wir einen Film sehen? Ich habe diverse Horrorschocker, die ich mir schon lange mal wieder ansehen wollte.“

„Horror?“, erkundigt sich Hiroshi leicht geschockt. *Ich hätte eher an eine Romanze gedacht. Irgendetwas Seichtes mit viel Liebe und einem romantischen Happy End. Aber Horror? Meine Güte, was hab ich mir da angelacht?*

„Ja, ich habe die SAW-Reihe und noch so einiges ...“

„Hm … okay.“

„Das klingt ja nicht sonderlich begeistert.“

„Mir machen solche Filme nichts aus, aber nachher brauche ich jemanden, der mich festhält und mir die Angst beim Einschlafen nimmt.“

„Da kann ich dir gern dabei helfen.“

„Ich nehme dich beim Wort. Also los, schieb rein das Ding.“ Für den Freund tut man doch einfach alles. *Freund*, wie das klingt. Dabei waren sie erst zweimal zusammen unterwegs und das ist die erste Übernachtung. *Freund* ist da noch sehr weit hergeholt. Aber wie könnte man ihre Beziehung sonst bezeichnen? Lover. Es ist mehr als das, auf jeden Fall für Hiroshi. Sie beginnen genüsslich zu essen, während das Intro läuft. Als Jigsaws erster makaberer Test einer hilflosen, um ihr Leben kämpfenden Frau den Unterkiefer ausreißt und sie damit tötet, verschluckt sich Hiroshi an der halbzerkauten Mozzarella-Tomaten-Teig-Masse, die er gerade schlucken wollte – er beginnt zu husten und wedelt sich verzweifelt Luft zu. Tränen schießen ihm in die Augen. *Boah, nein, ist das eklig. Igitt, wie soll ein normaler Mensch da noch essen können? Die zeigen aber auch alles. Ist das die ungeschnittene Fassung? Also mir vergeht da der Appetit.* Nach Bestätigung suchend, sieht Hiroshi zu Rico rüber. *Nein, das glaub ich jetzt nicht!* Der große, muskulöse Kerl ist konzentriert dabei, den Metzelfilm zu schauen, während er sich nebenbei den Mafiafladen in den Mund stopft und ihn mit Cola herunterspült. Hiroshis Blick wandert langsam auf Ricos restliche Pizza, die noch in der Schachtel auf ihr Ende wartet. Beim Anblick der Tomatensauce, die Hiroshi an Blut erinnert und des Schinkens, der zerkleinertem Fleisch sehr nahekommt, würde er am liebsten kotzen.

Widerlich.

„Hast du schon genug?“, will Rico grinsend wissen, der sich bereits ein Stück von Hiroshis Käsepizza geschnappt und es genüsslich vertilgt hat. „Geiler Film, oder?“ Hiroshi schließt für einen Moment die Augen. *Sehr gut, toll, geil, ich werde nie mehr schlafen können, nie mehr alleine schlafen und ich werde nie wieder Pizza essen können, dabei liebe ich Pizza. Sniff. Heul. Kreisch.*

„Ja, sehr toll“, lügt Hiroshi, während er Rico dabei beobachtet, wie cool der bleibt, wenn im Fernseher Menschen zerstückelt, verbrannt, aufgespießt und auf andere bestialische Arten zu Tode gebracht werden.

Eine spannende Sozialstudie.

Als sie fertig gegessen haben, zieht Rico Hiroshi in seine Arme. Es fühlt sich gut an, wenn der dünne Mann bei ihm liegt. Irgendwie ist es so, als ob sie zusammengehörten. Bei jedem markerschütternden Schmerzensschrei der Schauspieler auf dem Flachbildschirm zuckt Hiroshi zusammen. Natürlich hat Rico einen Horrorfilm vorgeschlagen, damit Hiroshi sich an ihn kuschelt.

Aber so?

Als der Abspann über den Bildschirm läuft, entspannt sich Hiroshi wieder ein wenig in Ricos Armen. Endlich. „Magst du noch einen Film sehen oder wollen wir ins Bett?“

„Du musst morgen wieder arbeiten, oder?“, erkundigt sich Hiroshi. Rico nickt bedauernd. „Dann würde ich sagen, dass wir ins Bett gehen. Okay?“ Rico nickt, steht auf und zieht Hiroshi zu sich hoch. Sie küssen sich und Hiroshi legt seine Hände auf Ricos stramme Schultern.

„Die gefallen dir, oder?“

„Was?“

„Tu nicht so unschuldig. Meine Muskeln.“

„Ja, die können sich durchaus sehen lassen.“

„Durchaus sehen lassen?“, wiederholt Rico leicht ungläubig, was Hiroshi ein Kichern entlockt. „Frechdachs.“

„Eingebildeter Bolzen“, kontert Hiroshi zwinkernd. Rico reißt die Augen weit auf und schüttelt den Kopf.

„Dir gebe ich meinen Bolzen, du kleiner Frechdachs“, grummelt er und schiebt Hiroshi durchs Schlafzimmer ins Badezimmer. „Hier eine Zahnbürste und ein frisches Handtuch. Brauchst du sonst noch etwas?“

„Nein, das ist bestens so“, schnurrt Hiroshi, als Rico hinter ihm die Tür zuzieht und ihn allein lässt. Er betrachtet sich im Spiegel und lächelt verträumt. Es ist wunderschön mit Rico und dennoch spürt Hiroshi nun langsam, aber sicher die Müdigkeit. Er putzt sich die Zähne und stellt die Zahnbürste neben Ricos in den Becher. Als er die Tür öffnet, erwartet ihn schummriges Licht. Rico hat eine Nachttischlampe eingeschaltet und die anderen Lichter gelöscht.

Es ist unheimlich romantisch.

Rico drängt sich lächelnd an Hiroshi vorbei und schließt die Tür hinter sich. Hiroshi legt sich ins Bett und atmet den intensiven Duft des Fitnesstrainers ein. Hiroshi kann davon nicht genug bekommen und vergräbt seine Nase in der duftenden Wäsche. „Äh …“, ertönt eine Stimme hinter ihm. Hiroshi schreckt hoch und entdeckt Rico in der Tür stehen. „Was genau machst du da?“

„Ich … du … also …“, stammelt Hiroshi und lässt seinen Kopf in seinen Händen verschwinden – es ist ihm sichtlich peinlich. Obwohl von seinem Gesicht nicht mehr viel zu sehen ist, leuchten seine Ohren in einem dunklen Rot. „Du riechst so gut.“ Ricos belustigtes Lachen dringt an sein Ohr, als er sich neben Hiroshi auf das große Bett wirft.

„Willst du einen Pullover von mir mitnehmen?“

„Darf ich?“, antwortet Hiroshi viel zu schnell. In seinen Augen blitzt etwas, das Rico nicht identifizieren kann. Hiroshis Mimik ist fantastisch. Die Muskeln spielen und vermitteln jede seiner Gefühlslagen bis ins Detail.

„Klar. Willst du einen vor oder nach dem Training?“ Hiroshi reißt die Augen weit auf, sein Mund steht offen, er bringt keinen Ton heraus. „Das war ein Scherz“, gluckst Rico und beginnt zu lachen. Hiroshi zieht einen Flunsch, was das Süßeste ist, was Rico je gesehen hat. Er beginnt den Asiaten zu kitzeln, was diesem ein schallendes Lachen entlockt. Er windet sich unter den Berührungen, bekommt kaum Luft, kichert und lacht in einem Atemzug. Grunzende Geräusche entweichen ihm. Es hört sich ein bisschen an, wie wenn ein Wildschwein lachte, obwohl Rico nicht weiß, wie sich das anhören würde.

Genauso stellt er sich das vor.

Er kitzelt Hiroshi weiter, der sich kichernd windet und auf den Bauch dreht. Rico und er lachen fast gleich stark. Es ist eine wundervoll vertraute Atmosphäre.

Bis ein Furz die Stimmung durchschneidet.

„Boah, nein!“ Rico zuckt angeekelt zurück. „Hast du mich gerade angefurzt?“

„Ich kann nichts dafür. Immer wenn ich gekitzelt werde, habe ich meinen Darm nicht mehr im Griff."

„So genau wollte ich das eigentlich gar nicht wissen", gackert Rico und hält sich gespielt angeekelt die Nase zu.

„Du Idiot, es stinkt gar nicht."

„Natürlich, weil du der einzige Mensch auf der ganzen weiten Welt bist, der beim Furzen nach Rosen duftet."

„Ach du!", grunzt Hiroshi und schlägt Rico dann das Kissen ins Gesicht. Ihr Gerangel geht weiter und wieder kitzelt der Fitnesscoach sein Gegenüber. Es wird nicht das letzte Mal gewesen sein, dass diesem ein Darmwind entweicht. Als geklärt ist, wer stärker ist - als ob daran irgendein Zweifel bestanden hätte - legen sich die Männer hintereinander in die Löffelchenstellung. Hiroshi genießt es, die starken Arme auf sich zu spüren und Ricos Körperwärme zu teilen. „Es ist schön mit dir."

„Ja, das finde ich auch, also mit dir." Hiroshi gähnt lautstark, was Rico verzückt lachen lässt. „Du bist einfach zuckersüß."

„Lass uns schlafen, ja?"

„Mit dir in meinen Armen kann ich sicher wundervoll schlafen."

„Du bist so kitschig. Das könnte glatt von mir sein." Rico küsst Hiroshi auf die Wange, zieht ihn dichter an seinen Körper und hält ihn fest. Er wartet so lange, bis er sanfte Schnarchgeräusche von Hiroshi vernimmt. Mit einem zufriedenen Lächeln auf den Lippen dämmert auch Rico langsam in das Reich der Träume.

Kapitel neun

Rico ist vor Hiroshi wach, bleibt aber noch eine Weile neben ihm im Bett liegen und beobachtet den zierlichen Asiaten beim Schlafen. Das gleichmäßige Heben und Senken seines Brustkorbs sowie das leichte Schnarchen haben etwas unheimlich Entspannendes. Hiroshi liegt bäuchlings auf dem Bett, seine Silhouette ist nur teilweise von der Bettdecke verborgen. Die Sonne, die durch die halb geöffnete Jalousie auf Hiroshis entblößten Rücken scheint, lässt die Haut golden schimmern. Ein zufriedenes Lächeln breitet sich auf Ricos Gesicht aus. Er lehnt sich vor und küsst Hiroshi zärtlich auf die Wange. Nicht einmal eine Regung entlockt er dem Schlafenden damit. Also legt Rico sein Bein über Hiroshi, lässt seinen Penis zwischen die Schenkel des schlafenden Mannes gleiten und beginnt sich an ihm zu reiben. Seine Haut ist so sanft und unheimlich anziehend.

Hiroshi entweicht ein leises Grunzen.

Lächelnd beginnt Rico zärtliche Küsse auf Hiroshis Rücken zu verteilen, ihn zu streicheln und sich dabei weiter zwischen den leicht behaarten Beinen zu reiben. Mit jedem Kuss und jeder Bewegung erwacht Hiroshi weiter. Verschlafen gähnend dreht er seinen Oberkörper zu Rico, damit sie sich küssen können. Der Hüne legt seine muskulösen Arme um Hiroshi und zieht ihn dichter zu sich. Hiroshi genießt die intensiver werdende Reibung, die Ricos dicker Schwanz zwischen seinen Schenkeln auslöst. Ricos Hand wandert tiefer. Als er schließlich Hiroshis Penis mit seinen Fingern umfasst, entweicht diesem ein leises Stöhnen. „Gefällt dir das?“

„Ja, mach weiter“, stöhnt Hiroshi. Ihre Bewegungen werden verlangender. Sie sind sich so nah, dass sie jedes auch noch so kleine Zucken, jede Regung des anderen hautnah miterleben. Hiroshi spürt sogar Ricos schneller werdenden Herzschlag, was ihn zum einen beruhigt, zum anderen bis in die Haarspitzen erregt. Ricos Stöhnen wird lauter, seine Muskeln spannen sich an. Als Rico schließlich kommt und seinen Samen zwischen Hiroshis Oberschenkeln verspritzt, reißt es auch den Japaner mit. Die Männer genießen den frühmorgendlichen Orgasmus gemeinsam.

Eng umschlungen, zufrieden und wild atmend bleiben sie ineinander verschlungen liegen, warten, bis sich ihre Atmung normalisiert. Minutenlang ist es absolut still, keiner der beiden traut sich etwas zu sagen und die zufriedene Stille zu durchbrechen. Schließlich ist es Rico, der das Schweigen bricht.

„So, ich muss los, Hiro. Ich habe dir einen Ersatzschlüssel auf das Sideboard im Flur gelegt. Damit kannst du dich selbst rauslassen. Sehen wir uns heute Abend?“ Hiroshi ist derart müde und befriedigt, dass er beinahe wieder eingeschlafen ist.

„Du hast mir einen Schlüssel hingelegt?“, will er gähnend wissen.

„Ja, Kleiner, das habe ich. Also, was ist? Sehen wir uns heute Abend?“

„Ist gut. Ich freue mich.“

„Ich mich auch“, entgegnet Rico, küsst ihn auf den Mund und verlässt mit einem Grinsen sein Schlafzimmer. Es fühlt sich seltsam an, einen Mann allein in seiner Wohnung zurückzulassen. Gut, bislang hatte er kaum jemanden hierhergebracht und Hiroshi ist der Richtige, um es zu versuchen. Fröhlich pfeifend besteigt Rico sein Motorrad und fährt los. Die Gewissheit, dass er Hiroshi am Abend wiedersehen wird, macht ihn glücklich und erfüllt ihn mit ungeheurem Tatendrang.

Eine halbe Stunde später erwacht Hiroshi erneut, nur dieses Mal nicht wegen Rico, der ihn mit seinem steifen Schwanz weckt, sondern weil seine Blase unangenehm drückt. Doch noch kann er sich nicht aufrappeln und verspürt überhaupt keine Lust, der Wärme des herrlich nach Rico duftenden Bettes zu entsteigen. In seinen Gedanken kreisen die erotischen Bilder der geteilten Nacht. Er spürt Ricos Berührungen noch immer auf seiner Haut, hört und riecht ihn.

Herrlich.

Seine Blase zwingt ihn schließlich, endlich aufzustehen. Nachdem er sich erleichtert hat, klettert er in die Wanne, um ausgiebig zu duschen. Nachdem er Ricos Bettwäsche in die Waschmaschine gesteckt hat, verlässt er dessen Wohnung und schließt die Tür mit dem Ersatzschlüssel ab. Soll ich den Schlüssel in den Briefkasten werfen oder darf ich ihn behalten? Er hat gar nichts gesagt. Hm ... dann behalt ich ihn einfach. Mit einer geschickten Bewegung befestigt Hiroshi den neuen Schlüssel an seinem Schlüsselbund und strahlt dabei wie ein Honigkuchenpferd. Er kann es kaum erwarten, seinem Mitbewohner Jakob von dem Ausflug und der gemeinsamen Nacht zu erzählen. Mit dem Stadtbus erreicht er die Haltestelle vor seiner Wohnung mit nur einmal Umsteigen. Hiroshi erklimmt die zweite Etage, schließt die Tür auf und betritt seine Wohnung. Zu seinem Bedauern ist Jakob nicht zuhause. Das Zimmer des Nerds und die Wohnung sind verlassen. Leicht enttäuscht zieht sich Hiroshi in seinem Zimmer um. Er hätte gern mit ihm darüber gesprochen und ihn nach seiner Meinung gefragt. Da sie beide nicht sonderlich erfahren sind, tut dieser Austausch beiden gut. Nachdem Hiroshi die Pflanzen gegossen und die Geschirrspülmaschine eingeräumt hat, öffnet er den Kalender auf seinem Smartphone, um sich anzusehen, was heute noch ansteht. Er hat sich lediglich einen Besuch bei seiner Mutter eingetragen. Seit er vor zwei Jahren von zu Hause ausgezogen ist, sehen sie sich naturgemäß weniger und dennoch pflegen sie ihre innige Mutter-Sohn-Beziehung weiter. Mit dem Fahrrad sind es zur Kunstgalerie seiner Mutter nur wenige Minuten. Die Galerie befindet sich am äußeren Ende der Altstadt, in einem umfunktionierten und kürzlich renovierten Industriegebäude. Das Zusammenspiel von alt und neu macht die Galerie zu etwas Besonderem. Seine Mutter stellt sowohl bekannte Künstler als auch Newcomer aus, und das sehr erfolgreich. Aber eines haben all ihre sogenannten Künstler gemeinsam: Sie sind ausgesprochen anspruchsvoll. Anscheinend muss seine Mutter Sonderwünsche im Akkord erfüllen, bevor sich die Exzentriker auch nur überlegen, bei ihr auszustellen. Aber es lohnt sich: *Galeria Kentaka* floriert und gehört zu den wohl bekanntesten Adressen der Stadt, wenn es um Kunst geht. Hiroshi vermutet, dass die fachkundige Beratung seiner Mutter und die unkonventionellen, teils sehr kontroversen Werke die Hauptgründe für den großen Erfolg sind.

Er ist unheimlich stolz auf sie.

Momentan befindet sie sich mitten in den Vorbereitungen für eine neue Ausstellung und ist dementsprechend beschäftigt. Nicht dass Hiroshi das stören würde. Mit einem breiten Grinsen auf dem Gesicht betritt er die im Industriedesign ausgestatteten Galerieräumlichkeiten. Eine breite Fensterfront und ein ausgeklügeltes Beleuchtungskonzept sorgen für das entsprechende Licht. Momentan herrscht reger Betrieb. Kunden stöbern durch die Dauerausstellung, während vom hinteren Teil der Galerie Umbaugeräusche zu vernehmen sind. Hiroshi findet seine Mutter nach kurzer Suche vor einem großen Gemälde. Neben ihr steht ein grauhaariger, drahtiger Mann mit einer runden Brille, der das Bild genauestens mustert. Sie scheint dem kritisch dreinblickenden Kunden das Werk verkaufen zu wollen. Als Frau Kentaka ihren Sohn entdeckt, beginnt sie übers ganze Gesicht zu strahlen. „Hiroshi, schön dich zu sehen." Sie umarmen sich kurz, bevor sich seine Mutter neben ihn stellt und ihm ihre zarte Hand auf die Schultern legt. „Ich möchte dir jemanden vorstellen. Das ist Herr Meier, er ist einer meiner besten Kunden und wollte dich schon lang einmal kennenlernen. Was für eine wunderbare Gelegenheit."

„Freut mich, Herr Meier." Der ältere Kunde reicht Hiroshi die Hand und beginnt zu lächeln.

„Mich auch, Hiroshi. Ich darf doch Hiroshi sagen?" Sein Gegenüber nickt zustimmend. „Sie sehen Ihrer Mutter wie aus dem Gesicht geschnitten ähnlich. Die gleichen filigranen Gesichtszüge. Einmalig." Hiroshi lächelt höflich, auch wenn er das schon so oft gehört hat, dass er es langsam nicht mehr hören kann.

„Vielen Dank, Herr Meier, für das nette Kompliment."

„Wenn es doch die Wahrheit ist. Aber sagen Sie mir, Hiroshi, was halten Sie von diesem Gemälde, das mir Ihre Mutter aufzuschwatzen versucht?" Der sicherlich gut betuchte Kunde zwinkert Frau Kentaka freundlich zu und fokussiert Hiroshi durch seine runden Brillengläser. Dieser schaut mit großen Augen zu seiner Mutter. Panik wallt in ihm auf.

„Mein Sohn ist nicht gerade ein Kunstkenner, Herr ..."

„Ich bin sicher, dass er dennoch eine Meinung zu diesem Werk hat", unterbricht sie der Kunde. Hiroshi schluckt trocken. *Oh Mann, was soll ich ihm nur sagen? Ich habe mich nie für Kunst interessiert, weshalb es Mama irgendwann aufgegeben hat, mich zu immer neuen Ausstellungen mitzuschleppen.* Er sieht sich das düster wirkende, auf Leinwand gemalte Ölbild an. Wirre Striche und dunkle Farben. Er sieht nochmals kurz seine Mutter an, die einen beinahe flehenden Gesichtsausdruck aufgesetzt hat, bevor er trocken schluckt und dem Kunden seine Meinung mitteilt.

„Ich finde, dass der Künstler sehr viel Ausdruck über die Pinselführung und die Farbwahl transportiert. Das Gemälde ist düster und dennoch strahlt es eine fast schon heitere Lebendigkeit aus. Bei genauerer Betrachtung entdeckt man viele versteckte Botschaften und Hinweise, die einem ungeübten Auge entgehen. Ein wirklich tolles Bild mit viel Wirkungsspielraum. Aufgrund der dunklen Farbwahl sollte es vorzugsweise in einem hellen Eingangsbereich hängen, um die nötige Aufmerksamkeit zu erhalten und die gewünschte Wirkung zu erzielen." Schweigen breitet sich zwischen den Anwesenden aus. Der Kunde sieht zuerst Hiroshi und dann seine Mutter durchdringend an. Dann lacht er los.

„Ihr Sohn ist fast so beeindruckend wie Sie, Frau Kentaka. Ich kaufe das Bild. Wann können Sie es liefern?" Hiroshis Mutter steht noch eine Weile regungslos da, bevor sie dem Kunden die Hand schüttelt und ebenfalls ein Lächeln aufsetzt.

„Ende des Monats."

„Wunderbar. Die Zahlungsmodalitäten regeln wir wie immer später." Der Mann verabschiedet sich von Frau Kentaka mit einer angedeuteten Verbeugung sowie einem Handkuss und mit einem Nicken von Hiroshi, bevor er die Galeria verlässt. Mutter und Sohn schauen ihm noch eine Weile nach. Frau Kentaka räuspert sich und sieht Hiroshi liebevoll an.

„Ich bin absolut sprachlos, Hiroshi. Wie hast du das gemacht?"

„Ich habe absolut keine Ahnung", gibt ihr Sohn grinsend zu. „Anscheinend ist bei den vielen Museumsbesuchen doch etwas hängen geblieben." Sie umarmt ihn.

„Danke."

„Immer gern. Aus reiner Neugier: Sag, wie viel hast du ihm für dieses absolut hässliche Gemälde abgeknöpft?"

„Hiroshi! Es ist nicht hässlich."

„Also, Mama, spuck es aus. Wir sind doch unter uns." Sie seufzt und sieht sich unauffällig um.

„Fünfzehntausend Euro", flüstert sie unter vorgehaltener Hand.

„Wie bitte? Oh Mann. Für dieses Bild?"

„Ja, für dieses Kunstwerk eines äußerst bekannten Künstlers." Sie streichelt ihm über die Wange und sieht ihn durchdringend an. „Ich wusste gar nicht, dass du heute kommen wolltest."

„Ich habe dir auch nichts davon gesagt, weil ich wusste, dass du super beschäftigt bist. Störe ich?“

„Natürlich nicht!“ Sie führt ihn in ihr Büro und schließt die Tür hinter ihnen.

„Ich habe jemand kennengelernt“, platzt Hiroshi heraus.

„Was? Wirklich? Das freut mich riesig für dich, mein Schatz. Erzähl mir alles über ihn.“

„Er heißt Rico und arbeitet als Fitnesscoach. Seine Großmutter ist eine meiner Schützlinge in der Seniorenresidenz.“

„Das ist ja witzig, sowas gibt es auch nur einmal.“ Hiroshi nickt. „Komm, lass mich nicht so lang schmoren. Ich will Details.“

„Och, viel gibt es da nicht zu erzählen. Sie hat mir ihren Enkel unter einem Vorwand vorgestellt und irgendwie war da was zwischen uns. Also war ich bei ihm im Studio zum Training, da hat es gefunkt und wir haben uns zu einem Date verabredet.“

„Süße Geschichte, Schatz. Wie ist er so? Magst du ihn?“

„Ich mag ihn sogar sehr. Er ist toll, groß, sportlich, verschmust und zärtlich.“

„Aber?“

„Nichts aber.“

„Ach, Schatz. Ich kenne dich schon dein ganzes Leben lang, denkst du nicht, dass ich mittlerweile weiß, wenn dich etwas belastet? Da ist etwas, das dir Sorgen bereitet. Komm, sag es mir.“

„Ach, ich weiß nicht. Ich habe irgendwie das Gefühl, dass ich ihm nicht genüge. Ich bin nicht so sportlich, gescheit und muskulös wie er. Ich habe den Eindruck, dass ich nicht ausreichend für ihn bin.“

„Gibt er dir das Gefühl?“, hakt seine Mutter irritiert nach.

„Nein, tut er nicht. Es geht mehr von mir aus. Meine Selbstzweifel lassen mich einfach nicht in Ruhe. Du kennst das ja.“ Seine Mutter umarmt ihn und zieht ihn an sich.

„Ja, die kenne ich. Ich habe dir das schon oft gesagt und ich sage es immer wieder gern: Du bist ein toller, junger, bildhübscher, kluger Mann. Zweifle nicht an dir und deinen Fähigkeiten. Genieße die Zeit mit ihm und zerstöre es nicht durch Ängste, die sich vielleicht nie bewahrheiten. Er wäre nicht mit dir zusammen, wenn er dich nicht mögen würde.“

„Du hast ja recht“, druckst Hiroshi herum.

„Und ob ich das habe.“

„Wir sind noch nicht zusammen.“

„Was, warum denn nicht?“

„Ach Mama, wahrscheinlich, weil wir erst einmal zusammen essen gegangen sind. Gut, gestern haben wir einen Ausflug mit seinem Motorrad gemacht, dann habe ich bei ihm übernachtet und heute hat er mir einen Ersatzschlüssel zu seiner Wohnung gegeben.“

„Sag das noch mal: Er hat dir einen Ersatzschlüssel gegeben und du denkst, ihr seid nicht zusammen? Ein Schlüssel sagt doch einfach alles.“

„Nein, tut es eben nicht. Er musste arbeiten gehen und ich bin noch liegen geblieben. Das war mehr eine Notwendigkeit.“

„Nein. Jeder andere Kerl hätte dich rausgeworfen. Aber er hat dir einen Schlüssel gegeben. Für mich ist der Fall klar. Lass dir einfach Zeit und überstürze es nicht. Okay?“ Sie streichelt ihm liebevoll über die Wange und lächelt ihn an.

„Okay.“ Hiroshi lächelt zurück, seine Wangen sind leicht gerötet.

„Und jetzt lass mich weiterarbeiten. Wann steht unser nächstes Mittagessen oder ein weiterer Kinoabend auf dem Programm?“

„Nächste Woche finden wir sicher einen Termin.“

„Einen Termin, wie das klingt“, seufzt Frau Kentaka und lächelt ihren Sohn warm an. „Ich freue mich immer auf meinen Hiroshi. Aber heute bin ich total im Stress. Du bist mir doch nicht böse?“ Hiroshi schüttelt den Kopf, küsst sie auf die Wange und verlässt im Anschluss ihr Büro. Als er wieder auf der Straße steht, fasst er einen Entschluss.

Heute koche ich für ihn.

Als Rico seine Wohnung betritt, schlägt ihm ein leckerer Duft entgegen. Verzückt und ein wenig irritiert hängt er seine Lederjacke an die Garderobe, streift die Schuhe ab und folgt seiner Nase Richtung Küche. In der modernen Wohnküche findet er Hiroshi am Herd vor. Der zierliche Mann hat seine Schürze angezogen und wuselt wie ein kleiner Wirbelwind herum. Auf dem Herd stehen zwei blubbernde Töpfe. Ein großer, höchstwahrscheinlich mit Pasta, und ein kleinerer mit Soße. Er umarmt Hiroshi von hinten und küsst ihm den Hals. „Hallo, Kleiner.“

„Da bist du ja“, freut sich Hiroshi, dreht sich lächelnd zu Rico um und lässt sich von ihm auf den Mund küssen. „Hm, du riechst so gut, hast du geduscht?“

„Immer nach der Arbeit. Sonst stinke ich.“

„Du stinkst nie.“

„Schleimer.“

„Danke.“ Sie lachen. „Würdest du den Wein aufmachen? Ich habe keinen Korkenzieher gefunden.“

„Es gibt sogar Wein?“

„Natürlich, was denkst du denn?“ Rico schmiegt sich dicht an Hiroshi, reibt seine Körpermitte an dessen Hintern. „Hey, wir können bald essen. Hör auf damit.“ Rico kann nicht anders. Immer wenn er Hiroshi sieht, wird er hart.

„Warum sollte ich? Ich will dich so sehr, dass es schmerzt. Außerdem habe ich schon den ganzen Tag an dich gedacht. Das wird ganz schnell gehen. Dein Schleckmäulchen schafft mich in wenigen Sekunden.“

„Du sag mal, geht's noch? Ich bin doch nicht dein persönlicher Staubsauger“, empört sich Hiroshi gespielt beleidigt. Rico lacht und küsst Hiroshi auf den Mund.

„Natürlich nicht. Aber für mehr haben wir erst nach dem Essen Zeit.“ Hiroshi verdreht die Augen. Ein keckes Grinsen ziert sein Gesicht. Ohne weiter darauf einzugehen, geht er in die Knie. Rico beißt sich auf die Unterlippe, als Hiroshi mit seiner Hand über Ricos Schritt fährt, bevor er den Reißverschluss öffnet. Mit wenigen, geschickt ausgeführten Handgriffen, befreit er den halb harten Schwanz aus seinem Stoffgefängnis. Das Glied wippt voller Erwartung auf und ab. Hiroshi verzichtet – zugunsten der Nudeln – auf ein Vorspiel. Er nimmt den Kolben direkt richtig tief in sich auf. Als das dicke, mit Adern durchzogene Glied in seinen Hals vordringt, treffen sich ihre Blicke. Rico liebt es, dabei zuzusehen, wie er Hiroshi tief in den Rachen fickt, sein Glied mit jedem Stoß an der Rachenwand entlangschrammen sieht.

Ein einmaliges Gefühl und ein toller Anblick.

Hiroshis heißer, feuchter Mund schließt sich so fest um sein Glied, dass er entzückt stöhnt. Mal hart und fordernd, dann wieder sanft und neckend. „Ah, du machst das so schön, Hiro. So geil." Er verzichtet darauf, sich in dem engen Mund zu bewegen. Hiroshi macht das so gut, dass er schon nach wenigen Minuten das Ziehen in seinen Hoden spürt. Mit einem lauten Stöhnen entleert er sich direkt in Hiroshis Rachen. Dieser schluckt willig und hört nicht auf, den Penis zu verwöhnen.

Kein Tropfen wird verschwendet.

Nachdem Ricos Orgasmus abflaut, steht Hiroshi auf, wischt sich Spermareste aus dem Mundwinkel und küsst Rico auf den Mund. Sie teilen sein Aroma, genießen es wie guten Wein. „Meine Nudeln", entfährt es Hiroshi, als er auf die Uhr sieht. „Die hätten schon vor Minuten aus dem Wasser gemusst." Hektisch beginnt er an der Pfanne herumzuhantieren. Er kippt die Nudeln in ein Sieb und fischt eine heraus. Nachdem er sie durch Blasen abgekühlt hat, schlürft er sie genüsslich in seinen Mund. „Igitt. Al dente ist anders. Verdammt. Und du bist schuld!"

„Du bist halt wieder nicht schnell genug gewesen, wie damals auf dem Sessellift", kommentiert Rico und lässt den wütend zeternden Hiroshi in der Küche stehen, um den Wein zu öffnen. Ein grollendes Lachen begleitet seinen Abgang. Wenig später sitzen die Männer im Wohnzimmer am großen Esstisch, auf dem sie sich gestern geliebt haben. Hiroshi hat den Tisch schon eingedeckt, Kerzen aufgestellt und Rosenblätter verteilt. „Es sieht fantastisch aus, Hiro."

„Danke. Wahrscheinlich habe ich es mal wieder übertrieben." Rico legt seine Hand auf Hiroshis.

„Es ist perfekt und jetzt, lass uns essen." Rico nimmt eine erste Gabel voll mit Spaghetti und Soße in den Mund und kaut genüsslich. „Wow, es ist fantastisch." Hiroshi lächelt schüchtern. „Nein, wirklich. Das ist genial. So ein gutes Fleischragout habe ich noch nie gegessen."

„Bolognese."

„Fleischragout, sag ich doch." Hiroshi verdreht die Augen, dreht die Pasta auf seine Gabel und kostet den ersten Bissen. Er nickt anerkennend. Sie essen eine Weile schweigend. Das Flackern der Kerzen, das gedimmte Licht, die Rosenblätter – Romantik pur. Die Männer sehen sich tief in die Augen, was die Magie, die sie umgibt, noch verstärkt. „Morgen musst du auch wieder arbeiten, oder?"

„Ja, leider."

„Soll ich dich am Morgen hinbringen?“

„Ja, sehr gerne“, entgegnet Hiroshi lächelnd. „Morgen Abend habe ich Pläne mit Jakob, meinem Mitbewohner.“

„Du hast einen Mitbewohner?“

„Klar, mit meinem Lohn kann ich mir doch keine eigene Wohnung leisten.“

„Übertreib nicht.“

„Ist so.“

„Und wie ist Jakob so?“

„Ein ganz lieber Typ. Er ist Computerspieleentwickler, aber leider verkaufen sich seine Spiele nicht so gut.“

„Computerspieleentwickler? Ein Traumberuf“, schwärmt Rico verträumt.

„Zockst du gern?“

„Ach, ich habe fast keine Zeit mehr dafür. Aber zu meiner Zeit war ich richtig gut in diesen Kriegs- und Kampfspielen.“

„Hm.“

„Das magst du nicht, stimmt’s?“ Hiroshi schüttelt den Kopf. „Ich spiele sie ja auch nicht mehr. Aber ich stelle mir Jakobs Job sehr spannend vor.“

„Du kannst ja mal das ein oder andere Game von ihm Probe spielen und ihm Tipps geben.“

„Das wäre hammergeil.“

„Gut, der wird sich sicher freuen. Wir machen mal was aus, okay?“ Rico nickt angetan. Den Abend lassen sie gemütlich vor dem Fernseher ausklingen.

Kuschelnd, küssend, voll trauter Zweisamkeit.

Am nächsten Morgen weckt Rico Hiroshi pünktlich um sechs Uhr, was diesem ein Grummeln entlockt. „Du bist nicht unbedingt ein Morgenmensch, oder?“, will Rico grinsend wissen, während er sich dichter an Hiroshi kuschelt, unbeeindruckt von der morgendlichen Übellaunigkeit.

„Wie kommst du denn darauf?“, brummt Hiroshi, schält sich aus den Federn und tappt schlurfend ins Badezimmer. Rico sieht ihm belustigt dabei zu. Diese strubbeligen Haare, die müden Augen und der Flunsch, einfach alles an Hiroshi ist niedlich. Eine halbe Stunde später sind beide Männer gestärkt und bereit für einen neuen Tag. Langsam hat es Hiroshi auch im Griff, auf Ricos Motorrad zu steigen, ohne sich zu einem absoluten Volldepp zu machen. Die Fahrt zur *Seniorenresidenz Engelshaar* nimmt keine fünf Minuten in Anspruch. „Danke, dass du mich gefahren hast“, entgegnet Hiroshi grinsend, als er Rico den Ersatzhelm reicht.

„Behalte ihn. Du hast ja schon den Schlüssel zu meiner Wohnung und meine Lederjacke, was macht da ein Helm aus?“

„Wirklich?“ Ein Nicken von Rico ist Antwort genug. Die kurze Fahrt durch die morgendliche Kühle hat Hiroshis Lebensgeister geweckt. Er fällt Rico förmlich um den Hals. Sie küssen sich genießerisch und eng umschlungen, können einfach nicht genug voneinander bekommen. „Danke.“

„Gern, Kleiner. Wir schreiben uns, ja?“ Hiroshi nickt freudig. „Mach's gut und genieß deinen Tag.“

„Du auch.“ Erneut küssen sich die Männer auf dem Platz vor der Seniorenresidenz. Als das Motorrad ein paar Minuten später über die Straße davonfährt, gibt sich Hiroshi seiner Euphorie hin. Sein Herz macht regelrechte Luftsprünge. Obwohl es nur eine Lederjacke, ein Helm und ein Ersatzschlüssel sind, bedeutet das doch etwas! Als sich Hiroshi zum Altenheim umdreht, fallen ihm zwei Dinge gleichzeitig auf. Erstens: Traudl hat die Szene von ihrem Balkon aus mitverfolgt und winkt ihm nun strahlend zu. Und zweitens: Herr Müller war ebenfalls Zeuge ihrer Verabschiedung. Noch immer starrt der griesgrämige Mann verdattert aus dem Fenster. Als sich ihre Blicke treffen, zieht sich der Pensionär zurück und legt den Vorhang vor. *Nicht gut*. Seine Kollegen und Kolleginnen sind natürlich eingeweiht. Doch an die große Glocke hat es Hiroshi bisher nicht gehängt.

Das ist schließlich privat. Sein Privatleben.

Er betritt die Residenz durch den Personaleingang, zieht sich in der Umkleide um, bevor er sich auf den Weg nach oben macht. Als er die Tür zu seiner Abteilung öffnet, erwartet ihn Traudl Rowohlt bereits. Sie strahlt übers ganze Gesicht. Ihre Pausbacken sind einfach zu süß. „Guten Morgen, Traudl.“

„Jaja, du mich auch, Hiroshi. Komm, erzähl." Man spürt, dass die Rentnerin darauf brennt, möglichst viele Details zu erfahren. Doch Hiroshi hat sich fest vorgenommen, ihr nicht zu viel zu verraten. Für diese Neugierde, die sie stets an den Tag legt, hat sie schließlich auch eine kleine Strafe verdient. Oder?

„Was soll ich dir erzählen?" Die Rentnerin verschränkt die Arme und funkelt ihn leicht gekränkt an. „Das Date war super. Wir sind schick essen gegangen. Am nächsten Tag sind wir auf die Sommerrodelbahn und dann habe ich bei ihm übernachtet."

„Uuuh, das klingt ja so, als mögt ihr euch total gern", frohlockt die Bewohnerin und klopft ihm zufrieden auf die Schulter. „Seid ihr jetzt ein Paar?"

„Ach, Traudl. Wir kennen uns doch erst ein paar wenige Tage und ... nein, ich denke nicht."

„Aber du hättest es gerne?" *Meine Güte, du bist einfach viel zu neugierig, alte Frau.*

„Vielleicht." Das reicht ihr als Antwort. Sie fällt Hiroshi um den Hals, küsst ihn auf die Wange und zieht ihn ganz nah zu sich herunter, damit sie ihm etwas ins Ohr flüstern kann.

„Du machst mich so glücklich. Willkommen in der Familie." Hiroshi löst sich aus der Umklammerung. Es ist ihm sichtlich unangenehm.

„Traudl, bitte. Ich bin noch nicht mal annähernd Teil deiner Familie. Das wäre auch ein bisschen schnell."

„Das kommt meistens schneller, als man denkt", entgegnet sie grinsend. „Du kannst ihm ruhig mal sagen, dass er mich mal wieder besuchen kann. Ich habe eine Überraschung für euch."

„Traudl bitte", stöhnt Hiroshi. „Ich bin doch hier nicht der Nachrichtenübermittler zwischen dir und deinem Enkel. Ich muss jetzt arbeiten. Wir sehen uns später, ja?"

„Okay, bis später." Die Rentnerin schiebt ihren Rollator in den Aufenthaltsraum und Hiroshi verschwindet im Stationsbüro. Den Morgen verbringt er damit, die Akten der Bewohner auf dem Laufenden zu halten, Medikamente zu richten und die Dosierungen mit den jeweiligen Hausärzten der Patienten zu besprechen. Gegen Nachmittag begleitet er eine seiner Bewohnerinnen zum Frisör, der sich im Untergeschoss des Hauses, nahe dem Physiotherapieraum, eingerichtet hat. Gleichzeitig nimmt er eine andere Patientin mit und bringt sie in den dritten Stock.

„Danke Hiroshi“, bedankt sich die dortige Pflegerin.

„Bitte“, ruft Hiroshi noch, bevor sich die Aufzugstüren schließen. Als er auf seiner Etage ankommt, versperrt ihm Herr Müller – der ältere Herr, der Rico und ihn am Morgen beobachtet hat – den Weg. „Was kann ich für Sie tun, Herr Müller?“

„Nichts“, faucht der Alte. „Ich habe Sie mit ihm gesehen! Sind Sie auch so einer? Ein verfluchter Homo?“ Seine Stimme ist schneidend.

„Ich wäre froh, wenn Sie anständig bleiben, Herr Müller. Wir können gerne über dieses Thema sprechen, aber in einem angemessenen Ton.“

„Nein!“ Die Stimme des Alten hallt durch die Flure. „Es ist abartig, was Sie tun. Menschenunwürdig und eklig. Ich will nichts mehr mit Ihnen zu tun haben, Sie widern mich an.“ Die Worte blockieren Hiroshis Gedanken. Vor ein paar Minuten war er absolut happy und jetzt das. Derart unvorbereitet hat ihn noch niemand zuvor erwischt. Als schwuler Asiat hat Hiroshi schon einige Male Anfeindung erlebt. Aber noch nie am Arbeitsplatz und noch nie von einem Mann, der so viel älter ist als er selbst. Einem Mann, der sein Großvater sein könnte.

„Herr Müller, ich wäre wirklich froh, wenn Sie ...“

„Geh mir aus dem Weg, Schwuchtel. Ich werde das der Heimleitung melden, dann kannst du schauen, wo du bleibst. Die wollen sicher nicht riskieren, dass du weiterhin hilflose Rentner betatschst und sie mit deinen Krankheiten infizierst. Aids und was sonst noch alles. Widerlich“, wettert der Alte und macht einen großen Bogen um Hiroshi. Er kann nicht anders, ihm steigen Tränen in die Augen. Seine Wangen glühen vor Scham. Am liebsten würde er im Erdboden versinken, einfach verschwinden. Aber das geht halt nicht so einfach. „Was wollt ihr denn jetzt?“, hört er den Alten zetern. Hiroshi dreht sich um und entdeckt eine Menschentraube. Traudl führt die Gruppe, bestehend aus Rentnern und Pflegern, an. Der Ausdruck auf ihrem Gesicht verrät nichts Gutes.

„Edwin, du redest wirres Zeug“, eröffnet sie das Gespräch.

„Was? Findet ihr das nicht abartig?“ Herr Müller schaut in die Gesichter jedes Einzelnen und versteht die Welt nicht mehr.

„Wie du dich aufführst? Doch, das finden wir sogar sehr abartig.“

„Er ist ein verfluchter Homo, er hat es gern in den Arsch. Er betatscht uns ungebührlich und verbreitet Krankheiten.“

„Der Einzige, der hier andere ungebührlich betatscht, bist du, Edwin“, meldet sich eine andere Rentnerin zu Wort. Der Alte fuchtelt genervt mit den Händen.

„Und von wegen Krankheiten, warst es nicht du, der das letzte Norovirus überall verbreitet hat, weil du dich entgegen der Weisungen des Personals im ganzen Haus herumgetrieben hast?“, ergänzt Traudl. Hiroshi verkneift sich ein Lächeln.

„Herr Müller, wir tolerieren nicht, dass Sie in dieser Weise mit Herrn Kentaka sprechen. Wir pflegen hier einen freundschaftlichen Umgang miteinander. Wenn Sie sich nicht benehmen können, sind wir gezwungen, Ihre Kinder über Ihr Verhalten zu informieren“, meldet sich eine von Hiroshis Kolleginnen.

„Macht doch, was ihr wollt. Ihr seid doch allesamt Idioten“, brüllt der Alte, die Hand drohend erhoben.

„Hiroshi ist ein lieber, süßer Kerl, der uns alle hier sehr gut behandelt und nur das Beste im Leben verdient hat. Wir geben ihn niemals her und du sprichst nicht mehr so mit ihm. Hast du das verstanden, Edwin?“ Traudl und alle, die sich hinter sie geschart haben, kommen näher. Ihre Gesichter hart und undurchdringlich.

„Schon gut, schon gut“, knickt Herr Müller dann doch ein. Er macht eine wegwerfende Handbewegung und zieht sich, auf den Gehstock gestützt, in sein Zimmer zurück. Traudl schiebt sich mit ihrer Gehhilfe vor Hiroshi und umarmt ihn.

„Danke“, flüstert Hiroshi dankbar. Jetzt weint er nicht mehr, weil ihn der Alte derart angefahren hat, sondern weil er gerührt ist, überwältigt von der Solidarität, die ihm seine Kollegen und die Bewohner entgegenbringen. Er schnieft.

„Ich wusste es schon immer“, meint die Erste.

„Du bist der beste Pfleger hier“, entgegnet ein anderer.

„Lass dich nicht unterkriegen.“

„Danke euch allen für die Unterstützung. Ihr seid fantastisch“, schnieft Hiroshi mit einem verschmitzten Lächeln auf dem Gesicht, was ihm ein kollektives *Awwwww* einbringt. Nachdem ihm einige auf den Rücken geklopft und ihm noch mal versichert haben, dass sie voll und ganz hinter ihm stehen, hält das normale Leben in *Abteilung zwei* langsam wieder Einzug. Die Pfleger erledigen die noch anstehenden Arbeiten, während die Bewohnerinnen und Bewohner ihren Freizeitbeschäftigungen, entweder in ihren Zimmern oder im Aufenthaltsraum, nachgehen. Hiroshis Puls hat sich noch nicht normalisiert. Er hat schweißfeuchte Hände und ein einengendes Gefühl in der Brust. Eine derart heftige Anfeindung im Berufsleben zu erfahren, ist schwer zu verdauen. Umso schöner ist die Unterstützung der Belegschaft beziehungsweise der Bewohner und das ihm entgegengebrachte Verständnis. Plötzlich fällt Hiroshi etwas auf. *Wo ist Herr Werner? Den habe ich heute Nachmittag ja noch gar nicht gesehen.* Hiroshi betritt das Zimmer des Bewohners nach mehrmaligem Klopfen und hält einen Moment lang inne. Seine Augen müssen sich erst an das Halbdunkel gewöhnen – die Jalousien sind geschlossen und lassen nur wenig Sonnenlicht durch. Herr Werner liegt in seinem Pflegebett, seine ausgemergelte Gestalt ist unter der Decke kaum noch wahrnehmbar. Hiroshi tritt langsam näher. „Herr Werner, ich bin es, Hiroshi. Ich wollte nur mal nach Ihnen sehen." Der Pflegefachmann erschrickt, als er den Ausdruck auf dem eingefallenen Gesicht des Mannes im Halbdunkel erfasst. Es ist so weit. Die emotionslosen Augen, der rasselnde Atem und die fahle Gesichtsfarbe machen es deutlich: Herr Werner ist bereit, sein Leben und alles, was dazugehört, loszulassen. Er setzt sich neben den alten Mann ans Bett und legt seine Hand auf die des Bewohners.

Sie ist viel zu kalt.

Er zieht dem Bewohner die Decke bis ans Kinn, damit er es schön warm hat. „Ich bin bei Ihnen, Herr Werner. Sie brauchen keine Angst zu haben." Hiroshis Stimme ist warm und mitfühlend. Er unterstützt seine Worte mit Berührungen an den Händen und dem Gesicht des Sterbenden. „Ist es Ihnen recht, wenn wir das Fenster öffnen und ein wenig Sonnenlicht hereinlassen? Es ist so ein schöner Tag." Ein zaghaftes Nicken des Rentners ist für Hiroshi Antwort genug. Wenige Augenblicke später erfüllen fröhliches Vogelgezwitscher und Sonnenstrahlen den Raum. „Ich bin sofort wieder bei Ihnen." Damit verlässt Hiroshi das Zimmer, um seine Kollegen zu informieren. Als er eine Minute später zurückkommt, hat der

Rentner die Augen geschlossen. Panik erfasst Hiroshi. *Ist Herr Werner in der Zwischenzeit gestorben und ich war nicht da?* Doch dann nimmt er das leichte Heben und Senken des Brustkorbs wahr. Er atmet erleichtert durch. „Ich habe Ihre Tochter informiert. Sie wird sicherlich bald hier sein, damit Sie sich von ihr verabschieden können." Langsam öffnet der Angesprochene die Augen.

Der Anflug eines Lächelns schleicht sich auf sein Gesicht.

„Haben Sie Schmerzen, Herr Werner?" Der Mann schüttelt kaum merklich den Kopf. „Das ist gut. Ihr Hausarzt wird später ebenfalls noch nach Ihnen sehen." Hiroshi berührt den Mann am Gesicht und legt die andere Hand schützend auf die Brust des Bewohners. „Ich habe meine richtigen Großeltern nie kennengelernt. Aber die Adoptiveltern meiner Mutter waren für mich wie Oma und Opa. Einmal sind sie mit mir in den Zoo gegangen und was wir da erlebt haben, wird uns allen noch lange in Erinnerung bleiben. Wollen Sie diese Geschichte hören?" Das leichte Aufflackern in Herr Werners Augen ist Antwort genug. „Sie sind mit mir zum Pinguingehege gegangen und ich war so fasziniert von den kleinen Brillenpinguinen, dass mir meine Großeltern eine Sonnenbrille kaufen mussten, damit ich den Tieren ähnlich gesehen habe." Hiroshi muss lachen, als er sich diesen Tag erneut durch den Kopf gehen lässt. „Und weil ich so tollpatschig war, habe ich die Brille gleich beim nächsten Gehege im Wasserbecken versenkt. Während Opa lautstark geflucht hat, hat meine Oma nur gelacht. Ich kann ihr wunderbares Lachen noch heute hören." Mit kreisenden Bewegungen auf Herr Werners Brustkorb versucht der Pflegefachmann den Bewohner zu entspannen. Hiroshi erzählt dem Sterbenden zwei weitere Geschichten von sich und seinen Großeltern. Mehrfach muss er dabei lautstark lachen und spürt eine Art Grollen in Herr Werners Brustkorb.

Herr Werner spricht nicht mehr.

Dennoch spürt Hiroshi, dass er ihn wahrnimmt und die Geschichten genießt, die er ihm erzählt. Irgendetwas in Herrn Werners Innerem hält ihn noch davon ab, loszulassen, das spürt Hiroshi überdeutlich. Der Arzt und die Tochter des Sterbenden betreten gleichzeitig das Bewohnerzimmer.

Ein Funkeln erleuchtet Herr Werners Augen.

Hiroshi kennt Frau Müller-Werner nunmehr seit vier Jahren. Sie kommt ihren Vater regelmäßig sonntags besuchen und verbringt dann jeweils mehrere Stunden mit ihm. Er begrüßt sie mit einer kurzen Umarmung, die mehr als tausend Worte sagt. Als er sich von Herrn Werner verabschieden will, hält ihn der alte Mann zurück, will ihn einfach nicht gehen lassen. Hiroshi sieht seine Tochter mit einem unschlüssigen Gesichtsausdruck an. „Ich freue mich, wenn Sie bleiben", entgegnet sie mit einem warmen Lächeln. Tränen funkeln in ihren Augen. Der Arzt verlässt nach einer kurzen Untersuchung das Patientenzimmer. Er verzichtet auf die Gabe von Medikamenten, da Herr Werner keine Schmerzen hat. Hiroshi setzt sich auf die andere Seite des Patientenbettes und hält die Hand des Sterbenden, während seine Tochter Geschichten von früher erzählt und dabei eine Vielzahl von verschiedenen Gefühlen durchlebt. Die beiden teilen ein tiefes Band, das spürt Hiroshi mehr als deutlich und nur zehn Minuten nach der Ankunft seiner geliebten Tochter schließt Herr Werner seine müden Augen für immer. Hiroshi laufen Tränen über die Wangen, als er seine Hand auf Frau Müller-Werners Schulter legt und ihr damit sein tiefstes Mitgefühl ausspricht.

Sie weint leise vor sich hin.

Kapitel zehn

Seit nunmehr fünf Wochen trifft sich Hiroshi regelmäßig mit Rico und für ihn ist es, als ob sie sich schon lange kennen würden. Länger als diese fünf Wochen. Sie machen Ausflüge zusammen, gehen essen, kochen zu Hause und verbringen die Freizeit miteinander. Heute steht ein Besuch im Freizeitbad an. Aber vorher stellt Hiroshi Rico seinen Mitbewohner Jakob vor.

Hiroshi ist schon ganz nervös, obwohl er keine Ahnung hat, warum. „Du sag mal, was ist los mit dir?“, will Jakob dann auch wissen.

„Nichts, was soll sein?“

„Du bist ein nervöses Wrack und steckst mich damit an.“

„Stimmt doch gar nicht!“

„Hiro.“ Der Blick, den Jakob ihm zuwirft, spricht Bände.

„Ach, ich weiß nicht, was los ist. Irgendwie bin ich nervös, weil du ihn heute kennenlernst und weil er unsere kleine Wohnung sieht, die so ganz anders ist als seine.“

„Ach, Hiro, du und deine Selbstzweifel. Unsere Wohnung ist doch toll. Und mal ehrlich, wer könnte mich nicht mögen? Ich bin doch ein lieber Kerl.“

„Du bist ja gar nicht eingebildet“, entgegnet Hiroshi prustend. „Aber du hast natürlich recht. Ich mag dich auch ganz dolle.“ Die Männer umarmen sich, als es an der Tür klingelt. „Das ist er!“, kreischt Hiroshi, als er an die Tür sprintet.

„Was du nicht sagst“, murmelt Jakob und verdreht dabei die Augen. Er gesellt sich zu seinem Mitbewohner an die Tür. Als der Hüne ein paar Sekunden später im Treppenhaus vor ihnen auftaucht, muss Jakob leer schlucken. So hot hätte er ihn sich dann doch nicht vorgestellt. Eigentlich dachte Jakob bis gerade eben, dass Hiroshi mal wieder maßlos übertreibt. Aber das ist nicht der Fall. Er beobachtet, wie der Hüne Hiroshi umarmt und sie sich küssen.

„Das ist Jakob, mein Mitbewohner. Jakob, das ist Rico, mein Freund.“ Die beiden begrüßen sich mit einem Handschlag, bevor sie zusammen die Wohnung betreten.

„Das sieht doch total gemütlich aus hier“, entgegnet Rico, als er sich in den Räumen umsieht. „So wie du erzählt hast, dachte ich, dass ihr in einer Bruchbude wohnt.“

„Er neigt ja total zu Übertreibungen“, meldet sich Jakob zu Wort, was Rico zustimmend nicken lässt.

„Das muss ich ihm noch austreiben.“

„Viel Erfolg damit. Weißt du, wie lang ich das schon probiere?“ Rico beginnt zu lachen und Jakob stimmt ein.

„Jaja, könntet ihr bitte aufhören, über mich zu tratschen. Ich bin schließlich anwesend.“

„Och, nicht böse sein“, neckt Jakob ihn und kitzelt ihn am Bauch. Sie setzen sich in der Küche an den Esstisch. Hiroshi serviert Getränke, bevor er sich zu den Männern setzt.

„Und du bist Spieleprogrammierer, Jakob?“, erkundigt sich Rico.

„Ja genau, nur leider nicht wirklich erfolgreich.“

„Wirklich nicht? Das kann ich mir fast nicht vorstellen. Obwohl die Zeit der PC-Spiele ist ein wenig vorbei, oder? Diese blöden Konsolen. Aber ich spiele viel lieber am Computer. Was programmierst du denn?“

„Da sagst du was. Diese Konsolen haben viele Spieleentwickler arbeitslos gemacht. Ich mache Actionspiele, Shooter und so.“

„Tatsächlich? Find ich ja total geil. Komm, zeig mir mal, an was du arbeitest, vielleicht kann ich dir ein paar Tipps geben.“

„Das wäre ja geil. Hast du echt Bock?“ Jakob klingt ehrlich überrascht. Rico nickt euphorisch und man spürt förmlich seine Begeisterung. In der nächsten Sekunde sind die Männer aufgestanden und in Jakobs Zimmer verschwunden.

Als die Tür zuschlägt, zuckt Hiroshi zusammen.

Er bleibt allein am Tisch zurück und sieht sich verdattert und mehr als ratlos in der leeren Küche um. *Was in drei Teufels Namen ist hier gerade geschehen?* Einen Moment lang bleibt er noch sitzen, bevor er aufsteht und ebenfalls in Jakobs Zimmer geht. Sein Mitbewohner hat seine fünfzehn Quadratmeter bis zum letzten Fleck ausgefüllt. Bücher, alte Monitore, Kabel und ausgeweidete Computer, wohin das Auge reicht. Rico sitzt vor Jakobs Computer und hämmert auf die Tastatur ein. Er scheint nichts mehr mitzubekommen, so vertieft ist er in das Spiel. „Und, wie ist es?“, will Hiroshi wissen.

„Psst“, lautet Ricos Antwort. Er dreht sich nicht einmal zu Hiroshi um, sondern zockt, was das Zeug hält. „Eine tolle Grafik“, schwärmt er angetan.

„Danke, da habe ich lange dran gesessen. Aber mit dem Gameplay hadere ich noch ziemlich.“

„Da kann ich dir helfen. Ich habe schon ein paar Sachen gesehen, die ich ändern würde.“

„Total gern“, freut sich Jakob, zückt Papier und Stift, um sich Ricos Anmerkungen zu notieren. *Und ich, was ist mit mir? Soll ich in der Küche Däumchen drehen, oder was?*

„Ja, äh, dann, ich warte dann mal im Wohnzimmer. Du denkst schon daran, dass wir mittags ins Erlebnisbad wollten, Rico?“

„Hmhm.“ Hiroshi verdreht die Augen und lässt die Männer alleine. *Ganz toll, ich schnapp gleich über vor Freude.* Irgendwie hat er sich dieses Kennenlernen anders vorgestellt, weniger Jakob, mehr Hiroshi. Aber hey, er ist selber schuld: Hätte er Rico nicht von Jakobs Programmierfähigkeiten erzählt, wäre es nie so weit gekommen. Andererseits wäre es genial, wenn Rico dafür sorgen könnte, dass sich Jakobs Spiele verkauften.

Mittlerweile ist zwölf Uhr. Genervt geht Hiroshi im Wohnzimmer auf und ab. Er hat die letzte Stunde dafür verwendet, die Küche zu putzen – die hatte es schon lange mal wieder nötig. *Super, wirklich. Anstatt einen tollen Nachmittag mit meinem hammergeilen Freund zu verbringen, spiele ich hier den Putzmann. Hammer.* Er hat sich doch so auf diesen Besuch im Erlebnisbad gefreut. Wasserrutschen, ein Wellenbad, ein abwechslungsreicher Außenbereich und diverse Entspannungsmöglichkeiten. Mit Rico an seiner Seite wäre das sicher ein tolles Erlebnis geworden.

Wäre.

Hiroshi sitzt gelangweilt auf der Couch und verfolgt apathisch die zeitlupenartige Bewegung der Zeiger. *Ticktack. Schnarch. Langweilig.* Als er es nicht mehr aushält, steht er auf und marschiert zu Jakobs Zimmer. Er hält ein Ohr an die Tür und lauscht angespannt. Außer Klicken und dem Hämmern auf der Tastatur hört man nichts. Er klopft und betritt den Raum. Rico ist noch immer dabei, Angreifer niederzustrecken und wie wild in der Gegend herum zu ballern. Er trägt Kopfhörer und erspart der Umwelt damit das Schreien der zum Abschuss freigegebenen Monster. Flüchtig wirft er einen Blick auf den Bildschirm und wird ungewollt Zeuge, wie nacheinander die fünf Köpfe einer ekelhaften Kreatur explodieren – getroffen von Ricos präzisen Schüssen. Angewidert schüttelt er den Kopf. *Ich werde nie verstehen, was andere Männer an solchen Spielen finden. NIEMALS.* „Rico?" Hiroshi legt seine Hand auf die Schultern seines Freundes.

„Herrgott noch mal!" Rico zuckt zusammen und springt auf. „Meine Güte, du hast mich fast zu Tode erschreckt", beklagt er sich.

„Entschuldige bitte." Hiroshi hebt beschwichtigend die Hände. „Ich wollte fragen, ob wir langsam gehen wollen?"

„Was, wie spät ist es denn schon?"

„Fast Mittag."

„Oh, ich habe die Zeit total vergessen. Tut mir leid, Hiro. Aber es ist total spannend, mal bei der Entwicklung eines Games dabei zu sein. Jakob hat total geile Gegner eingebaut und ich bin schon in Level fünf."

„Er ist mir eine große Hilfe", meldet sich nun Jakob zu Wort und tätschelt Ricos Schulter kumpelhaft. Jakob zieht seine Hand blitzschnell zurück, als er Hiroshis Blick einfängt.

„Das freut mich", entgegnet Hiroshi zerknirscht. *Das freut mich, meine Güte, was bin ich nur für ein Weichei. Ich sollte ihm sagen, dass ich ihn nicht mit Jakob teilen will und wir nun endlich gehen sollten. Ich will dich nur für mich und ich will dich nackt.* Beim bloßen Gedanken an Rico in Badeshorts wird Hiroshi hart.

„Darf ich noch ein wenig zocken, Hiro? Bitte?" Rico sieht Hiroshi mit einem flehenden Gesichtsausdruck an und verzieht seinen Mund zu einem furchtbar süßen Flunsch. Fast knickt Hiroshi ein, aber nur fast. Als Rico einen Blick auf Hiroshis Gesicht wirft, steht er sofort auf. „Ich kann ja später mal wiederkommen oder, Jakob?"

„Auf jeden Fall."

„Du hast ja jetzt meine Handynummer."

„Ach, die Herren tauschen schon ihre Nummern aus?“, zischt Hiroshi. Rico beendet das Spiel und steht auf. Er nimmt Hiroshi in die Arme und küsst seinen Nacken.

„Ist da vielleicht jemand eifersüchtig?“, entgegnet Rico lächelnd mit einer zuckersüßen Stimme.

„Eifersüchtig? Sicher nicht. Ich dachte nur, dass wir heute ins Erlebnisbad gehen. Aber wenn du lieber mit Jakob zockst, darfst du mir das gern sagen, dann ...“

„Natürlich nicht, Hiro, das weißt du doch. Was könnte schöner sein, als Zeit mit dir zu verbringen?“ Rico riecht Hiroshis Haaren und strubbelt sie einmal durch.

„Wirklich?“ Hiroshis Stimme klingt brüchig.

„Aber natürlich. Komm, wir gehen. Hast du deine Badesachen?“ Hiroshi nickt fröhlich. Rico und Hiroshi machen sich auf den Weg, während sich Jakob den Anpassungen seines Computerspiels widmet. Das Hallenbad liegt auf einer Anhöhe, von der aus man einen wunderbaren Ausblick auf die Stadt und den nahen Wald hat. An den Wochenenden oder abends steht man sich vor den Kassen die Beine in den Bauch, aber jetzt herrscht gähnende Leere. Ein weiterer Vorteil von unregelmäßigen Arbeitszeiten. In weniger als zwei Minuten haben die Männer die Eintrittskarten bezahlt und betreten mit den zur Verfügung gestellten Badetüchern die Umkleiden. Das Erlebnisbad hat erst vor wenigen Jahren seine Tore geöffnet und wurde seitdem laufend renoviert und erweitert. Diverse Wasserrutschen sind seit der Eröffnung dazugekommen und auch der Außenbereich wurde kräftig ausgebaut.

„Wow.“ Hiroshi verschluckt sich beinahe an seiner eigenen Zunge, als er Rico in seinen engen Badeshorts vor den Kabinen trifft. „Du siehst ... ich weiß nicht, ob ich so mit dir baden gehen will.“ Rico sieht an sich herunter und hebt die Schultern.

„Warum nicht? Spinnst du jetzt?“

„Na, weil du darin so hammergeil aussiehst, dass ich wahrscheinlich die ganze Zeit hart sein werde.“ Ein schelmisches Lächeln schleicht sich auf Ricos kantige Züge.

„Ach ja?“, murmelt er, als er vor Hiroshi posiert und seine Muskeln anspannt. Fasziniert und mit offenem Mund beobachtet Hiroshi, wie sich die Adern mit Blut vollpumpen und die Muskeln an Bauch und Armen zu tanzen beginnen. Sein Blick wandert unwillkürlich zu der gut sichtbaren Beule in Ricos Hose.

„Du bist unmöglich“, entgegnet Hiroshi, schüttelt den Kopf und verzieht sich Richtung Badelandschaft.

„Nun tu doch nicht so“, lacht Rico und eilt hinter ihm her. „Ich will dich doch nur für die Zeit entschädigen, die ich bei Jakob vor dem Computer verbracht hab.“

„Das wirst du auf jeden Fall, aber später.“

„Uh, ist das ein Versprechen?“, hakt Rico nach und wackelt mit seinen Augenbrauen.

„Natürlich.“ Die Männer staunen nicht schlecht, als sie den Bereich mit den Becken betreten. Gähnende Leere. Begeistert von den Möglichkeiten, die sich dadurch bieten, stürmen Rico und Hiroshi das erste Becken zu ihrer Linken. Das siebenunddreißig Grad warme Wasser tut unheimlich gut. Die Männer waten zu den zahlreich vorhandenen Unterwasserliegen und lassen sich auf den semibequemen Sitzgelegenheiten nieder – für Hiroshi sind sie viel zu hart. Zwischen den eng aneinanderliegenden Röhren aus rostfreiem Stahl steigen wohltuende Blasen auf. Rico schließt die Augen und entspannt sich in dem warmen Wasser, lässt sich verwöhnen.

Hiroshi hingegen findet keine Ruhe.

Er windet sich, rutscht vor und zurück, immer auf der Suche nach einer bequemen Liegeposition. „Was ist das für ein Gezappel?“, will Rico irritiert wissen, als er die Augen öffnet.

„Keine Ahnung. Ich muss mich krampfhaft festhalten, damit mich die Blasen nicht hochtreiben“, murrt dieser und deutet dabei genervt auf die Liege.

„Was? Das habe ich ja noch nie gehört. Also ich leg mich einfach hin und gut ist.“

„Du bist ja auch ein schwerer Brocken“, entfährt es Hiroshi. Ricos Augen weiten sich. „Also, nicht negativ gemeint. Du bist halt einfach schwerer als ich, weshalb es …“ Rico legt ihm den Zeigefinger auf die Lippen, um seinen brabbelnden Redeschwall zu unterbrechen.

„Da kannst du dich nicht rausreden, Hiro. Du hast mich gerade fett genannt und das hat Konsequenzen für dich, mein Kleiner. Das verspreche ich ...“

„Nein!“ Fast schon panisch setzt sich Hiroshi im Wasser auf. „Ich wollte doch nicht ...“ Rico lässt ihn nicht ausreden, sondern beginnt ihn zu kitzeln. Hiroshis unheimlich süßes Kichern ertönt und schallt durch die fast leere Badelandschaft. Rico liebt es einfach, Hiroshi zu berühren, er kann nicht anders, denn dieser kleine Kerl ist zu appetitlich, um die Finger auch nur ein paar Minuten von ihm zu lassen. Wenn er dann noch so goldig kichert, ist es um Rico geschehen. „Hör auf, bitte, ich ... ich muss noch ...“

Zu spät.

Neben den unzähligen geruchlosen gelangen auch einige mit Darmdämpfen angereicherte Blasen an die Oberfläche. „Mann, Hiro. Das darf doch jetzt nicht wahr sein.“ Rico hält sich gespielt angeekelt die Nase zu, macht aber keine Anstalten, mit Kitzeln aufzuhören, sondern macht genüsslich weiter. Er liebt Hiroshis Kichern, die Grimassen, die er dabei schneidet und wie er sich unter seinen Berührungen windet. Als Hiroshi kaum mehr Luft bekommt, weil er so laut lacht, stellt Rico das Kitzeln widerwillig ein. „Weißt du eigentlich, wie unheimlich knuffig du aussiehst, wenn du so lachst?“ Ohne eine Antwort abzuwarten, versiegelt er die sinnlichen Lippen seines Gegenübers mit den seinen. Es dauert keine zwei Sekunden bevor Hiroshis auf Erkundungstour befindlichen Hände unter dem Wasser den Weg zu seinem Körper finden. Als er mit seinen zarten Händen in Ricos Badeshorts taucht und dessen harte Länge umfasst und zu pumpen beginnt, entweicht Rico ein Keuchen. „Und so verdorben“, schießt er noch nach.

„Wer ist hier verdorben?“, antwortet Hiroshi und schließt seine Finger fester um das harte Fleisch.

„Na ja, ich habe dich nicht angegrabbelt. Noch nicht.“ Sie setzen ihren leidenschaftlichen Kuss fort, als auch Ricos Hand auf Wanderschaft geht. Sie vergessen alles um sich herum, genießen die Streicheleinheiten, Berührungen und die Küsse.

Ein Räuspern lässt Hiroshi erschrocken kreischen.

Die Männer schrecken auseinander. Neben ihnen hat sich unbemerkt eine ältere Dame in einem geblümten Badeanzug niedergelassen. Sie rümpft die Nase und sieht die beiden durchdringend an. *Ganz toll, altes Mädchen. Es gibt fünf gähnend leere Becken in diesem Bad und du suchst dir ausgerechnet das hier aus?* „Entschuldigung“, murmelt Hiroshi, dessen Wangen sich beinahe augenblicklich feuerrot verfärbt haben. Als sein Blick auf die hässliche Badekappe fällt, unter der die Frau ihr ergrautes Haar verbirgt, bricht er in schallendes Gelächter aus. Dieses Gesicht, der Blick und diese Haube, das ist einfach zu viel für ihn. Die Männer bewegen sich kichernd und sich entschuldigend durchs Wasser zum Ausgang. „Unmöglich so etwas“, hören sie die Dame noch murren.

„Hast du ihr Gesicht gesehen? Und diese Haube?“, prustet Hiroshi.

„Ich habe mir schon die ganze Zeit auf die Unterlippe gebissen, aber als du losgegrölt hast, konnte ich mich einfach nicht mehr beherrschen.“

„Das ganze verdammte Bad ist leer und sie muss sich unbedingt neben uns setzen?“

„Ja, das dachte ich mir auch“, stimmt ihm Rico zu.

„Was magst du als Nächstes machen?“

„Wie wär's mit dem Canyon?“, schlägt Rico vor und deutet auf den Außenbereich. Dampfend hebt sich dort ein Wasserkanal von der Landschaft ab.

„Oh ja, super gerne.“ Als Hiroshi den Fuß zögerlich in das deutlich kältere Wasser des Außenbeckens streckt, zuckt er zurück und quiekt wie ein Schweinchen. Ricos Honiglachen ertönt hinter ihm.

„Sei nicht so eine zimperliche Heulsuse“, feixt Rico, als er neben Hiroshi das Becken betritt und gleich die ersten drei Stufen auf einmal nimmt. Er zuckt zusammen und keucht erschrocken, als das kalte Wasser seine Kronjuwelen umspült.

„Heulsuse, ja?“, kichert Hiroshi und nimmt langsam die nächste Stufe – er will sich schließlich akklimatisieren. Zusammen wagen sie sich zum Kanal vor. Die Düsen, die in regelmäßigen Abständen in den Außenwänden eingelassen sind, sorgen für einen starken Wasserstrom, der sie fast augenblicklich erfasst und mitreißt. Einem Impuls folgend klettert Hiroshi auf Ricos starken Rücken und hält sich an ihm fest. Die Arme des

Hünen schlingen sich um Hiroshis Beine und halten ihn fest, während sie immer schneller durch den Kanal jagen.

Hiroshi lacht und jauchzt beinahe gleichzeitig.

Seine Hände begeben sich erneut auf Erkundungstour - *ich kann einfach nicht anders. Dieser hammermäßige Körper muss einfach berührt werden.* Jetzt ist es Hiroshi, der Rico kitzelt und gleichzeitig versucht, ihn unter Wasser zu drücken. Sie rangeln miteinander, während Rico krampfhaft versucht, oberhalb des Wasserspiegels zu bleiben. Er hat keine Chance, das Klammeräffchen abzuwerfen, also entscheidet er sich zur Flucht nach vorn. „Wer ist jetzt stärker, hä, du oder ich? Bald habe ich dich so weit, mein Schatz, bald ...", Hiroshis Worte werden jäh abgeschnitten, als Rico mit ihm auf dem Rücken abtaucht. Es dauert keine zwei Sekunden, bevor sich der Asiat von ihm löst und nach oben strampelt. Er hält ihn am Arm fest und küsst ihn. Das scheint ihn zu beruhigen. Für ein paar Sekunden bleiben sie unter Wasser, vereint in ihrem sinnlichen Kuss. Die nächste Biegung und die Geschwindigkeit des Wassers beenden ihre Verbindung schroff. Keuchend und hustend tauchen sie auf. Die schrille Trillerpfeife des Bademeisters lässt sie erschrocken auseinanderfahren.

„Ihr wisst aber schon, dass das gefährlich ist, was ihr hier macht?"

„Fummeln?", entweicht es Rico. Der Bademeister schüttelt belustigt den Kopf.

„Seid einfach vorsichtig." Die Männer nicken und kichern wie kleine Mädchen. Noch immer kopfschüttelnd geht der Bademeister davon, um ein anderes Becken zu kontrollieren.

„Wollen wir jetzt rutschen gehen oder willst du noch ein wenig entspannen?", will Rico wissen und deutet auf den Wegweiser zum Rutschbereich.

„Nein, gehen wir rutschen. Ich bekomme aber Angst, wenn es zu schnell geht und dunkel wird."

„Natürlich, wer hätte das gedacht", brummt Rico. *Hat der gerade die Augen verdreht?*

„Wenn dir das zu viel wird, dann ...", schnappt Hiroshi gekränkt.

„Hiro, bitte. Alles in Ordnung. Hast du weniger Angst, wenn wir in einem Doppelreifen rutschen?"

„Auf jeden Fall.“ Rico lächelt wissend und zieht Hiroshi zu den Rutschen. Mit einem lauten Geräusch klatscht Hiroshis flache Hand auf Ricos rechte Pobacke.

„Hey“, beschwert er sich.

„Was? Wenn die mir so knackig entgegenlachen, da kann ich einfach nicht anders“, verteidigt sich Hiroshi grinsend. Rico verdreht die Augen und schüttelt lächelnd den Kopf.

„Na, warte“, bläst er zum Angriff. Hiroshi läuft kichernd vor ihm her und versucht ihn abzuschütteln, natürlich ohne viel Chancen auf Erfolg. Seine dünnen Beine, der kleine Knackpopo, die dunklen Haare, sein Nacken, einfach alles an dem Kleinen findet Rico begehrenswert. Kurz bevor er ihn eingeholt hat, rutscht Hiroshi auf den nassen Platten aus und droht zu fallen. Mit einer geschickten Bewegung fängt er ihn auf und hebt ihn hoch. „Alles in Ordnung?“ Hiroshi schlingt seine Arme um Ricos Nacken und nickt zustimmend.

„Mein Prinz.“ Rico lacht und schüttelt leicht irritiert den Kopf. „Danke für die Rettung.“

„Bitte gern.“ Widerwillig lässt Rico Hiroshi los und stellt ihn auf den Boden. „Sei einfach vorsichtiger.“

„Wenn es so einfach wäre“, kommentiert Hiroshi grinsend. Als sie den durch einen Flur mit dem Hauptgebäude verbundenen Bereich betreten, trifft sie beinahe der Schlag. Kein Wasser. Sämtliche Rutschen sind trocken und unbenutzt.

„Was ist denn hier los?“, regt sich Rico auf und sieht sich genervt um.

„So was gibt es doch nicht“, schließt sich Hiroshi an. „Sind alle defekt? Das kann ja gar nicht sein.“

„Alle gleichzeitig, das denke ich nicht.“

„Guten Tag. Bitte entschuldigen Sie“, werden sie von einem schmächtigen Mann in Bademeisterklamotten angesprochen. „Um Energie zu sparen, schalten wir die Rutschen aus, solange sie niemand benutzt. Sie möchten rutschen, nehme ich an?“

„Wenn es nicht zu viele Umstände macht“, zischt Rico, doch Hiroshi beschwichtigt ihn, indem er ihm seine Hand auf die Schulter legt.

„Ist das denn möglich?“

„Natürlich, gar kein Problem. Es dauert einfach ungefähr zehn Minuten, bis das Wasser hochgepumpt ist und die Rutschen einsatzbereit sind."

„Och, das ist kein Problem. Da warten wir doch gern, oder, Rico?" Dieser murmelt etwas Unverständliches.

„Gut. Ich gebe Ihnen Bescheid, sobald Sie rutschen können." Damit verzieht sich der Bademeister in einen Raum, der sich neben dem Bereich mit den Rutschen befindet.

„Was bist du auch so grimmig?", erkundigt sich Hiroshi leicht verwundert bei Rico. „Der ist doch ganz nett."

„Ach, ich dachte, dass sie uns nicht rutschen lassen. Dabei habe ich mich so darauf gefreut."

„Wie ein kleines Kind", kichert Hiroshi.

„Ein übergewichtiges kleines Kind, meintest du wohl", kontert Rico.

„Ich ... Mensch, ich meinte doch das gar nicht so", verteidigt sich Hiroshi. Rico schließt ihn in seine Arme und küsst ihn.

„Ich weiß doch. Aber damit ziehe ich dich jetzt noch eine Weile auf. Außerdem wirst du dafür noch büßen."

„Grmpf."

„Komm, wir sehen uns die Rutschen mal an und entscheiden dann, welche wir zusammen befahren. Einverstanden? Ich freue mich voll auf die *Demonian*. Die soll der Hammer sein."

„Die kannst du allein machen. Schon beim Namen wird mir schwindelig." Die Männer treten vor eine Übersichtstafel, auf der Informationen und Schwierigkeitsgrade der Rutschen angegeben sind. „Boah, kann das sein? Die sind ja alle von mittel bis schwierig", beklagt sich Hiroshi stöhnend.

„Voll, geil, oder?", frohlockt Rico. Seine Augen glänzen freudig erregt. Als er Hiroshis Zurückhaltung sieht, krebst er jedoch zurück. „Guck, eine ist eine blaue und die darf man sogar zu zweit in einem Doppelreifen runterrutschen. Kommst du da auch mit?"

„Ja, ich denke schon." Während die beiden warten, sorgt der Bademeister dafür, dass Wasser zu den Rutschen gepumpt wird. Rico und Hiroshi zucken zusammen, als sie das Grollen in den Wänden vernehmen. Als dann das erste Wasser in die Landebecken schwappt, entfährt den

Männern ein Freudenschrei. Wenig später betritt der Angestellte des Erlebnisbades erneut den Rutschbereich und gibt grünes Licht. Hiroshi und Rico schnappen sich einen bunt bemalten Doppelreifen und tragen diesen zu den Treppen. Der Einstieg des *Black Hole* befindet sich auf der obersten, der dritten Ebene. „Boah, der ist ja total schwer", beklagt sich Hiroshi, der hinter Rico geht und das Gewicht des Reifens nicht mehr viel länger stemmen kann.

„Du bist so ein Schwächling", stöhnt Rico. „Dann nehme ich ihn halt allein. Komm, gib her."

„Nein, so war das doch gar nicht ..."

„Alles gut, Hiro, wirklich. Macht mir gar nichts aus." Hiroshis Plan ist aufgegangen. Sich ins Fäustchen lachend hat er nun noch einen besseren Ausblick auf die strammen, sich ständig anspannenden Muskeln seines Begleiters. *Gott, er ist so geil. Am liebsten würde ich ihn dauernd betatschen, aber das kann ich auch nicht bringen. Oder doch? Sollte ich es einfach wagen?* Als er über die nächste Stufe stolpert und sich hinter Rico über die Treppe legt, stöhnt er genervt auf. Blitzschnell wirft Rico den Ring zu Boden und hilft Hiroshi auf die Beine. „Hast du dir was getan?", will er besorgt wissen. Hiroshi betastet sich kurz und schüttelt dann den Kopf. „Du machst aber auch Sachen, mein Kleiner."

„Ich kann nichts dafür", verteidigt sich Hiroshi vehement.

„Hm. Da bin ich mir nicht so sicher. Ich vermute ja, dass du mich angegafft hast und deswegen die Treppe heraufgeflogen bist. Kann das sein?", entgegnet Rico gackernd.

„Nein! Vielleicht. Doch, irgendwie schon."

„Wusste ich's doch." Er küsst den Gestürzten auf den Mund und schiebt ihn die restlichen Stufen vor sich her. Das ein oder andere Mal gleitet seine Hand an den Knackpopo, den Hiroshi vor ihm herschwenkt. Das entlockt Hiroshi diese niedlichen Geräusche, die Rico so liebt. „Wow, das sieht ja genial aus hier", begeistert sich Rico, als er die Einstiege der verschiedenen Bahnen sieht. Alle leer und sofort rutschbereit.

„Ich habe Angst", äußert sich Hiroshi und klammert sich an Ricos Arm.

„Musst du nicht. Ich passe auf dich auf. Komm." Damit schiebt er Hiroshi vor sich zur Rutsche.

„Nein, ich will hinter dir sein und mich an dir festhalten."

„Muss nicht die leichtere Person vorn sein?"

„Sicher nicht. Erfinde nicht solchen Bullshit. Ich will hinter dir rutschen und mich an deinen sexy Körper klammern."

„So wie auf dem Motorrad?"

„Genau so." Nachdem das geklärt ist, legen sie die Rutschunterlage ins Einstiegsbecken. Der Zug des Wassers entreißt ihnen den Reifen beinahe. Mit allergrößter Mühe klettert Hiroshi in den Doppelreifen und fällt beinahe hinten runter.

„Vorsicht." Rico hilft ihm und klettert dann vor ihn. „Bist du bereit?", will er wissen. Seine Augen funkeln, seine Begeisterung steckt Hiroshi an.

„Darf ich nein sagen?" Ricos Honiglachen überzeugt ihn schließlich vollends.

„Nein, darfst du nicht. Aber bitte, hab keine Angst. Mit mir kann dir nichts passieren."

„Wenn du es sagst", murmelt Hiroshi und klammert sich an Ricos strammen Körper. Hiroshis Paniklevel steigt von Sekunde zu Sekunde. Das Rauschen des Wassers, das schwarze Loch, in dem sie bald verschwinden und die Kraft des Wassers, das alles ist nichts für Hiroshi. *Warum bin ich bloß so ein verdammter Schisser? Reiß dich zusammen, Hiroshi! Alles wird gut, du hast Rico, der wird dich heil runterbringen.* „Gut, ich bin bereit." Das lässt sich Rico nicht zweimal sagen und schiebt kräftig an.

Das Wasser tut sein Übriges.

Schon auf den ersten Metern nehmen sie rasant Fahrt auf. Dunkle und helle Röhrenabschnitte wechseln sich ab und erzeugen atemberaubende Lichteffekte. Hiroshis Klammergriff wird fester, was Rico ein Lächeln entlockt. Er liebt diese Art von Adrenalinkicks und dass sich Hiroshi bereit erklärt hat, das mit ihm zu machen, bedeutet ihm viel. Sein Begleiter kreischt, als sie nach einem Wasserfall in die Tiefe stürzen und dabei noch viel schneller werden. Die Dunkelheit im *Black Hole* wird von keinem Lichtschimmer durchbrochen. Hiroshi krallt sich wie ein Ertrinkender an Rico. Der Reifen wird wuchtig von der einen an die andere Seite der Röhre geschleudert. *Ich werde sterben. Oh mein Gott, sterben, hier und jetzt. Verdaaammt ist das schnell.* „Hilfeee", kreischt er und klammert sich noch fester an Ricos kräftigen Körper. Schon längst hat Hiroshi die Orientierung verloren. Das Einzige, was er weiß, ist, dass er sich um jeden Preis festhalten muss. Das ist der Plan. *Ein guter Plan, die einzige Möglichkeit wie ich am Leben bleibe. Vielleicht.* Der Doppelreifen schießt in die nächste Biegung, gefolgt von einem starken Gefälle. Für einen winzigen Moment befinden sich die Männer in einem schwerelosen Zustand. Hiroshis schrilles Schreien hallt durch die Röhre. *Nein, nein, bitte. Es wird immer schlimmer. Ich will, dass es endet. Sofort.* Dann holt sie die Anziehungskraft wieder ein und lässt sie brutal aufschlagen.

Hiroshi wird wie eine Puppe hinten abgeworfen.

Ein spitzer Schrei entweicht ihm. Rico sieht panisch zurück, kann die Fahrt jedoch nicht unterbrechen. Ungebremst rast Rico durch das Röhrensystem dem Ende entgegen. *Halt, verdammt. Bleib hier. Wohin gehst du denn?! Aua, verdammt, mir tut alles weh. Und jetzt? Was mache ich jetzt? Ich bleibe einfach hier, bis mich der Bademeister abholt. Obwohl, das geht ja auch nicht. Und wenn der nächste kommt und mich beim Aufprall tötet? Nein, nein, nicht mit mir.* Schniefend schiebt sich Hiroshi durch die schwarze Röhre. Als Rico im Landebecken ankommt, schleudert es auch ihn aus dem Reifen. Platschend landet er im Wasser. Fluchend rappelt er sich auf und wartet, bis Hiroshi unten ankommt.

Eine viel zu lange Zeit geschieht nichts.

Panik wallt in ihm hoch. Doch dann taucht endlich Hiroshis schwarzer, zerzauster Haarschopf in der Röhre auf. Rudernd schiebt sich Hiroshi auf seinen Shorts Richtung Ende. „Du musst dich hinlegen, sonst bremst deine Hose die Fahrt."

„Ach ja?", brüllt Hiroshi mehr als ungehalten. Auf den letzten Metern nimmt die hagere Gestalt des Asiaten noch einmal Fahrt auf. Als Hiroshi ins Becken katapultiert wird, spritzt das Wasser in alle Richtungen. Mit Armen und Beinen rudernd versucht Hiroshi die Orientierung zurückzugewinnen.

„Alles in Ordnung?", will Rico wissen, als er ihn am Nacken packt und aus dem Wasser zieht.

„Nein, nichts ist in Ordnung", knurrt Hiroshi wild hustend. Seine Augen sind rot und Rotz quillt ihm aus der Nase. „Ich habe mir verdammt wehgetan, als ich volle Kanne auf die Rutsche geknallt bin. Ich hasse es hier und ich will nach Hause. Ich wusste, dass das eine schlechte Idee ist, aber du musstest mich ja dazu zwingen." Tränen laufen ihm über die Wangen. Rico nimmt ihn in die Arme und streichelt ihm über die Wange.

„Hey, Schatz, bitte nicht weinen." Er wiegt ihn sacht hin und her. „Schscht. Alles gut. Soll sich das ein Arzt ansehen, Hiro?"

„Nein", Hiroshi schnieft, „das ist nicht notwendig."

„Sicher?" Ein Nicken seines Gegenübers überzeugt Rico schließlich. „Okay, komm, wir gehen was essen, damit du dich erholen kannst und ich mir deine Prellungen ansehen kann."

„Mein Arsch ist morgen sicher grün und blau."

„Och, denkst du? Dann denken alle, dass ich dir den Hintern versohlt hab." Hiroshis Flunsch verzieht sich zu einem Grinsen.

„Wem sollte ich bitte meinen Hintern zeigen?!", spuckt er.

„Auch wieder wahr. Also komm, wir gehen was essen, dann sieht die Welt schon wieder ganz anders aus. Was sagst du dazu?" Hiroshi nickt verstohlen. Natürlich ist es nicht so schlimm, wie er tut. Seinem Hintern geht es gut. Und auch der Rest des Nachmittags ist fantastisch, hauptsächlich darum, weil er mit Rico zusammen sein kann.

Kapitel elf

Mittlerweile ist Hiroshi schon seit zwei Monaten mit Rico zusammen, obwohl, eigentlich haben sie nie wirklich darüber gesprochen, ob sie ein Paar sind oder nicht. Für Hiroshi fühlt es sich auf jeden Fall so an, denn sie kleben beinahe jeden Tag wie Kletten aneinander und er ist mehr in Ricos als seiner eigenen Wohnung. Rico hat ihm – nach mehrmaligem Betteln, der Kerl hat so viele Klamotten – sogar einen Teil des Schranks frei geräumt. Somit kann Hiroshi von Rico direkt zur Arbeit gehen und umgekehrt, das hat schon seine Vorteile. Diese Nacht jedoch, hat Hiroshi zu Hause verbracht, weil Rico mit Freunden ausgegangen ist. Der Filmabend mit Jakob ist toll gewesen – Hiroshi hat das gemeinsame Lachen, Weinen und Ungesundes-Zeug-Futtern total vermisst. Da sie beide zwei unheimlich verträumte Softies sind, haben sie sich eine romantische Liebeskomödie reingezogen, bei der nicht nur Hiroshi, sondern auch Jakob lautstark geheult hat. Sie sind sich in den Armen gelegen und haben eine Großpackung Taschentücher durchgelassen, während sie sich über den Hauptdarsteller aufgeregt haben, weil der sich seine Liebe erst am Schluss eingestehen wollte. Danach haben sie noch lange gequatscht. Am heutigen Tag steht ein gemeinsamer Besuch in der FitOasis auf dem Programm – Rico hat Plätze in seinem Spinning-Kurs gebucht.

Toll, oder? Ich bin begeistert.

Egal wie sehr Hiroshi es versucht hat, Rico wollte sich partout nicht davon abbringen lassen. Hiroshi hat ihn mit Sex bestochen, ihn eingeschüchtert, mit dem Ende ihrer – bislang unbestätigten – Beziehung gedroht, ihm Gefälligkeiten versprochen und gebettelt wie ein Weltmeister. Nichts, absolut gar nichts hat auch nur die geringste Wirkung gezeigt. *Ich muss wohl noch an meiner Überzeugungskraft arbeiten.* Dennoch freut sich Hiroshi irgendwie auf das heutige Training, vor allem, weil er Rico so mal in seinem beruflichen Umfeld und im Umgang mit den gemäß Traudl stets mehr als zufriedenen Kunden erleben kann. Der zierliche Asiat hofft natürlich, dass er sich in dem Anfängerkurs nicht vollkommen zum Narren macht. *Was soll schon groß schiefgehen? Ich meine, ich habe seit dem letzten Mal viel dazu gelernt.* „Jakob, bist du bereit?“

„Jahaa!“, antwortet dieser ungehalten, bevor er zögerlich aus der Tür tritt. Er trägt viel zu kurze, enge Shorts, die seiner leicht stämmigen Figur nicht unbedingt zuträglich sind. Hiroshi prustet los, kann sich einfach nicht beherrschen. „Hey, das ist fies.“

„Tut mir leid, Jacky, das sieht einfach zu goldig aus.“

„Nenn mich nicht Jacky“, entgegnet der Mitbewohner angesäuert.

„Entschuldige. Aber jetzt mal ehrlich, wir müssen los. Zieh dir halt was drüber. So gehe ich mit dir nicht vor die Tür.“

„Entschuldige bitte vielmals, dass ich nicht so ein verdammter Hungerhaken wie du bin“, faucht Jakob.

„Hungerhaken? Also wirklich“, grummelt Hiroshi. Langsam dämmert es ihm auch, was mit Jakob los ist. *Ich habe ihn gekränkt. Verdammt. Das wollte ich nun wirklich nicht.* „Es geht doch nicht um dein Gewicht, Süßer. Du gefällst mir so, wie du bist. Aber die Hosen sind einfach schrecklich und Augenkrebs auslösend.“

„Ich habe aber keine anderen!“, schnappt Jakob. Hiroshi geht zu seinem Mitbewohner, umarmt ihn und küsst ihn auf die Stirn. Jakobs Locken stehen in alle Richtungen ab und kitzeln Hiroshi in der Nase, prompt muss er niesen.

„Es tut mir leid, Jakob. Ich wollte dich nicht auslachen. Du weißt, dass ich das nie machen würde, oder?“

„Ja, ich weiß.“

„Gut. Kommst du jetzt?“ Ein zögerliches Nicken seines Mitbewohners. Nachdem sich Jakob eine Hose übergezogen hat, machen sich die Männer auf den Weg und nehmen, wie es sich für anständige Gelegenheitssportler gehört, den Bus zum Fitnesscenter – man will sich ja nicht schon vorab auspowern. Obwohl sich Hiroshi geschworen hat, niemals wieder einen Fuß in diese Fitnesshölle der Peinlichkeiten und Unfälle zu setzen, hat es Rico doch irgendwie geschafft, ihn umzustimmen. *Er kann sehr überzeugend sein, wenn er seinen Körper richtig einsetzt.* Beim bloßen Gedanken an die akrobatische Stellung, die sie zusammen ausprobiert haben, durchströmt ihn eine unbändige Hitze. Zehn Minuten vor Beginn des Indoorcycling-Kurses treffen Hiroshi und Jakob endlich im Studio ein – wie üblich war der Bus verspätet gewesen. Am Empfang begrüßt sie erneut die Asiatin mit einem strahlenden Lächeln.

„Ihr seid zum Spinning hier, oder?“ Hiroshi nickt freundlich. „Beeilt euch lieber, Rico fängt gern pünktlich an.“

„Der Bus war …“

„Du bist doch sein Freund, nicht wahr?“, unterbricht ihn die Asiatin interessiert. Hiroshi erstarrt. *Ist Rico bei der Arbeit out? Mist, wir sollten uns wirklich angewöhnen, auch mal über wichtige Dinge zu sprechen.* Als ob die Empfangsdame seine Gedanken läse, entgegnet sie lächelnd: „Wir wissen alle, dass er schwul ist. Das ist hier für niemanden ein Problem. Er ist ja auch nicht grade ein Heiliger.“ *Was will sie damit sagen?* Als Hiroshi irritiert die Brauen hebt, wechselt sie schnell das Thema. „Auf jeden Fall freut es mich, dich endlich richtig kennenzulernen. Ich kann mich dunkel erinnern, dass du schon einmal hier warst. Stimmt das?“ Hiroshi nickt und läuft bei dem Gedanken an das Laufbandfiasko rot an und dennoch lässt ihn das gerade Gesagte nicht los. *Was meint sie damit? Wieso ist er verdammt noch mal kein Heiliger?*

„Komm, wir müssen los“, drängt Jakob und zieht Hiroshi am Arm – er scheint den Unmut seines Mitbewohners zu spüren. Sie verabschieden sich hastig von der jungen Frau am Empfang und eilen zu den Umkleiden. „Habt ihr es da drin getrieben?“, will Jakob wissen und deutet mit dem Kinn auf die abgeschlossene Tür im hinteren Bereich der Umkleide.

„Wie?“ Hiroshi ist in Gedanken ganz weit weg.

„Ist das da“, Jakob deutet nun überdeutlich auf die verschlossene Tür, „die Abstellkammer, in der ihr gevögelt habt?“ Hiroshi läuft rot an, als sich der einzige andere Mann in der Umkleide räuspert und sie leicht geschockt ansieht.

„Halt doch die Klappe“, faucht Hiroshi, doch die bloße Erwähnung der Abstellkammer, jagt ihm heiß-kalte Schauer über den ganzen Körper. *Hier haben wir es das erste Mal getan. Es war hart und wild und absolut geil. Mittlerweile ist es anders, tiefer, intensiver und gefühlvoller.*

„Ist das ein *Ja*?“, hakt Jakob breit grinsend nach.

„Komm jetzt, wir müssen endlich los. Sonst sind wir vollends zu spät und Rico bringt mich um“, weicht Hiroshi der Frage geschickt aus. Er eilt aus der Umkleide, mit dem laut lachenden Jakob im Schlepptau. „Sei jetzt endlich still, du Honk.“

„Zeigst du mir nachher den Ort? Ich will doch sehen, wo ihr es getrieben habt."

„Neihein. Mann!" Sie betreten den hellen, lichtdurchfluteten Raum, in dem die Cycling Bikes in Reih und Glied stehen und darauf brennen, benutzt zu werden. Die anderen Teilnehmer stehen in einem Halbkreis zusammen und quatschen angeregt. Als Hiroshi Rico entdeckt, stockt ihm wie so oft in den letzten Monaten der Atem. Purer Muskel, Charme, Intelligenz und Perfektion. Das Kribbeln in Hiroshis Brust wird stärker, die Schmetterlinge wollen fliegen, tanzen und sich vermehren. Er weiß nicht, wie er reagieren soll. *Umarmen? So tun, als ob wir uns nicht kennen? Was hat die Empfangsdame gesagt? Kein Heiliger?* Rico nimmt ihm die Entscheidung ab, als er auf ihn zukommt, ihn umarmt und auf den Mund küsst.

Etwas überrumpelt erwidert Hiroshi die Zärtlichkeit.

„Schön, dass du gekommen bist", flüstert er in Hiroshis Ohr, bevor er sich von ihm löst. „Hey, Jakob. Alles klar? Wie kommst du mit den Änderungen in deinem Game voran?"

„Ganz gut. Durch deine Anmerkungen konnte ich das Gameplay auf ein ganz neues Level bringen."

„Geil, das freut mich. Sobald du alles einprogrammiert hast, will ich es noch mal spielen."

„Sehr gern." Rico wendet sich an seine Gruppe, um das Training zu eröffnen. „Dann wollen wir mal." Die nächsten fünf Minuten nutzt Rico dafür, den neuen Teilnehmern - also faktisch Jakob und Hiroshi - die Bikes zu erklären, während sich die anderen aufwärmen.

„Und wo muss ich da drücken?", erkundigt sich Hiroshi zum gefühlt hundertsten Mal.

„Hier wählst du die Modi und hier die Intervalle. Ganz einfach, du wirst sehen", erklärt ihm Rico lächelnd, bevor er sich an die Gruppe wendet und das Training eröffnet. „So, dann wollen wir mal. Seid ihr dabei?" Hiroshi und Jakob sind wie wild dabei, das Bike kennenzulernen, sich mit dem Bordcomputer anzufreunden und zu tratschen.

„Der dort drüben ist ganz schnuckelig", flüstert Jakob.

„Welcher?", erkundigt sich Hiroshi und sieht sich um. Bei drei Kerlen ist die Auswahl zwar nicht so groß, aber Hiroshi hütet sich eine Annahme zu treffen und Jakob damit vor den Kopf zu stoßen. Zur Auswahl stehen ein südländischer Kerl, ein ziemlich kahler Mittvierziger und ein drahtiger Pensionär. *Lass es bitte nicht den Pensionär sein. Vielleicht wohnt der im Engelshaar und ich habe ihn nur noch nie gesehen, weil er auf einer anderen Abteilung wohnt.*

„Na, der dort drüben." Jakob deutet mit seinem Kinn auf den südländischen Typ mit den stark behaarten Beinen. Puh, G*lück gehabt.* Hiroshi lässt seinen Blick so unauffällig wie möglich über die Erscheinung des Mannes gleiten. Toller Körper und ein nettes Lächeln. *Der würde ganz gut zu Jacky passen.*

„Ja, der sieht ganz gut aus", stapelt Hiroshi absichtlich tief.

„Ganz gut, der ist hammermäßig. Guck, er sieht mich sogar an. Wie sehe ich aus?" Der Fremde und Jakob lächeln sich für einen viel zu langen Moment verträumt an. Hiroshi kichert und schüttelt belustigt den Kopf. *Es wäre so schön für Jakob, wenn er endlich mal wieder einen Freund hätte. Vielleicht klappt es ja mit dem Südländer. Das wäre super.*

„Du siehst super aus. Er steht sicher auf deine wilden Locken." Jakob streicht sich aufgebracht durchs Haar, seine Augen weiten sich in purem Schock.

„Sieht es scheiße aus? Sag!", braust er auf.

„Neihein. Mann!" Ricos Stimme unterbricht sowohl den Augenkontakt der Männer als auch die Konversation der Mitbewohner.

„Gut, dann wollen wir mal. Warm-up, zehn Minuten. Stufe fünf auf der Anzeige." Die Geräusche der Computer erfüllen für einen winzigen Moment den Raum, dann beginnen alle zu treten, na ja, fast alle. Nachdem auch Hiroshi die richtigen Knöpfe gefunden hat, kann es losgehen. In dem großen Spiegel an der Wand bemerkt Hiroshi plötzlich Ricos auf ihn gerichteten Blick. Ein zuckersüßes Lächeln tritt auf Hiroshis Gesicht und als Rico ihm zuzwinkert, schleicht sich eine gesunde Röte auf seine Wangen. „Nicht schlappmachen, Jungs und Mädels. Kommt schon, nutzt das Warm-up, um eure Körper auf Hochtouren zu bringen, denn wir haben ein anstrengendes Programm vor uns."

„Gott, ist der fies", stöhnt jemand in der Runde, was Hiroshi ein Lachen entlockt. Es ist schon ganz schön anstrengend.

„Was sagst du jetzt zu ihm, dem Hübschen mit den dunklen Haaren?“, will Jakob keuchend wissen.

„Ich habe dir doch schon vorhin gesagt, dass er süß ist.“

„Ein bisschen mehr Begeisterung bitte. Mir gefällt er super“, beschwert sich Jakob.

„Ruhe!“ Ricos Stimme ist schneidend. Hiroshi beißt sich auf die Unterlippe und strampelt weiter. Er beobachtet aus dem Augenwinkel, wie Jakob mit dem sexy Südländer flirtet. Ihre Blicke sind mehr als eindeutig. *Die sind ja so niedlich zusammen.* Auch Rico bleiben die Avancen nicht verborgen. „Fernando, kann ich auch dich irgendwie für unsere Runde begeistern? Ich will, dass du alles gibst, dass du über dich hinauswächst. Geflirtet wird später.“

„Yes, Sir“, antwortet der Südländer mit einem spöttischen Grinsen im Gesicht, während er Jakob zuzwinkert. Der Spieleentwickler wird sichtlich rot. Hiroshi verkneift sich ein Lachen und strampelt weiter.

„Gut, wir wechseln in den Bergmodus. Stufe zwei. Ihr seid Anfänger und dennoch könnt ihr etwas leisten! Los. Zehn Minuten!“ Als Rico auf dem Bike aufsteht und in die Vollen geht, verschluckt sich Hiroshi beinahe an seiner eigenen Zunge. *Dieser geile Knackarsch, man ist der geil. Und das Schönste ist, er gehört mir, nur mir.* Rico fängt seinen Blick auf und zwinkert ihm zu. Hiroshi fällt aus seinem mühsam aufrecht erhaltenen Rhythmus und muss wieder von vorn beginnen.

„Bei ihm sagst du nichts oder wie sehe ich das?“, beklagt sich Fernando, der ihr Geplänkel mitverfolgt hat.

„Ihr scheint noch nicht genügend ausgelastet zu sein. Wir wechseln auf Stufe drei“, entgegnet Rico trocken. Stöhnen und Murren von den anwesenden Sportlern. *Gott, dass du so fies sein kannst, wusste ich gar nicht. Mein kleiner fieser Prinz.* Das Training ist hart. Obwohl Hiroshi schon nach fünf Minuten genug gehabt hätte, schindet Rico sie weiter. Der Atem des Japaners geht keuchend, er kann sich kaum noch auf dem Sattel halten. Aber er kämpft sich durch. *Aua, mein Arsch. Dieser doofe Sattel ist viel zu hart und zu schmal. Wer bitte kann denn hierdrauf Spitzenresultate erzielen? Also ich nicht. Meine armen Eier, das drückt mir ja alles ab untenrum – ob ich danach impotent sein werde? Das ist sicher der Grund, warum Rico so viel steht. Ich meine bei seinem Gehänge, da muss man schon vorsichtig sein.* Hiroshi schielt zu Jakob, dessen Geräusche ihn aus seinen genitalangehauchten Gedanken reißen – sein Mitbewohner keucht wie ein Ochse, hält aber ebenfalls tapfer durch, wahrscheinlich hauptsächlich wegen des sexy Italieners.

Auf das Bergintervall folgt der Rennmodus.

Eine Schinderei, die Hiroshi die letzten Kraftreserven abverlangt. *Ich kann bald nicht mehr. Verdammt, meine Beine, alles tut weh.* Er strampelt und strampelt, ohne zu wissen, warum. Doch, eigentlich weiß er das ganz genau. Es ist wegen und für Rico. Er will ihm zeigen, dass er sich durchbeißen kann, auch wenn es anstrengend wird. „Gut, fertig", ertönt Ricos sanfte Bassstimme nach einer gefühlten Ewigkeit und kurz bevor Hiroshi in einem Zustand komatöser Erschöpfung vom Bike fällt. „Ihr wart große Klasse. Radelt noch ein paar Minuten locker weiter. Danke für das tolle Training."

Müdes Stöhnen von allen Seiten.

Hiroshi hört auf zu strampeln und versucht seinen fast zur Bewusstlosigkeit vergewaltigten Körper vom Bike zu wälzen. *Ich spüre meine Eier nicht mehr, ob die noch dran sind?* Prompt bleibt er mit seinen von Rico geliehenen Radschuhen am Pedal hängen – der Clip löst sich erst, als Hiroshi das Gleichgewicht vollends verliert und kurz darauf auf dem Boden aufschlägt. „Aua, verdammt", beklagt er sich und reibt sich den Arm. Blitzschnell ist Rico neben ihm und hilft ihm auf.

„Hast du dir was getan, Hiro?"

„Geht schon", murmelt er und steht ächzend auf.

„Ich dachte eigentlich, dass so was schon früher geschieht, und bin ganz erstaunt, dass du so lange ohne Unfall durchgehalten hast."

„Haha. Mensch, bist du doof." Hiroshi streckt Rico die Zunge raus, lacht aber mit seinem Partner mit. Er ist ja selbst erstaunt, dass er es so lange unfallfrei geschafft hat.

„Außerdem habe ich mir extra für dich einen Erste-Hilfe-Kasten und einen automatisierten externen Defibrillator ins Zimmer bringen lassen." Hiroshi reißt die Augen weit auf und schlägt Rico auf den Oberarm.

„Blödmann", entgegnet er kichernd.

„Entschuldige. Du weißt doch aber schon, dass ich das so unheimlich goldig an dir finde, oder? Deine Tollpatschigkeit. Was steht als nächstes auf unserem Programm. Essen mit Jakob?“

„Ja genau. Vielleicht könnte ihr euch ja auch mal über etwas anderes als seine Computerspiele unterhalten, was denkst du?“

„Ja, Mama.“ Hiroshi verdreht die Augen.

„Ich muss nur zuerst duschen und mich umziehen. Treffen wir uns in einer Viertelstunde beim Empfang?“

„Perfekt. Bis später also.“ Rico küsst Hiroshi zum Abschied. Danach widmet er sich der Reinigung sämtlicher Bikes, während Hiroshi den Sportlern aus dem Raum folgt.

„Boah, dein Freund ist ein Folterknecht. Aber echt“, beklagt sich Jakob neben ihm schweratmend, während er sich den Kopf mit seinem Handtuch abtrocknet.

„Ja, das ist er. Jetzt weißt du mal, was er mit mir beim Sex macht“, feixt Hiroshi grinsend.

„Angeber!“ Die Freunde lachen. In der Umkleide angekommen, beginnt sie sich auszuziehen. „Guck, da ist er wieder. Fernando, wie ich gehört hab. Soll ich ihn ansprechen?“

„Klar, warum denn nicht?“

„Ich hab Angst.“

„Ach, was. Was soll denn groß geschehen?“ Als ob der Südländer ihr Gespräch belauscht hat, dreht er sich zu den Freunden um und kommt auf sie zu.

„Oh mein Gott, er kommt zu uns rüber“, flüstert Jakob ängstlich, während er sich aufrichtet und die Schultern strafft. Zu Jakobs Bedauern, spricht Fernando nicht ihn, sondern Hiroshi an.

„Hey, du bist Ricos Freund, oder?“, erkundigt er sich jovial, ohne seinen Blick auch nur einen Moment lang von Jakob zu lösen – anscheinend brauchte er eine Ausrede, um zu ihnen rüber zu kommen.

„Ja genau.“ Die Männer stellen sich kurz vor. „Und woher kennst du ihn?“, erkundigt sich Hiroshi, auch um mehr über den Fremden zu erfahren, der Jacky so gut gefällt. Sein Mitbewohner ist indes in eine Art Schockstarre verfallen – er bewegt sich nicht mehr und auf seinem Gesicht hat sich ein dümmliches Grinsen festgefroren.

„Ich trainiere hier schon ein paar Jahre. Er ist ein prima Kerl und ein total guter Trainer."

„Das ist er", bestätigt Hiroshi schwärmerisch. *Gott, stellt dich nicht so dämlich an. Ist ja oberpeinlich.* „Obwohl er heute im Training doch ziemlich streng war. Kenne ich sonst gar nicht von ihm."

„Er war absolut fies", bestätigt Jakob, dessen Stimme einige Oktaven höher als normal zu sein scheint und dem anscheinend neues Leben eingehaucht wurde.

„Total. Aber genau das macht ihn ja zu einem so genialen Trainer", stimmt ihm Fernando zu. „Ich finde es übrigens genial von dir, dass du so tolerant bist."

„Wie meinst du das?", hakt Hiroshi nach. „Weshalb bin ich tolerant? Meinst du, wegen seinen unterschiedlichen Arbeitszeiten? Das ist kein Problem, ich arbeite auch unregelmäßig, das macht ..."

„Nein, nicht wegen der Arbeitszeiten. Ich meine doch wegen der Kerle", konkretisiert Fernando und unterbricht Hiroshi in seinen Ausführungen.

„Kerle?" Hiroshi ahnt worauf das hinausläuft. *Ich will es nicht wissen. Doch, ich muss es wissen. Was für Kerle? Was meint dieser Idiot. Bitte, bitte, lass es nicht das sein, was ich denke. Bitte.*

„Ich denke, dass wir uns beeilen müssen, damit wir pünktlich zum Essen kommen", versucht Jakob das Gespräch in eine weniger pikante Richtung zu lenken. Er versucht Fernando Handzeichen zu geben, um diesen vom Weitersprechen abzuhalten, doch der Italiener scheint das nicht zu realisieren.

„Welche Kerle?" Hiroshis Stimme ist schneidend. Fernando zieht seelenruhig das verschwitzte T-Shirt aus und wirft es achtlos auf den Boden – er scheint nicht zu realisieren, was für ein Gewittersturm sich vor ihm zusammenbraut. Jakob ist von dem Anblick der gebräunten Brust, der sehnigen Arme und des angedeuteten Sixpacks des Italieners derart angetan, dass er erneut in eine Art Leichenstarre verfällt, die nicht nur seinen Intimbereich, sondern den ganzen Körper betrifft.

„Na ja, immer, wenn ich ihn sehe, schleppt er einen anderen Kerl ab. Das gehört bei ihm irgendwie zum Service dazu, wenn du weißt, was ich meine."

„Nein, weiß ich nicht“, faucht Hiroshi.

„Hiroshi, komm, wir sollten wirklich los“, versucht es Jakob erneut, nachdem er sich endlich von dem mehr als appetitlichen Anblick loseisen konnte.

„Jakob, bitte sei still. Ich will das jetzt wissen. Also, Fernando. Spuck es einfach aus. Was willst du mir sagen?“

„Was will ich sagen? Dass er ein Playboy mit einem wahnsinnig hohen Männerverschleiß ist.“

„Das war er vielleicht mal, aber nicht mehr, seit wir zusammen sind.“ Hiroshis Herz krampft sich zusammen. Jetzt weiß er auch, was die Empfangsdame vorhin mit ihren Worten, dass er kein Heiliger sei, gemeint hat. Fernando verstummt. Anscheinend dämmert es ihm endlich, dass Hiroshi wohl nichts von Ricos Männerverschleiß weiß.

„Hey, äh, entschuldige, ich dachte wirklich, dass du es weißt und dass ihr darüber gesprochen habt. Ich … shit, ich gehe wohl am besten einfach mal duschen.“ Damit versucht sich der Italiener aus der Affäre zu ziehen. Doch als er sich an Hiroshi vorbeischieben will, hält dieser ihn zurück.

„Nicht so schnell, mein Freundchen. Du hast auch schon mit ihm gefickt, oder?“ Der Italiener nickt schuldbewusst.

„Ja Mensch, schönes Wetter heute.“ Jakobs Einwand findet keine Beachtung.

„Wann“, Hiroshi schnieft, „wann hast du das letzte Mal mit ihm gefickt?“ Seine Stimme bebt und Tränen stehen ihm in den Augen. Fernando druckst herum, will darauf nicht antworten. Er sieht hilfesuchend zu Jakob, doch auch der kann ihm jetzt nicht mehr helfen. „Wann, verdammt noch mal?!“ Die Worte verhallen in der Umkleide.

„Vorgestern.“ Damit entwindet sich der Italiener Hiroshis Klammergriff und verschwindet im Nassbereich. Hiroshi ist zu perplex, um ihn zurückzuhalten. Die Gewissheit trifft ihn wie ein Donnerschlag. Ich … das … glaub ich jetzt nicht. Nein, der lügt doch, oder? Das kann gar nicht sein. Rico und ich, wir, unsere Beziehung, das ist mehr als Ficken. Ich liebe ihn, Herrgott nochmal. *Aber irgendwie war es ja klar, ich genüge ihm einfach nicht. Ich habe ihm nie genügt und jetzt habe ich die Gewissheit.*

„Hiro, es tut mir ja so …“, beginnt Jakob.

„Halt einfach den Mund“, fährt ihm Hiroshi über den Mund. Das T-Shirt, das er die ganze Zeit über in den Händen gehalten hat, lässt er schließlich zu Boden fallen. Blind vor Wut und Enttäuschung stürmt er aus der Umkleide. Weil Hiroshi nicht weiß, wo er Rico findet, rennt er erst intuitiv als erstes in den Spinning-Raum. Leer. *Verdammt, wo bist du. Ich will das jetzt wissen und zwar von dir.* Also durchquert er das ganze Studio, um die Japanerin am Empfang zu fragen, ob sie Rico gesehen hat. Als sie die Tränen und Hiroshis Gesichts sieht, weiß sie instinktiv, was los ist. „Wo ist Rico?“, faucht Hiroshi unfreundlich.

„Hiroshi, du, beruhige dich doch erst einmal“, versucht sie die Lage zu entschärfen, scheitert damit jedoch genauso wie Jakob zuvor. *Ich will mich nicht beruhigen. Nicht jetzt, nicht, so lange ich nicht mit ihm gesprochen habe.*

„Wo ist er?!“

„Ich ... versuch's doch mal in der Personalumkleide. Die findest du gleich neben der Umkleide für die Herren. Aber da kommst du nur mit einem Badge rein“, ruft sie ihm noch nach, doch Hiroshi hört sie schon nicht mehr. Wie ein Wahnsinniger hämmert er gegen die Tür. Es ist ihm egal, dass sich diverse Sportler zu ihm umdrehen und ihn kopfschüttelnd mustern.

„Rico, komm raus!“, brüllt er so laut, dass es das ganze Fitnessstudio hört. „Komm endlich raus, Rico, ich muss mit dir reden.“ Wenige Sekunden später öffnet ein nur mit Badetuch bekleideter Rico die Tür. Pures Erstaunen zeichnet sich auf seinem Gesicht ab, als er Hiroshis Miene sieht.

„Hiro, was ist denn los? Hast du geweint? Würdest du bitte nicht so laut ...“

„Ich rede, verdammt noch mal, so laut, wie ich es für angemessen halte. Hast du wirklich vorgestern mit diesem Fernando gevögelt?“ Hiroshis Stimme ist mehrere Oktaven höher als normal. Rico verstummt. In seinem Gesicht zeichnet sich Erkenntnis ab. Verlegen sieht er sich im Studio um.

„Hiro, ich, das ...“, beginnt er zu stammeln, unfähig einen richtigen Satz zu bilden.

„Was, was?!“ Weitere bittere Tränen laufen über Hiroshis Gesicht, sodass seine Sicht verschwimmt.

„Ja. Ich, mir war nicht klar, dass wir exklusiv sind. Bitte, es tut mir …“

„EXKLUSIV?“, schneidet Hiroshi dem Fitnesscoach das Wort ab. „Sag mal, hast du sie noch alle?“

„Ja, äh, es tut mir leid.“

„Was, was? Dass du hinter meinem Rücken mit anderen Kerlen vögelst oder was genau tut dir leid? Dass ich es mal wieder nicht gerafft habe? Oder vielleicht, dass ich der größte Depp des ganzen verdammten Planeten bin?!“

„Ich …“, beginnt Rico, kommt jedoch nicht zu Wort.

„Hast du wenigstens einen Gummi benutzt?“

„Natürlich! Aber, Hiro, können wir bitte … woanders … komm doch bitte mit, damit wir ungestört …“

„Nein!“ Hiroshi windet sich aus Ricos Griff. „Mit dir gehe ich nirgendwo mehr hin. Du bist einfach das Letzte.“ Damit stürmt Hiroshi zurück in die Umkleide, doch Rico lässt sich nicht so leicht abschütteln und folgt ihm dicht auf den Fersen.

„Hiro, bitte, können wir nicht über alles reden?“ Der fuchsteufelswilde Mann beachtet ihn gar nicht mehr, sondern zieht sich hastig weiter um. *Reden?! Was gibt es da noch zu reden. Verdammt, warum passiert mir sowas immer? Wieso liebt er mich nicht? Ist es, weil ich so ein riesen Schussel bin? Oder weil ich ihm nicht gefalle? Aber vielleicht ist er ja einfach nur ein riesiges Arschloch. Ein egomaner Trottel, wie ich anfangs gedacht hab.* Ricos Radschuhe lässt er ohne Kommentar auf dem Boden stehen, als er seine Sportsachen in den Rucksack steckt.

Die Bilder in Hiroshis Kopf überschlagen sich.

Er denkt zurück an ihre gemeinsamen Ausflüge und die vielen geteilten Momente, was neuerliche Tränen heraufbeschwört. Er nimmt nichts mehr wahr, nicht einmal Jakob, der die Szene schweigend beobachtet. Er hört auch Ricos beschwörende Worte nicht mehr, es ist, als ob dieser eine Fremdsprache spricht. Beinahe mechanisch und wild schniefend versucht Hiroshi den Schlüsselbund aus der Außentasche seines Rucksacks zu kramen – auf Anhieb will ihm das aber nicht gelingen, dafür ist er viel zu aufgebracht. Als er den Reißverschluss endlich offen hat und den Bund findet, fädelt er den Ersatzschlüssel zu Ricos Wohnung aus dem Ring und schleudert ihn dem Fitnesstrainer entgegen. „Hier, damit du wieder einen Schlüssel mehr für deine unzähligen Lover hast." Weil Rico zu perplex ist, um zu reagieren, scheppert der Schlüssel zu Boden. Einen kurzen Moment noch, sehen sich die Männer in die Augen, bevor sich Hiroshi umdreht und aus der Umkleidekabine stürzt. Jakob eilt seinem Mitbewohner hinterher, um ihn zu trösten und ihn sicher nach Hause zu bringen.

Die Tür knallt lautstark zu.

Kapitel zwölf

Rico sitzt einfach nur da, unfähig sich zu bewegen. *Was habe ich nur getan? Wieso war ich nicht ehrlich zu ihm?* Fragen über Fragen, die Rico bis aufs Blut quälen. Er hat sich in die Personalumkleide zurückgezogen, sitzt auf einer der Bänke und sieht sich gedankenversunken den Ersatzschlüssel an, der in seiner Handfläche liegt.

Hiroshis Schlüssel.

Den habe ich ihm gegeben. Ich habe noch nie jemandem meinen Schlüssel gegeben. Nur ihm, meinem Hiro. Auf seinem Smartphone wählt er mit zittrigen Fingern die Nummer, die er auswendig kennt, seit Hiroshi sie ihm gegeben hat. Der Anruf wird nach dem zweiten Klingeln auf die Mailbox umgeleitet. *Hier spricht Hiroshi. Du hast mich leider verpasst. Hinterlass doch am besten eine Nachricht, dann rufe ich zurück. Tschüssi.* Hiroshis sanfte Stimme zu hören ist wie Säure, die sich in Ricos Eingeweide frisst.

Es zerstört ihn.

Er schleudert das Handy in die offen neben ihm liegende Sporttasche. Auf seinem Schoß liegt die Lederjacke, die Hiroshi einfach so am Kleiderhaken zurückgelassen hat. *Ich wollte doch, dass er sie behält, vielleicht sogar für immer.* Zögerlich riecht er daran. Unter dem unverkennbaren Ledergeruch nimmt er Hiroshis zarte Note wahr. *Hiroshi.* Wutentbrannt steht Rico auf, schnappt sich seine Lederjacke, den Helm und die Sporttasche, bevor er aus der Umkleide stürzt. Beinahe prallt er mit Fernando zusammen, der beschwichtigend die Hände hebt. „Was willst du?!", fährt Rico ihn an. *Ich habe jetzt keine Zeit, um mit dir zu reden. Ich muss doch zu meinem Hiro.*

„Ich dachte, dass er Bescheid weiß, Rico. Wirklich. Nichts liegt mir ferner, als dir, beziehungsweise deiner Beziehung zu schaden und das ..."

„Fernando? Halt einfach die Klappe und lass mich in Ruhe. Es ist okay." Der Italiener tritt einen Schritt zur Seite und lässt den aufgebrachten Fitnesstrainer durch. Dieser stürmt weiter durch das Studio zum Ausgang.

„Rico, es tut mir leid“, hält ihn Misaki auf. Er verdreht die Augen, bleibt erneut stehen. *Was wollt ihr alle von mir?! Was nur?*

„Für was entschuldigst denn du dich jetzt?“ Seine Stimme klingt gereizt und gepresst.

„Ich ... habe ihm gesagt, dass du nicht der Heiligste bist. Ich dachte, dass er es weiß, und jetzt habt ihr euch gestritten. Ich wollte doch nicht, dass es so ...“

„Es war nicht deine Schuld, Misaki. Er hat es auf einem anderen Weg herausgefunden. Glaub mir, es war allein meine Schuld und ich könnte mich dafür schlagen. Jetzt habe ich ihn verloren.“

„Gehst du ihm denn nicht nach?“, erkundigt sich seine Kollegin.

„Er will mich nicht sehen, was ja auch nicht weiter verwunderlich ist, oder?“

„Ist das dein Ernst? Das sagt man doch einfach so, wenn man wütend ist. Du musst ihm nach! Los, sofort.“

„Nein, das glaube ich nicht. Er nimmt ja nicht mal meine Anrufe entgegen.“

„Mensch, Rico, bist du so dämlich oder tust du nur so?“ Er sieht Misaki fragend an, eine Falte bildet sich zwischen seinen Augenbrauen. „Du hast ihn schwer verletzt, indem du ihm nichts von deinen Affären gesagt hast. Da wäre ich im Übrigen auch sauer. Wenn du diese Beziehung retten willst, musst du ihm nach, bei ihm Sturm klingeln, ihn anrufen. Tu, was immer dir einfällt, aber tu es sofort.“

„Ist es das wert?“, entgegnet Rico mit hängenden Schultern und im vollen Ernst.

„Wie bitte?“ Misaki kann nicht glauben, was sie von ihrem Kollegen zu hören bekommt. „Spinnst du jetzt komplett? Habe ich dich richtig verstanden, du fragst mich, ob es das wert ist?“

„Ja, verdammt. Ich habe jahrelang auf Beziehungen verzichtet und warum? Genau aus diesem Grund. Verletzte Gefühle, Trauer und Wut. Es ging doch all die Jahre auch ohne festen Freund ganz gut. Dieses Drama, wer braucht das schon? Ich habe immer in der Gegend herum gevögelt, bisher hat es nie jemanden gestört. Warum soll ich plötzlich mein ganzes Leben ändern?“ Misaki schüttelt den Kopf, ihre zierlichen Hände hat sie zu Fäusten geballt.

„Wenn ich dich nicht schon so lange kennen würde, Rico, würde ich dir jetzt die Freundschaft kündigen. Du bist ein Arschloch."

„Warum hackst du jetzt auf mir rum?", ruft Rico aus und gestikuliert dabei wild mit den Händen. „Ich bin der, der gerade verlassen wurde."

„Warum wohl? Mensch, Rico, du bist ein schwerer Fall." Misaki umrundet den Empfangstresen, tritt ganz nah zu ihrem Kollegen und sieht ihm tief in die Augen. Sie nimmt sein Gesicht in ihre Hände und lächelt ihn verständnisvoll an. „Überleg dir, was du wirklich möchtest, Rico, und was dir wichtig ist in deinem Leben. Werde dir darüber klar und finde dein Glück. Wenn du tatsächlich denkst, dass Rumvögeln besser ist als das, was du mit Hiroshi hast, dann ist dir nicht mehr zu helfen." Sie seufzt. „Ein altes japanisches Sprichwort lautet: I no naka no kawazu, taikai o shirazu. Das bedeutet so viel wie: Ein Frosch im Brunnen weiß nichts vom großen Meer."

„Äh, und was bedeutet das jetzt genau? Ich verstehe nur Bahnhof." Rico räuspert sich und starrt betreten zu Boden.

„Das musst du schon selbst herausfinden, Rico. Streng dich an. Du kennst jetzt sowohl das große, weite, wundervolle Meer als auch den dunklen, engen Brunnen. Jetzt brauchst du dich nur noch zu entscheiden und natürlich musst du erwachsen werden."

„Manchmal frage ich mich, woher du diese Weisheiten immer nimmst, Misaki. Du kommst mir vor, als ob in deinem Innern eine alte Seele wohnte, die ab und an herausbricht und mit ihren Weisheiten um sich schleudert." Misaki lacht verlegen. „Aber danke für deinen Ratschlag." Rico verabschiedet sich von seiner Kollegin und verlässt die FitOasis. *Wo soll ich hin? Nach Hause? Nein, da kann ich nicht hingehen. Da erinnert mich alles an Hiroshi. Verdammt, er hat ja sogar noch seine Klamotten da. Ich ... ach verdammt, ich muss nachdenken.* Einem Impuls folgend steigt er auf sein Motorrad und fährt los, ohne ein spezielles Ziel vor Augen zu haben. Mittlerweile ist es dunkel geworden und der von Wolken verdeckte Halbmond spendet kaum Helligkeit. Rico genießt die frische Luft, die ihn umgibt, und die Einsamkeit, die ihm nur sein Motorrad spendet. Die Verbundenheit mit der Maschine beruhigt ihn, gibt ihm die Möglichkeit nachzudenken. *Eigentlich ist Hiroshi gar nicht mein Typ. Er ist unsportlich, viel zu dünn, ein regelrechter Unfallmagnet und ein ungeheurer Tollpatsch. Was will ich mit so einem?* Trotz dieser oberflächlichen Gedanken, die in seinem Kopf herumspinnen, vermisst er Hiroshi. Mehr als alles andere. Eine ungewohnte Empfindung, die Rico so noch nicht kennt. In der kurzen Zeit, in der er Hiroshi kennt, haben sie viel miteinander erlebt, haben sinnlichen Sex geteilt, zusammen gelacht, geweint, sich gehalten, Zärtlichkeiten ausgetauscht und ihr Leben geteilt. Sie sind sich unheimlich nah gekommen und haben sich einander offenbart. Gegen zweiundzwanzig Uhr hat Rico endlich eine Entscheidung getroffen.

Ich will ihn zurück.

Knatternd lenkt er sein Motorrad in die Hauptstraße und hält abrupt vor der Nummer fünfzehn. Er nimmt sich keine Zeit, einen Parkplatz zu suchen, stellt die Maschine einfach mitten auf dem Gehweg ab. Wie ein geölter Blitz eilt er die Stufen zur Eingangstür hoch und klingelt. Einmal, zweimal und noch einmal.

Keine Antwort.

Verdammt, Kleiner, mach auf. Bitte, ich muss doch mit dir reden. Ungeduldig drückt er den Finger auf den Knopf und hält ihn unten. Keine Reaktion, nichts. Wider besseren Wissens und trotz der späten Stunde drückt er sämtliche Klingelknöpfe auf einmal. Er hat Glück: Wenige Sekunden später öffnet ihm jemand, ohne nach dem Grund für die Störung zu fragen. Rico stößt die Tür mit seiner Schulter auf und eilt in die zweite Etage. Er nimmt mehrere Stufen auf einmal, um so schnell wie möglich bei seinem Liebsten zu sein, ihm alles zu erklären und ihn in die Arme zu nehmen. *Ich war so ein verdammter Vollidiot.* Als er um die Ecke biegt, trifft ihn der Anblick wie ein Faustschlag.

Die Tür ist zu.

Was habe ich erwartet, dass er mich mit offenen Armen empfängt? Aufgebracht hämmert er mit der geballten Faust gegen die Wohnungstür und klingelt erneut, mehrfach. „Mach auf, Hiro, ich weiß, dass du da bist. Komm schon, wir müssen reden. Mach auf. Du und ich, wir müssen das klären." Noch energischer poltert er gegen die Tür, die zwischen ihm und seinem Glück mit Hiroshi steht. „Hiro. Mach auf. Hiro?" Ein Stockwerk über ihm wird eine Haustür geöffnet. Vom Innern der Wohnung sind gedämpft Geräusche des Fernsehers zu hören. Die Frau, die sich mit Lockenwicklern in den Haaren ans Geländer stellt und nach unten blickt, sieht alles andere als freundlich aus. Sie hat ihre dünnen Lippen fest aufeinandergepresst und ihre Augen verengen sich noch stärker, als sie Rico entdeckt.

„Was ist da unten los?“, ruft sie durchs Treppenhaus. Sie trägt ein unvorteilhaftes Kleid, das mehr einem Kartoffelsack als einem Kleidungsstück ähnelt. „Ist das Ihr Motorrad auf dem Gehweg?“

„Würden Sie sich bitte um Ihren eigenen Scheiß kümmern?! Ich muss hier mit Herrn Kentaka was klären, also lassen Sie mich einfach in Ruhe.“ Rico widmet sich wieder seiner Aufgabe, hämmert gegen die Tür und klingelt Sturm. „Hiroshi, bitte mach auf. Wir müssen reden.“

„Was für eine unverfrorene Frechheit. Hören Sie mal, junger Mann, wenn Sie nicht endlich Ruhe geben, werde ich die Polizei rufen. Dann können Sie sich auch gleich von Ihrem Motorrad verabschieden, das den Durchgang behindert.“ Rico seufzt lautstark und dreht sich erneut zu Hiroshis Nachbarin um.

„Tun Sie, was Sie nicht lassen können, Lady. Aber tun Sie es bitte in Ihrer Wohnung und lassen mich in Ruhe.“ Rico vernimmt die Flüche, die von der Frau geäußert werden, als sie ihre Wohnungstür lautstark zuwirft – er hat keinen Zweifel daran, dass sie in dieser Sekunde ihr Telefon in die Hände nimmt und die Nummer der Polizei eingibt. „Hiroshi bitte. Ich will mit dir reden.“ Er hämmert noch immer gegen die Tür, als sie plötzlich einen Spaltbreit geöffnet wird. Die Kette der Einbruchsicherung ist vorgeschoben und verhindert, dass die Tür weiter aufgemacht werden kann. Hiroshi sieht Rico aus verweinten und geröteten Augen an.

„Was willst du?“, schnieft er.

„Wir müssen reden. Bitte, lass mich rein“, fleht Rico verzweifelt.

„Nein.“ Hiroshis Stimme ist kühler als sonst, emotionslos.

„Was nein? Ich will mit dir reden.“

„Aber ich nicht mit dir. Ich habe nur geöffnet, damit Frau Jensen nicht die Polizei ruft und sie dich gewaltsam von meiner Türschwelle zerren müssen.“

„Hiro, bitte.“

„Sag endlich, was du willst, Rico? Für mich gibt es eigentlich nichts mehr zu besprechen. Du hast mit anderen Kerlen gevögelt, wie du es immer getan hast, nur leider wusste ich nichts davon. Tja, das ist dann ja wohl mein Problem, oder?“

„Lass mich doch erklären ...“

„Du hast keine Ahnung, wie weh das tut, Rico, keine.“ Hiroshis Lippen beben, während er spricht. „Ich weiß, wir hätten das klären müssen und irgendwie war mir immer klar, dass es dir nicht ernst mit mir ist. Dennoch hatte ich Hoffnung. Ich habe mich in dich verliebt, dachte, wir hätten eine richtige Beziehung. Du hast mir Dinge geschenkt, deine Jacke, den Helm, hast mir den Schlüssel zu deiner Wohnung gegeben.“ Hiroshi lacht bitter. „Ich dachte wirklich, dass wir zusammen sind, dass du mich vielleicht sogar liebst oder zumindest Gefühle für mich hast, aber ich war ein blinder Trottel.“

„So ist es doch gar nicht, Hiro! Bitte, ich ... so bin ich einfach. Ich hatte nie eine feste Beziehung, weiß nicht, wie dieser ganze Liebeskram funktioniert. Weißt du, ich bin ein einfacher Kerl: Ich habe es stets genossen, meine Sexualität mit verschiedenen Kerlen auszuleben. Ich kenne es nicht anders. Dann kamst du und ...“

„Dann kam ich, ganz genau, ein weiterer Idiot, jemand, den du manipulieren und dann fallen lassen kannst. Ein Halbaffe, der denkt, dass das zwischen uns etwas Besonderes ist. Ha!“

„Du hättest mir sagen müssen, dass du erwartest, dass ich treu bin. Ich wusste doch nicht, dass wir was Exklusives haben, wirklich nicht. Ich habe auch nie wirklich darüber nachgedacht, weil es mit dir einfach nur schön war und ich ...“

„So etwas muss man nicht besprechen, das weiß man einfach. Das sagt dir dein Herz, Rico.“ Hiroshi entfernt die Kette, öffnet die Tür und tritt aus seiner Wohnung heraus. „Hier“, er legt seine Hand auf Ricos Brust, „sitzt das Herz, Rico. Aber du scheinst keines zu haben.“ Wieder lacht Hiroshi bitter. Tränen lösen sich aus seinen Augenwinkeln und kullern über seine Wangen. Rico will ihn berühren, sie ihm wegküssen, ihn trösten, aber er traut sich nicht, ist wie versteinert. „Was erwartest du von deinem Leben, Rico?“

„Ich …“ Der muskelbepackte Hüne bricht ab und sieht zu Boden. „Ich weiß es nicht. Ehrlich nicht.“ Hiroshi seufzt.

„Dann wird es jetzt langsam Zeit, dass du dir darüber klar wirst, Rico. Das wünsche ich dir und jedem Mann, dem du in Zukunft begegnest. Leb wohl.“ Mit diesen Worten schließt Hiroshi die Tür, ohne dass Rico ihn aufhält. Der Fitnesstrainer bleibt einfach vor der geschlossenen Tür stehen und starrt ins Nichts. Von drinnen hört er, wie Hiroshi die Kette vorlegt und abschließt. *Ich habe es vergeigt. Aber so was von.* Entmutigt und zu Tode betrübt, setzt sich Rico auf den Treppenabsatz und starrt ins Leere. Nach ein paar Minuten erlischt das Licht. Er fühlt sich, als ob etwas in seinem Innern gestorben wäre. Irgendwann erhebt sich Rico und trottet lustlos die Stufen hinab. Der Bewegungssensor springt an und beleuchtet den Weg. Als er auf die Straße tritt, entdeckt er neben seinem Motorrad eine Politesse, die gerade dabei ist, einen Strafzettel zu schreiben.

„Das ist mein Motorrad“, spricht er sie an.

„Ach, da sieh einer an. Sie wissen aber schon, dass Sie hier, mitten auf dem Gehweg, nicht …“

„Nun schreiben Sie schon Ihr Knöllchen“, unterbricht er sie desinteressiert und zieht sich lustlos den Helm über den Kopf. Sie schüttelt leicht verdattert den Kopf. Ihre Knöchel treten weiß hervor, als die den Bußgeldbescheid zu Ende schreibt. Er sitzt bereits auf seinem Motorrad, als sie ihm den Zettel reicht, den er sofort in der Außentasche seiner Jacke verstaut. Er nickt ihr zu, startet die Maschine und fährt auf die Straße. Das Dröhnen des Motors hallt von den umliegenden Gebäuden wider, als er um die nächste Ecke schießt.

Die nächsten zwei Tage sind für Rico die reinste Hölle. Er fühlt sich miserabel und hat das Gefühl, dass er jederzeit losheulen könnte. *Ich weiß gar nicht, wann ich das letzte Mal geweint habe. Doch, eigentlich weiß ich das schon.* Es war in dieser Zeit, als seine Mutter und sein Vater gestorben sind. Da hat er faktisch nur noch geweint und war so depressiv gewesen, dass er sich sogar das Leben nehmen wollte – aber zum Glück war da ein Mensch gewesen, der ihn davon abhielt. Er weint wegen Hiroshi, natürlich ist es wegen ihm. Der große, starke Rico vermisst ihn, vermisst seine süßen Geräusche, die angeborene Tollpatschigkeit, sein niedliches Lachen.

Dabei hat er ihn verloren. Für immer.

Und ob das alles nicht schlimm genug wäre, steht heute der Besuch bei seiner Großmutter auf dem Plan. Sie liegt ihm schon seit Tagen in den Ohren, will mehr über ihn und Hiroshi erfahren. Er hat sie bisher vertröstet, aber langsam geht das einfach nicht mehr, denn für Rico ist sie so viel mehr als eine bloße Großmutter. Er ist bei ihr aufgewachsen. Sie war für ihn da, als es seine Eltern nicht waren. Nachdem seine Mutter, Traudls Tochter, bei einem Autounfall tödlich verunglückte, griff sein Vater zur Flasche. Immer tiefer wurde er in den Strudel seiner Sucht gezogen, bis er schließlich mit einer Alkoholvergiftung ins Krankenhaus eingeliefert wurde und an den Folgen seines exzessiven Trinkens starb. Rico war damals fünf Jahre alt gewesen. Er hatte alles verloren. Niemand war mehr da, der sich um ihn kümmerte. Niemand bis auf seine Omi. Eine starke Frau, die ihr Leben lang hart gearbeitet hatte, um die Familie zu ernähren. Sie hatte ihn bei sich aufgenommen und trotz ihres Alters noch mal ihre ganze Energie und Liebe in die Erziehung eines Kindes gesteckt. Auch wenn er wollte, er kann sie einfach nicht so lange im Ungewissen lassen, kann ihr nichts verheimlichen. Sie kennt ihn so gut wie kein anderer Mensch. Er muss mit ihr sprechen und sie endlich mal wieder besuchen. Mit dem Motorrad fährt er zur *Seniorenresidenz Engelshaar* und parkt auf dem Besucherparkplatz. Den Helm kettet er wie üblich an sein Motorrad, hält dann aber inne. Hier hat er Hiroshi kennengelernt. *Was sage ich bloß, wenn ich ihm über den Weg laufe? Wie wird er reagieren? Wie werde ich reagieren?* Er beendet seine Grübeleien und betritt das Altenheim durch den Haupteingang. „Guten Tag, Herr Rowohlt. Sind Sie hier, um Ihre reizende Omi zu sehen?“, spricht ihn die Empfangsdame an und lächelt ihn dabei freundlich an.

„Guten Tag, Frau Heller. Ja, ganz genau. Ist sie denn in ihrem Zimmer?“

„Gehen Sie doch einfach hoch und sehen selbst nach. Sie kennen ja den Weg.“

„Vielen Dank.“ Er durchquert den Flur in Richtung der Aufzüge. Ohne Magnetkarte können die Treppenhäuser nicht benutzt werden, weshalb ihm keine Alternative bleibt. Als sich die Türen öffnen, betritt er die Kabine und drückt den Knopf für die zweite Etage. Der Lift setzt sich in Bewegung und mit jedem Meter, den er näher zu Hiroshi kommt, zieht sich sein Herz fester zusammen. In der ersten Etage steigt ein Mann mit einem Rollator ein und grüßt Rico freundlich. Sie fahren schweigend in die zweite Etage, auf der sich Rico mit einem Nicken von dem Mann verabschiedet. Die Station wirkt zum Glück verlassen, dennoch sucht Rico mit seinen Augen die Flure ab.

Hiroshi ist nirgends zu sehen.

Rico atmet tief ein, strafft die Schultern und überwindet den kurzen Weg zum Zimmer seiner Großmutter. Neben jeder Tür prangen Name und Foto des Bewohners. Das Bild zeigt seine Omi mit ihrem Rentnerporsche und den Stricknadeln. Die dralle, kleine Frau lacht übers ganze Gesicht, was auch Rico ein lächelnd entlockt. *Dieses Bild hat sicher Hiroshi gemacht. Es passt zu ihm.* Er klopft und betritt das Zimmer. „Rico, da bist du ja, mein Junge“, ertönt die Stimme seiner Großmutter, noch bevor er sie in ihrem abgewetzten Polstersessel entdeckt, den sie schon hat, seit er denken kann, und den sie partout nicht hergeben will.

„Hallo, Omi.“ Sie erhebt sich schwerfällig, umarmt ihn kurz und tätschelt mit ihrer faltigen Hand auf die Couch neben dem Sessel.

„Setz dich, Junge.“ Er seufzt, tut dann aber, was sie von ihm verlangt. „Also, was ist passiert?“, platzt sie heraus und verzichtet damit gewollt auf den Smalltalk.

„Was meinst du?“ Rico versucht krampfhaft den Unschuldigen zu spielen, scheitert damit jedoch kläglich. Seine Großmutter seufzt theatralisch und schüttelt den Kopf.

„Warum denkt ihr jungen Leute eigentlich immer, dass ich euch nicht durchschaue? Seit Tagen hat Hiroshi eine Stimmung wie drei Tage Regenwetter und du meldest dich kaum noch. Ich sehe euch nicht mehr zusammen und du holst ihn auch nicht mehr von der Arbeit ab.“ Sie seufzt erneut. „Also, was ist los, mein Schatz?“

„Ich habe es vergeigt“, brummt Rico und starrt dabei beschämt auf seine Hände.

„Das war mir schon klar, Rico. Ich will Details.“ Rico runzelt die Stirn und sieht seine Großmutter entsetzt an.

„Warum war dir das klar?“, hakt er entgeistert nach.

„Weil ich dich kenne, Junge, schon dein ganzes Leben und wahrscheinlich besser, als du dich selbst. Rückst du nun endlich mit der Sprache heraus?“ Ungeduldig wippt sie mit ihren Schuhen auf und ab.

„Er hat herausgefunden, dass ich weiterhin mit anderen Männern … geschlafen habe. Also hat er mich verlassen. So, jetzt ist es raus, zufrieden?“

„Du hast was?“ Sie sieht ihn mit großen Augen an.

„Ich habe in der Gegend rumgevögelt, wie ich es immer tue.“ Sie schüttelt traurig den Kopf.

„Ich bin enttäuscht von dir, Junge.“

„Das ist genau, was ich jetzt brauche. Noch mehr Schuldzuweisungen. Ich fühle mich ja schon mies genug. Hiroshi spricht nicht mehr mit mir.“

„Hast du es denn überhaupt versucht?“

„Natürlich. Per Telefon, per WhatsApp, ich bin ja sogar bei ihm vorbeigegangen und habe vor der Tür gestanden, bis er mir geöffnet hat. Er will nicht mehr mit mir reden, sagt, ich solle mir zuerst über meine Prioritäten klar werden.“

„Das klingt vernünftig. Und, bist du dir darüber klar geworden?“

„Ja. Jein. Nein. Ich, es ist schwer. Seit meine Eltern gestorben sind, habe ich … niemanden außer dir an mich herangelassen. Ich bin immer ganz gut allein zurechtgekommen. Aber plötzlich ist da dieser Kerl, der so lieb und so goldig ist und der mich einfach um den Finger wickelt. Er ist tollpatschig, viel zu dünn, unheimlich verständnisvoll und ich mag ihn. Aber ich will meinen gewohnten Lebenswandel nicht aufgeben. Verstehst du? Ich will keine Beziehung. Ich …“

„Du willst nicht verletzt werden“, schlussfolgert seine Großmutter. Rico nickt betreten. „Weil du als Fünfjähriger alle, die du je geliebt hast, verloren hast.“ Wieder ein Nicken von Rico. „Du denkst, dass du kein Glück verdient hast. Darum vögelst du alles, was nicht bei drei auf den Bäumen ist und wirfst dein Leben weg?“ Rico gefällt die Richtung nicht, in die dieses Gespräch geht.

„Nein, so ist das nicht! Ich ... es ist komplizierter. Ich werfe doch mein Leben nicht weg. Aber das mit Hiroshi ... ich weiß nicht, Omi, ich weiß wirklich nicht, was ...“

„Ich liebe dich, Junge, das weißt du. Du bist wie mein eigener Sohn und ich hoffe, dass du mich richtig verstehst, wenn ich dir sage, dass du ein Trottel bist.“

„Was?“, empört sich Rico.

„Du benimmst dich wie ein kleiner, verängstigter Junge, der keine Verantwortung für sein Handeln übernehmen will. Du schiebst das, was mit deinen Eltern passiert ist, als Ausrede vor, dich nicht zu binden. Du redest dir ein, dass es sich nicht lohnt, für die Liebe zu kämpfen, weil er dich verletzen könnte. Weil er dich auch verlassen könnte, wie es deine Eltern getan haben.“ Er will etwas sagen, doch sie lässt ihren Enkel nicht zu Wort kommen. „Dabei ist das doch das Schönste im Leben: Jemanden zu haben, der einen liebt, mit dem man sein Leben teilt und alt werden kann.“ Traudl seufzt, lächelt ihren Enkel an und spricht dann weiter. „Lass die Liebe zu, Junge. Öffne dein Herz und sieh, was alles da draußen auf dich wartet. Lass dich lieben, liebe zurück und erlebe all das Schöne, das dazu gehört. Wenn du Hiroshi ziehen lässt, dann verlierst du das wahrscheinlich Wertvollste in deinem Leben: Du verlierst einen Menschen, der für dich geschaffen ist, mit dem du alt werden kannst, du verlierst deinen Seelenverwandten.“

„Ich habe ihn doch schon verloren.“

„Das glaube ich nicht, Schatz. Sprich mit ihm, öffne dich, zeig ihm, wie du fühlst. Sag ihm, dass du Angst hast und es neu für dich ist. Erzähl ihm von deinen Eltern und den Gefühlen, die ihr Tod bei dir hervorgerufen haben. Er wird es verstehen, da bin ich mir sicher.“

„Du hättest ihn sehen sollen. Er war so verletzt. Es hat mir das Herz zerrissen.“ Traudl Rowohlt nickt wissend. „Er spricht ja nicht einmal mit mir!“, verteidigt sich Rico ohne viel Überzeugung.

„Überlass das am besten deiner alten Oma.“ Sie streicht ihm über die Wange und lächelt ihn warm an. „Werde du dir einfach klar, was du von deinem Leben erwartest, und sag ihm dann genau das.“

„Danke, Omi.“

„Schon gut und jetzt geh bitte los und hol mir diese kleinen Schnapsfläschchen und ein paar Kippen.“ Rico sieht seine Großmutter nur entgeistert an, folgt dann aber ihrer Bitte wie ferngesteuert und verlässt ihr Zimmer.

Kapitel dreizehn

Hiroshi ist sich mehr als bewusst, dass Rico im Haus ist. Erstens hat er draußen sein Motorrad gesehen und zweitens hat es ihm die Kollegin am Empfang gesagt.

Rico. Hier. Verdammt.

Er will nicht mit ihm sprechen. Niemals wieder. Nicht, solange dieser Luftikus sich nicht über seine Prioritäten im Klaren ist. Obwohl, eigentlich auch dann nicht mehr. Hiroshi schüttelt den Kopf, will nicht darüber nachdenken. Die Gedanken an seinen Verflossenen treiben ihm Tränen in die Augen. *Hör endlich auf zu flennen, Hiroshi. Verdammt.* Er sitzt im Stationszimmer und hat sich fest entschlossen, das Büro nicht zu verlassen, solange Rico im Haus ist. *Hoffentlich klingelt niemand und will etwas von mir.* Er grinst über seine eigenen Gedanken und verwirft sie sofort wieder. Natürlich würde er sofort zu Hilfe eilen, wenn ihn jemand bräuchte. Zehn Minuten später taucht Rico auf der Straße auf. Er steigt auf sein Bike und fährt vom Gelände.

Endlich.

Nach weiteren fünf Minuten – ich will ganz sicher sein, dass er nicht zurückkommt – verlässt Hiroshi den verglasten Raum, um in der Abteilung nach dem Rechten zu sehen. Bald gibt es Abendessen, das er noch beaufsichtigen wird, bevor er endlich nach Hause gehen kann. Es war ein viel zu langer Tag, gut, im Moment empfindet Hiroshi jeden Tag als zu lang, schließlich schläft er kaum noch. Jeden Abend liegt er noch lange wach und wenn er dann endlich einschläft, suchen ihn Albträume heim. Gut, eigentlich sind es Träume von Rico, was im Augenblick einem Albtraum sehr nahe kommt.

Die Abteilung ist ruhig.

Ein Grüppchen Senioren sitzt vor dem Fernseher und sieht sich eine Zoosendung an. Hiroshi schmunzelt, als er dem gestresst wirkenden Tierpfleger eine Weile dabei zusieht, wie dieser einem kleinen Känguru nachjagt und es einfach nicht zu fassen kriegt. Der renitente Joe Tanner, der Hiroshi vor Monaten das Veilchen verpasst hat – *das war der Tag, an dem ich Rico kennengelernt habe* – wird bei dieser Sendung immer ganz sentimental, weshalb die Belegschaft die TV-Produktion gern als Therapiemaßnahme einsetzt. Als sich Hiroshi versichert hat, dass alles den gewohnten Gang nimmt, eilt er mit dem Aufzug nach unten, um das Abendessen zu holen.

Im Notfall, ist seine Kollegin Bettina nicht weit.

Durch eine Schleuse betritt er die steril wirkende Großküche. Die Mitarbeiter sind bereits nach Hause gegangen, lediglich die Raumpflegerin Vesna ist noch am Arbeiten. Sie wischt gerade den gefliesten Boden. „Hallo, Vesna. Wie geht es deinen Kindern", spricht er die gebürtige Bosnierin, die schon lange Jahre hier als Reinigungskraft arbeitet, an. Sie sieht zu ihm auf und lächelt ihr breites Lächeln mit den vergilbten Raucherzähnen.

Eine liebe Frau.

„Ganz wunderbar. Mein Ältester hat die Fahrprüfung bestanden. Wir haben ihm einen BMW gekauft." Hiroshi verkneift sich ein Lachen. *BWM, natürlich.*

„Das freut mich, Vesna. Richte deinem Mann liebe Grüße aus von mir." Sie nickt ihm zu und widmet sich wieder ihrer Arbeit. Hiroshi schnappt sich den mit Etage zwei gekennzeichneten Wagen und schiebt ihn aus der Küche. Im Inneren des Warmhaltewagens warten die vorbereiteten Teller mit Abendessen darauf, verdrückt zu werden. Die meisten Bewohner essen abends Schnittchen. Toastbrot, Wurst, Käse und vielleicht mal eine Suppe – darum dient der Wagen abends auch nur als Transportmöglichkeit. Auf dem Weg aus der Küche begegnet er einer Pflegekollegin vom vierten Stock. Sie grüßen sich, wechseln ein paar Worte, bevor Hiroshi mit dem Wagen nach oben fährt. Als er ihn gerade in dem gefliesten Bereich des Aufenthaltsraums aufstellt, beginnt sein Pager zu vibrieren.

Verdattert sieht er darauf.

Ein Notsignal aus Zimmer 201. *Das ist Traudls Zimmer!* Er lässt alles stehen und liegen, um schnellstmöglich zu Traudl zu kommen. *Was ist nur geschehen?* Wie von der Tarantel gestochen, sprintet er durch den

Flur und stürmt ohne anzuklopfen in Traudls Zimmer. Die dralle Rentnerin liegt auf der Couch, atmet schwer und hält sich die Brust. „Traudl, was ist los?“, will er wissen, als er sich zu ihr kniet.

„Meine Brust, es tut so weh“, klagt sie mit zittriger Stimme. „Ich bekomme kaum Luft und es tut so unheimlich weh.“ Hiroshi betastet ihre Stirn. Kalt, schweißnass.

„Bleib ganz ruhig, Traudl. Ich rufe einen Krankenwagen.“

„Nein, keinen Krankenwagen. Ich will nicht von hier weg.“

„Tut mir leid, Traudl, aber da führt kein Weg dran vorbei. Ich denke, dass du einen Herzinfarkt hast, und da zählt jede Minute“, erklärt Hiroshi und zückt das ebenfalls an seinem Gürtel befestigte schnurlose Telefon. Er wählt den Notruf. „Guten Tag, hier ist die Seniorenresidenz *Engelshaar*. Wir haben eine Bewohnerin mit Verdacht auf Herzinfarkt. Schicken Sie bitte sofort einen Krankenwagen“, bellt Hiroshi ins Telefon, als am anderen Ende endlich abgenommen wird. Er gibt die Adresse und seinen Namen an.

Dann legt er auf.

„Alles wird gut, Traudl. Atme einfach ruhig weiter“, redet er auf die Frau ein, während er ihre Hand hält und ihr übers Haar streicht.

„Rico, du musst es Rico sagen. Damit er herkommen kann.“ Hiroshi nickt. Seine Gedanken rasen. Natürlich muss er ihren Enkel anrufen. Er muss professionell sein, seine eigenen Gefühle hinten anstellen. Er muss dabei sein, vor allem, weil sie sterben könnte. Nein, daran will Hiroshi nicht denken.

„Hiroshi, was ist hier los?“, will eine Kollegin wissen.

„Ruf ihren Enkel an. Verdacht auf Herzinfarkt. Der Krankenwagen ist bestellt. Und gibt dem Empfang Bescheid, damit sie die Sanitäter hierher schicken.“

„Wird gemacht.“ Damit ist seine Kollegin wieder verschwunden. Die Belegschaft trainiert solche Situationen regelmäßig und dennoch ist man nicht darauf vorbereitet, wenn es dann doch mal geschieht, vor allem nicht, wenn es eine liebgewonnene Person betrifft. *Wo bleibt dieser verdammte Krankenwagen? Wieso dauert das so verdammt lange?* Hiroshi hält Traudls Hand und bleibt bei ihr. *Du darfst mir jetzt nicht wegsterben, Traudl. Nicht so und nicht jetzt.*

„Halte durch, Traudl. Hilfe ist unterwegs. Die werden dir helfen und Rico ist sicher auch bald da." Im selben Moment ist von draußen Sirenengeheul zu vernehmen. „Hörst du das, sie sind da. Jetzt wird alles gut." Traudl lächelt ihn schwach an. Dann geht alles sehr schnell. Die Sanitäter betreten wenige Minuten später den Raum, führen eine kurze Anamnese durch, heben Traudl auf eine Trage und fahren sie nach draußen. Hiroshi begleitet sie bis zum Krankenwagen. *Ich bin ihre Bezugsperson, kann aber hier nicht weg. Verdammt. Wann kommt meine Vertretung? Hat man die überhaupt schon informiert?* „Ich werde dich später besuchen, Traudl. Versprochen. Die Sanitäter werden sich gut um dich kümmern."

„Kommst du auch wirklich?", keucht Traudl außer Atem. Ihr ergrautes, violett gesträhntes Haar klebt feucht an ihrer Stirn.

„Ja natürlich. Ich kann hier nur nicht sofort weg. Am liebsten würde ich mit dir mitfahren, aber das geht leider nicht. Sobald meine Vertretung eintrifft, komme ich." Überzeugt davon, dass ihr Pfleger sie auch wirklich besuchen kommt, lässt Traudl Hiroshis Hand los. Der Pflegefachmann sieht zu, wie die Trage mit der drallen Bewohnerin in das Innere des Wagens geschoben wird. Einer der Sanitäter zieht die Türen zu, kurz bevor die Ambulanz mit Blaulicht davonrast.

Hiroshi steht wie vom Donner gerührt da.

Erst nachdem die Sirenen in der Ferne verklingen, erwacht Hiroshi aus seiner Schockstarre. Er eilt zurück auf seine Abteilung und in Traudls Zimmer. Er packt die wichtigsten Sachen, wie Toilettenbeutel und Wechselkleidung in eine Tüte und verlässt das Zimmer wieder. Dabei rempelt er beinahe die Vertretung nieder. „Entschuldige, Madhukar, hast du dir was getan?", erkundigt sich Hiroshi mitfühlend.

„Nein, alles in Ordnung, Hiroshi." Madhukar ist gebürtiger Inder und arbeitet Teilzeit im Alten- und Pflegeheim *Engelshaar*. Da er sehr flexibel ist, wird er meistens eingesetzt, wenn jemand kurzfristig krankheitsbedingt ausfällt oder wie jetzt gerade, wenn ein Pfleger eine Patientin ins Krankenhaus begleiten muss. „Traudl hatte einen Herzinfarkt?"

„Es sieht leider so aus. Darum muss ich sofort los."

„Ja, geh nur, ich bin ja jetzt da."

„Danke, Madhukar. Du bist der Beste." Hiroshi eilt mit der Tüte, in der Traudls Sachen liegen, ins Untergeschoss, um sich umzuziehen. Ein paar Minuten später hetzt er zur Bushaltestelle. Der Weg ins städtische Krankenhaus wäre zu weit, um ihn mit dem Fahrrad zurückzulegen. Hiroshi findet keine Ruhe, auch nicht, als er im Bus sitzt und aus den verdreckten Fenstern schaut. In seinem Innern tobt ein Sturm an Gefühlen. Er kann keinen klaren Gedanken fassen, wippt nervös mit den Füßen auf und ab, und kaut an seinen Fingernägeln. *Bitte Traudl, halte durch.* Als er zwanzig Minuten später das Krankenhaus betritt, empfängt ihn dieser intensive Geruch nach Desinfektionsmitteln und Sterilität, der noch viel ausgeprägter als in der Seniorenresidenz ist. Seine Zunge fühlt sich schon nach wenigen Atemzügen pelzig an. Er folgt der Beschilderung zur Notaufnahme. Als er den modern und einfach gehaltenen Bereich betritt, entdeckt er Rico. Der gut trainierte, großgewachsene Hüne steht am Empfangstresen und brüllt eine Frau durch die Scheibe hindurch an.

„Warum stellen Sie sich so unheimlich dämlich an?! Traudl Rowohlt, sie wurde hier mit Verdacht auf Herzinfarkt eingeliefert. Ich will wissen, wie es ihr geht."

„Es tut mir leid, aber ich habe keine neuen Informationen. Sobald der Arzt mehr weiß, wird er Sie informieren." Hiroshi eilt die wenigen Meter zur Anmeldung und legt die Hand auf Ricos Schulter. Der Fitnesstrainer sieht sich wütend nach ihm um, doch als er Hiroshi erkennt, hellt sich seine Stimmung sofort merklich auf.

„Bitte sagen Sie dem Arzt, dass der Enkel und ihr Pfleger da sind und er uns doch bitte sofort informiert, wenn sich etwas Neues ergibt. Ja?" Die Frau hinter dem Empfang nickt dankbar. „Komm, Rico, setzen wir uns." Nur widerwillig lässt sich der große Mann von Hiroshi zu den Stühlen führen. Schwerfällig nimmt er Platz.

„Was ist denn nur passiert?", erkundigt er sich aufgebracht.

„Deine Omi hatte höchstwahrscheinlich einen Herzinfarkt. Sie hat mich gerufen, war kurzatmig und klagte über Schmerzen in der Brust. Ich habe sofort einen Rettungswagen angefordert."

„Warum bist du nicht mit ihr mitgefahren?" Ricos Tonfall gefällt Hiroshi überhaupt nicht, dennoch kann er ihn verstehen. Das ist eine mehr als emotionale Situation, bei dem einem gern die Pferde durchgehen können.

„Weil ich nicht einfach alles stehen und liegen lassen kann, um mit einer Bewohnerin ins Krankenhaus zu fahren – auch wenn ich das gerne getan hätte“, erklärt er mitfühlend und verständnisvoll.

„Sie ist also nur eine Bewohnerin für dich?“, schnappt Rico. Hiroshi atmet tief durch. Er legt seine Hand auf Ricos und sieht ihm tief in die Augen.

„Hör auf, Rico. Du weißt genau, dass sie nicht nur eine Bewohnerin für mich ist. Jetzt warten wir hier und hören uns an, was der Arzt sagt. Einverstanden?“

„Okay, du hast recht.“ Rico seufzt und entspannt sich ein wenig. „Wie hältst du das nur durch? Ich wäre ein Wrack, wenn ich täglich mit Tod und Krankheit konfrontiert wäre.“

„Du hast mich ja beim Tod des letzten Bewohners erlebt, es trifft mich jedes Mal schwer. Aber es gehört nun mal dazu. Irgendwie muss ich mich davon distanzieren können. Nur leider ist das nicht so einfach, vor allem nicht, wenn es jemand ist, der mir viel bedeutet.“ Schweigen breitet sich zwischen den Männern aus. Sie halten sich an den Händen und warten auf Nachricht.

„Sie hat mir noch gesagt, dass ich mir über die Prioritäten klar werden muss“, beginnt Rico leise.

„Da hat sie wohl nicht unrecht. Zu was für einem Schluss bist du gekommen?“

„Dieser Anruf vom Altenheim, dass meine Oma ins Krankenhaus gefahren wurde, verändert alles. Ich meine, ich bin doch erst bei ihr gewesen, da ging es ihr noch gut und dann sowas. Sie ist doch alles, was mir noch bleibt. Sie ist die einzige Person, die mich nie im Stich gelassen und zu mir gehalten hat.“

„Willst du es mir erzählen?“

„Viel gibt es da nicht zu erzählen. Meine Mutter hatte einen tödlichen Autounfall, als ich fünf Jahre alt war. Mein Vater hat ihren Tod nie verkraftet und hat mit Trinken angefangen.“ Rico macht eine bedeutungsvolle Pause. Hiroshi schweigt, hört ihm einfach nur zu. „Er hat sich ein halbes Jahr nach ihrem Tod ins Koma gesoffen, aus dem er nie wieder aufgewacht ist. Ich habe innerhalb kürzester Zeit alle Menschen verloren, die mir je etwas bedeutet haben.“ Tränen rinnen Rico über die Wangen.

„Das tut mir so leid, Rico. Ich mag mir gar nicht vorstellen, wie das für dich gewesen sein muss. Du warst noch so jung und ach, unvorstellbar." Er zieht Rico an sich, der sich sofort in Hiroshis Halskuhle schmiegt und ihn festhält.

„Omi war die Einzige, die mich nie im Stich gelassen hat. Wenn sie jetzt stirbt, dann ... dann ..."

„Sie wird nicht sterben. Wir konnten früh genug reagieren. Denk nicht sofort an das Schlimmste." Hiroshi küsst Rico auf seinen dunkelbraunen Haarschopf und streicht ihm über die Wange. „Danke, dass du es mir erzählt hast."

„Du hast die Wahrheit verdient. Das ist auch der Grund, warum ich so ein Gefühlskrüppel bin. Ich habe einfach Angst, dass ... ich ... du mich ... also ..." Rico bricht ab.

„Ich verstehe, Rico."

„Wirklich?" Rico schnieft. So verletzlich hat ihn Hiroshi noch nie erlebt. Dieser große, starke Kerl wirkt plötzlich so klein und hilfebedürftig.

„Ich denke schon." Schweigend sitzen die Männer auf den unbequemen Stühlen, halten sich in den Armen und warten auf Nachricht.

„Herr Rowohlt?" Eine markante Männerstimme reißt die beiden aus ihrer Starre. Rico steht wie ein geölter Blitz auf und geht auf den Arzt zu. Hiroshi folgt dicht hinter ihm.

„Was ist mit meiner Großmutter? Geht es ihr gut?" Der Arzt sieht Rico durchdringend an. Falten bilden sich auf seiner Stirn.

„Bitte, folgen Sie mir doch einfach." Der Arzt deutet durch eine Schiebetür in den hinteren Bereich der Notaufnahme.

„Ist sie tot?"

„Nein, nein. Machen Sie sich keine Gedanken. Kommen Sie doch einfach mit." Rico nickt und folgt dem Arzt schweigend. „Sie auch, Herr Kentaka", spricht der Arzt Hiroshi an. Verdattert sieht Hiroshi auf, nickt dann aber und folgt den Männern durch die Schiebetür, die sich sofort öffnet, nachdem der Arzt seine Magnetkarte an den Leser gehalten hat. Von einem trist wirkenden Flur gehen diverse Zimmer ab. „Ihre Großmutter ist in Untersuchungsraum sieben", kommentiert der Doktor und deutet in die entsprechende Richtung. Sichtlich nervös und mit zitternden

Händen öffnet Rico die Tür. Traudl Rowohlt sitzt in einem Krankenhausgewand auf der Bettkante und sieht die Männer an.

„Omi, was ist los? Wie geht es dir?“

„Traudl, was ist los?“ Die Männer plappern gleichzeitig und viel zu laut drauflos.

„Bitte, meine Herren, setzen Sie sich doch erst mal“, versucht der Arzt das wilde Durcheinander aufzulösen.

„Was ist mit meiner Großmutter?“ Der Arzt seufzt und deutet auf die bereitgestellten Stühle. Die jungen Männer sehen ein, dass sie so nicht weiterkommen. Widerwillig setzen sie sich schließlich doch noch. Der Arzt sieht auf seine Unterlagen und fixiert dann Rico und Hiroshi mit einem professionellen Blick.

„Also, meine Herren. Wie sich herausgestellt hat, ist Ihre Großmutter kerngesund.“ Die Worte brauchen einen Moment, bevor sie in Hiroshis und Ricos Bewusstsein sickern. „Wie ich ihm Gespräch mit Frau Rowohlt herausgefunden habe, hat sie diesen Herzanfall erfunden.“ Hiroshi schüttelt irritiert den Kopf und auch Rico kann es nicht glauben.

„Nennen Sie meine Omi eine Lügnerin?“, braust Rico auf, doch Traudl schüttelt nur den Kopf und legt ihre Hand auf Ricos Schulter. „Was ist hier los, Omi?“

„Ich schlage vor, dass Sie das am besten untereinander klären, da es sich um eine Familienangelegenheit handelt. Soweit es Ihre Omi angeht, ist sie kerngesund und wird Ihnen hoffentlich auch nach der Rechnung für diesen ganzen Zirkus hier, erhalten bleiben.“ Damit verabschiedet sich der Arzt, verlässt das Zimmer und zieht die Tür hinter sich zu. Hiroshi und Rico sehen sich verdattert an – *hat der Arzt grad einen Witz auf unsere Kosten gemacht?*

„Also, Omi, spuck es schon aus!“, bedrängt Rico seine Großmutter ungeduldig. Traudl Rowohlt läuft ein wenig rot an und sieht auf ihre Hände, bevor sie zu sprechen beginnt.

„Ich ... also, ich wollte, dass ihr redet“, druckst sie herum.

„Wie, redet?“, hakt Hiroshi nach, der das Gespräch bisher schweigend beobachtet hat.

„Na ja, ich wollte halt, dass ihr euch aussprecht und euch wieder vertragt“, gesteht Traudl mit einem scheuen Lächeln auf den Lippen.

„Wie bitte?“ Hiroshi springt wie ein Verrückter vom Stuhl auf und funkelt die Bewohnerin wütend an. „Du hast das alles hier nur gefakt, damit ich mich mit deinem Enkel ausspreche?“ Er ist derart wütend, dass seine Stimme bebt. „Ist dir mal durch den Kopf gegangen, wie große Sorgen wir uns deinetwegen gemacht haben? Oder wie viel ein solcher Einsatz kostet?“

„Ich hatte schon ein wenig Schmerzen in der Brust und da habe ich halt einfach Panik bekommen. Dabei habe ich dir noch gesagt, dass ich keinen Krankenwagen brauche. Außerdem ist Vorsicht immer besser als Nachsicht“, behauptet Traudl mit herzerweichendem Dackelblick.

„Ich fass es nicht!“ Hiroshi geht erneut auf und ab. Unruhig und fuchsteufelswild.

„Habt ihr euch denn wenigstens ausgesprochen?“, hakt die Rentnerin mit unschuldiger Stimme nach.

„Was sollen wir noch besprechen, Traudl? Er will sich nicht binden. Ihm sind seine Fickdates wichtiger als eine feste Bindung. Er liebt mich nicht. Verdammte Scheiße, und für das musstest du jetzt tatsächlich einen Herzinfarkt simulieren? Na, herzlichen Dank.“ Hiroshi stürmt aus dem Zimmer.

„Hiroshi, warte!“ Traudls aufgebrachte Stimme begleitet ihn noch, bis er durch die Schiebetür in den Anmeldebereich der Notaufnahme tritt. *Ich habe mir solche Sorgen gemacht und für was? Für nichts. Ich dachte wirklich, dass sie stirbt, und sie inszeniert einfach alles, damit ich mich mit ihrem Trottel von Enkel ausspreche. Ha, ich habe Neuigkeiten für dich. Rico will sich nicht binden, Traudl.* Hiroshi rennt durch die Flure des Krankenhauses Richtung Ausgang.

Nur weg aus diesem Irrenhaus.

Blindlings stürmt er vom Krankenhaus auf die Straße. *Sie kann doch nicht einfach einen verdammten Herzinfarkt simulieren. Das geht doch nicht. Was denkt die sich, dass es so einfach ist?* Hiroshis Gedanken driften zu Rico. *Er liebt mich nicht. Hat mich nie geliebt und wird es nie tun. Und das, verdammt, das tut so weh. Gut, er hat seine Eltern verloren, will sich darum nicht binden, aber das macht es für mich nicht besser. Ich bleibe allein mit meinem gebrochenen Herz. Gott, er hat mir so leidgetan, aber was soll ich tun? Ich will ihn nicht teilen.* Plötzlich wird es hell. Hiroshi dreht sich um und sieht noch die Scheinwerfer eines auf ihn zurasenden Wagens. Das schrille Quietschen von Reifen ist zu hören.

Rico.

Dann wird es dunkel. Hiroshis Wahrnehmung verschwimmt vor seinen Augen. Er fühlt den Schmerz, der ihn wie eine Flutwelle überrollt und seine Gedanken lähmt.

Rico.

Hiroshi befindet sich inmitten eines prächtig geschmückten Ballsaales. Ein filigran gearbeiteter Kronleuchter hängt von der Decke und erhellt den gesamten Raum. Das warme Licht spiegelt sich in zahlreichen Glaskristallen und taucht den Raum damit in ein atemberaubendes Farbenmeer. Meterhohe Säulen tragen das Gewicht der gigantischen Glaskuppel, die das Herzstück des Saals darstellt.

Draußen herrscht dunkle Nacht.

Die anwesenden Gäste – Familie, Freunden, Arbeitskollegen und flüchtige Bekannte – blicken gebannt auf Hiroshi, der irritiert den Kopf schüttelt. *Wo bin ich?* Als er an sich herunterblickt, entdeckt er, dass er einen weißen Frack trägt. Er blickt auf und entdeckt Rico, der neben ihm steht und ihm die ausgestreckte Hand hinhält. *Wo, wo ist er jetzt auf einmal hergekommen?* Der Hüne trägt einen schwarzen Frack, der seine Muskeln erstaunlich gut betont und ihm ausgezeichnet steht. „Nun tanzt endlich“, ertönt eine bekannte Stimme. Als Hiroshi Traudl Rowohlt in der Menge ausmachen kann, muss er lachen. Sie hat sich richtiggehend herausgeputzt und strahlt wie ein Honigkuchenpferd – ihre Wangen sind leicht gerötet, was wahrscheinlich auf das Glas mit Rotwein zurückzuführen ist, das sie in der Hand hält. „Na los, stellt euch nicht so an.“ Die Gäste lachen und nicken den Männern aufmunternd zu.

„Gewährst du mir diesen Tanz?“, spricht ihn Rico an. Hiroshi nickt verdutzt und reicht ihm seine Hand. Zusammen betreten sie Tanzfläche. Die Menge schart sich um sie. Ricos rechte Hand wandert zu Hiroshis unterem Rücken, während Hiroshis Linke die richtige Stelle an Ricos muskulöser Schulter findet. Die freien Hände legen sie ineinander und beginnen den Tanz.

Wie aus dem Nichts taucht ein Orchester auf.

Das klassische Ensemble beginnt zu spielen und verzaubert mit seiner Musik alle Anwesenden und sorgt für die richtige Stimmung. Zusätzlich wird auch das Licht gedimmt. Wie Profis tanzen Rico und Hiroshi ihren Tanz, sehen sich dabei tief in die Augen und vergessen alles um sich herum. Die Magie und die Liebe, die sie füreinander empfinden, sind in diesem ganz speziellen Moment für alle Anwesenden spür- und sichtbar. Als sich ihre Lippen am Ende des Walzers treffen und sie sich küssen, gibt es für die Gäste kein Halten mehr: Sie brechen in frenetischen Applaus und Jubelrufe aus. Hiroshi und Rico bekommen davon nichts mit. In ihrem Kokon der Liebe gibt es nur sie beide und niemanden sonst.

Plötzlich verändert sich die Szenerie.

Hiroshi befindet sich wohl im gleichen Ballsaal, doch dieser ist auf einmal leer. Hiroshi ist gerade dabei, sich von den letzten Gästen zu verabschieden, die sich überschwänglich bei ihm für den tollen Abend bedanken. Lediglich Traudl und seine Mutter sind noch da. Die beiden deuten die geschwungene Treppe hoch. *Da oben muss Rico auf mich warten, mein Schatz, mein Ehemann.* Er kann es kaum erwarten und eilt los. Die Stufen sind mit rotem Samt beschlagen und scheinen sich auf wundersame Weise zu vermehren. Die Treppe wird immer länger und immer mehr Stufen trennen ihn von seinem Liebsten. Hiroshi geht schneller, beginnt zu keuchen, als er mehrere Stufen auf einmal nimmt. *Was geht hier vor? Was soll das? Ich will doch nur zu meinem Rico, zu meinem Prinzen.* Hiroshi schaut zurück und stellt entsetzt fest, dass sich der Ballsaal mehrere hundert Meter unter ihm befindet. Hinter ihm beginnen die Stufen abzubrechen und ins Nichts zu stürzen.

Ein panischer Schrei entreißt sich seiner Kehle.

Um den herunterstürzenden Stufen zu entkommen, läuft er wie ein Besessener los. Ein Moment der Unachtsamkeit lässt ihn stolpern und hinfallen, dabei schlägt er sich die Knie an den scharfen Kanten auf – Blut benetzt den weißen Stoff des Fracks. Er rappelt sich keuchend auf und beobachtet voller Panik, wie sich der rote Samtteppich von den Stufen löst und wie ein Laufband zu rotieren beginnt. Er rennt und rennt, kommt aber einfach nicht vorwärts. *Ich will doch nur zu Rico.* Kurzentschlossen nimmt er einen Satz und springt ab. Mit Müh und Not kann er sich an der letzten Stufe festklammern. Ächzend vor Schmerz und Anstrengung hievt er sich über den Rand auf das Plateau vor dem gemeinsamen Schlafzimmer. Weinend vor Erschöpfung streicht er sich seinen Smoking glatt und legt die Hand an die Klinke.

Seltsame Geräusche dringen an sein Ohr.

Zögernd öffnet er die Tür und bleibt wie angewurzelt stehen. Auf dem großen, mit unzähligen goldenen Kissen belegten Himmelbett entdeckt er Rico. Sein Frischvermählter – was sonst könnte dieser Traum bedeuten? – fickt mit einem Hiroshi unbekannten Mann. Doggy Style. Rico stößt den Mann hart und schnell, voller Genuss. Sein blonder Gespiele stöhnt laut und krallt sich in die Bettlaken. „Was?" Hiroshis Stimme bricht. Er taumelt rückwärts, als er den kalten Ausdruck in Ricos Zügen erkennt. Anstatt zu ihm zu eilen und ihm alles zu erklären, straft ihn sein Liebster mit diesem lieblosen Blick und nimmt seine Stöße wieder auf.

Tränen schießen Hiroshi in die Augen.

Er taumelt blindlings rückwärts. Ein Schrei entweicht ihm, als er über die abgebrochene Treppe in die Tiefe stürzt. Er dreht sich im Fall und schreit sich die Seele aus dem Leib, als er Richtung Ballsaal stürzt, in dem er noch immer Traudl und seine Mutter erkennt. *Er liebt mich nicht.* Das ist der letzte Gedanke, bevor er auf dem Boden aufschlägt.

Hiroshi schreckt panisch aus seinem Albtraum hoch. Sein Schädel dröhnt. Das gleißende Licht fühlt sich wie Abertausend Nadelstiche an. Stöhnend drückt er die Augen zu. „Er kommt zu sich", ertönt Traudls Stimme.

„Hiro? Hey, Kleiner, mach die Augen auf." Ricos Stimme ist warm, rau und tief. Sie löst in Hiroshis Bauch ein angenehmes Kribbeln aus.

„Was ist denn nur geschehen?", stöhnt Hiroshi, legt sich die Hand an die Stirn und öffnet zögerlich die müden Augen. „Aua, mein Kopf."

„Du wurdest angefahren, Hiroshi", erklärt ihm Traudel mit ihrer sanften, großmütterlichen Stimme, die eine beruhigende Wirkung auf den verwirrten Patienten hat.

„Was? Nein, das kann nicht sein. Ich bin auf die Straße gelaufen und da war dieses Licht. Scheinwerfer. Das tut verdammt weh."

„Gut, Sie sind wach, das freut mich", meldet sich eine Männerstimme zu Wort. „So sieht man sich wieder." Hiroshi blickt auf und blinzelt in das freundliche Gesicht des Arztes, der sie zuvor schon empfangen und zu Traudl geführt hat. „Ich werde mir jetzt Ihre Pupillen ansehen."

„Wie, ich, nein. Aaah", protestiert Hiroshi lautstark, als der Doktor sein Augenlid nach oben zieht und ihn mit einem Licht blendet. „Machen Sie das weg!"

„Sieht alles gut aus. Sie hatten großes Glück. Einen Autounfall mit *nur* einem gebrochenen Arm und einer leichten Gehirnerschütterung zu überstehen, gleicht einem Wunder."

„Gebrochener Arm?" Hiroshis Gehirn fühlt sich wie in Watte gepackt an. Er bewegt seinen rechten Arm und tatsächlich: Da gibt es einen hässlichen, starren Gips. „Wann ist das geschehen?"

„Während sie bewusstlos waren. Ein glatter Bruch. Wenn Sie den Arm schonen, können Sie ihn in vier bis fünf Wochen wieder normal einsetzen." Hiroshi stemmt sich im Bett hoch.

„Fünf Wochen? Ich arbeite in der Pflege, wie soll denn das gehen?"

„Sie werden krankgeschrieben, so einfach geht das. Aber ich denke, dass Sie nach drei bis vier Wochen wieder leichte Büroarbeit ausführen können."

„Du kannst mit zu mir kommen", wirft Rico hoffnungsvoll ein, doch der Blick, den er von Hiroshi erhält, ist Antwort genug. Er verstummt.

„Ich möchte in zwei Stunden nochmals Ihre Pupillen kontrollieren, dann können Sie nach Hause. Bleiben Sie die nächsten Tage im Bett und schonen Sie sich."

„Okay, vielen Dank, Herr Doktor." Hiroshi reicht dem Arzt seine gesunde linke Hand, was zu seltsamen Verrenkungen bei der Verabschiedung führt. Dann verlässt der Arzt kopfschüttelnd das Krankenzimmer. Wahrscheinlich fragt er sich gerade, was mit dieser Familie nicht stimmt.

„Du machst Sachen", murmelt Traudl, die neben ihm auf einem Stuhl sitzt und ihn genau beobachtet. „Wie geht es dir, mein Schatz?"

„Mein Schädel dröhnt, als fände darin ein verdammter Boxkampf statt."

„Das hört sich nicht gut an. Du musst dich schonen“, wirft Rico ein und streicht Hiroshi zärtlich über die Wange.

„Würdest du uns allein lassen, Traudl?“ Die rüstige Rentnerin nickt und steht langsam auf.

„Ich möchte dir noch sagen, dass es mir leidtut, Hiroshi. Ich wollte nicht, dass es so weit kommt.“

„Von was sprichst du?“

„Na, dein Unfall. Hätte ich nicht einen Herzinfarkt vorgetäuscht, wäre es nie so weit gekommen.“ Mit der gesunden Linken nimmt Hiroshi Traudls Hand.

„Mach dir keine Gedanken, du bist ein irres Huhn, das lässt sich nicht verleugnen. Du bist zudem vollkommen übergeschnappt und absolut verantwortungslos, aber dennoch mag ich dich total.“ Sie zeigt ihm ihre Dritten und erfüllt das Zimmer mit ihrem schallenden Lachen.

„Ich habe dich auch lieb, Hiroshi“, entgegnet sie flüsternd, bevor sie sich mit dem vom Krankenhaus zur Verfügung gestellten Rollator aus dem Zimmer bewegt. Als die Tür hinter ihr ins Schloss fällt, richtet sich Hiroshi im Bett auf.

„Gott, ist das nervig“, stöhnt er, als er versucht den gegipsten Arm nicht zu belasten. Er legt ihn sorgsam auf seinen Schoß und sieht Rico durchdringend an.

„Du wirst mir nicht verzeihen, oder?“, eröffnet sein Gegenüber das Gespräch. Es ist ihm sichtlich unangenehm.

„Im Gegenteil, ich habe dir verziehen. Die Erlebnisse mit deiner Omi und mein Unfall haben mir etwas ganz deutlich vor Augen geführt: Das Leben ist zu kurz, um es mit Groll und Unzufriedenheit zu verschwenden. Ich will glücklich sein.“

„Wirklich?“ Hiroshi nickt lächelnd. Rico lehnt sich zu ihm hinunter und küsst ihn auf die Stirn. Dann auf die Wange, doch als er Hiroshi auf den Mund küssen will, dreht dieser den Kopf weg. „Was ist?“

„Wie ich gerade gesagt habe: Das Leben ist zu kurz, um unglücklich zu sein.“

„Ja aber, was hast du dann?“ Rico versteht die Welt nicht mehr. Was Hiroshi sagt, macht Sinn, doch wie er sich verhält, entbehrt jeder Logik.

„Mit dir wäre ich unglücklich." Diese Worte treffen Rico wie ein Faustschlag und vollkommen unvorbereitet. Er fällt auf den Stuhl zurück, starrt Hiroshi an und schüttelt irritiert den Kopf.

„Warum ...", seine Stimme bricht, „warum wärst du mit mir unglücklich?"

„Du willst dich nicht binden, du genießt dein Singleleben in vollen Zügen und willst dich nicht auf nur eine Person einlassen. Aber ich, ich brauche einen Mann an meiner Seite, der meine Bedürfnisse über alles stellt, für mich da ist und nicht hinter meinem Rücken herumhurt."

„Ich habe nicht ..." Hiroshi legt ihm den Zeigefinger seiner linken Hand auf die Lippen.

„Du bist einfach, wie du bist, damit muss ich klarkommen. Aber ich weiß, dass ich dich nicht teilen will. Es hat mich zerstört, als ich gehört habe, dass du mich betrügst." Als Rico erneut protestieren will, korrigiert sich Hiroshi. „Für dich ist es kein Betrug gewesen. Aber für mich hat es sich genauso angefühlt. Es tut mir leid, Rico, ich kann das einfach nicht."

„Ich dachte, dass du mich liebst?", stottert Rico nach einem weiteren Strohhalm greifend.

„Das tu ich doch. Mehr als alles andere. Darum tut es ja so verdammt weh." Mit diesen Worten beginnen die ersten Tränen aus Hiroshis Augen zu kullern. „Es tut verdammt weh, aber ich ..." Er bricht ab, verdeckt sein Gesicht mit seiner gesunden Hand.

„Nein, Hiro. Das kann und will ich nicht akzeptieren. Ich will mit dir zusammen sein. Ich habe nur einfach so verdammte Angst, dass du mich auch allein lässt. Dass du mich verlässt, wie es meine Eltern getan haben."

„Es zeugt von großem Vertrauen, dass du mir die Geschichte von deinen Eltern erzählt hast, und ich danke dir dafür. Das gibt mir die Möglichkeit, dich anders kennenzulernen. Bisher warst du für mich einfach Rico, der starke, sportliche, verrückte und lustige Rico. Aber jetzt weiß ich, wie es in deinem Innern aussieht, wie du dich fühlst und mit welchen Ängsten du kämpfst."

„Dann ist doch alles gut oder nicht? Gibst du mir eine Chance?" Hiroshi schüttelt bedauernd den Kopf. „Aber warum denn nicht?" Rico schluchzt, versucht aber krampfhaft sich nichts anmerken zu lassen.

„Es hat sich nichts geändert. Ich weiß jetzt zwar, warum du dich nicht binden willst und mich nicht in dein Herz lässt. Die Ausgangslage bleibt jedoch die gleiche: Du willst keine Beziehung."

„Das ist doch Schwachsinn!"

„Nein, ist es nicht. Wie oft habe ich dir schon gesagt, dass ich dich liebe? Dreimal mindestens. Du hingegen hast es kein einziges Mal gesagt." Schweigen breitet sich zwischen den Männern aus. Erkenntnis ist in Ricos Blick zu erkennen. „Siehst du, genau das meine ich. Es funktioniert für mich einfach nicht. Das ist nicht das, was ich will und brauche. Es tut mir leid." Hiroshi wischt sich Tränen aus dem Gesicht. „Leb wohl, Rico." Der Verletzte dreht seinen Kopf zur Seite. *Erkenne es endlich. Sag, dass du mich liebst, sag, dass du mit mir zusammen sein willst. Komm schon, du großer, dummer Fitnessjunkie! Bitte, ich brauche dich doch. Aber ganz und nicht halb.* Doch das Gegenteil geschieht. Rico steht auf, bleibt noch einen Moment neben dem Bett stehen, bevor er zur Tür geht.

„Leb wohl, Hiro." Mit diesen geflüsterten Worten fällt die Tür ins Schloss. Hiroshi presst die Augen zusammen, kann jedoch nicht verhindern, dass ihm die Tränen wie Bäche aus den Augen stürzen. Minutenlang gibt er sich seiner Trauer, der Enttäuschung und seinem gebrochenen Herzen hin. Ein sachtes Klopfen an der Tür lässt ihn hochschrecken. *Rico, hast du es dir doch anders überlegt?* Die Tür geht langsam auf und herein kommt Traudl mit ihrer Gehhilfe. Auf dem Gesicht der Rentnerin ist überdeutlich dieselbe Enttäuschung zu erkennen, die auch er empfindet.

„Es tut mir leid, Hiroshi." Er schnieft und versucht seine Tränen zu trocknen.

„Was genau?", krächzt er.

„Dass er ein so großer Feigling ist und ich ihn nicht besser erzogen habe." Hiroshi entweicht ein bitteres Lachen.

„Daran bist du doch nicht schuld, Traudl. Du hast das ganz wunderbar hinbekommen mit deinem Enkel." Sie setzt sich zu ihm auf den gleichen Stuhl, auf dem vor Kurzem Rico gesessen und sich von ihm verabschiedet hat. Weitere Tränen kullern über seine Wangen.

„Och, Schatz, das tut mir so leid." Sie legt ihre Hand auf seine. „Ich verstehe dich."

„Ach ja?"

„Natürlich. Du willst in seinem Herzen sein, du willst, dass er dich liebt, dass er alles für dich opfert. Wer will das nicht?"

„Du findest das nicht kindisch und unrealistisch?", hakt Hiroshi nach, der froh ist, dass ihn endlich jemand versteht.

„Ganz und gar nicht, Schatz", sie seufzt und lächelt ihn an. Ihre drallen Wangen spannen sich, als ihre Dritten aufblitzen. „Aber sag mir, mein Süßer, was ist besser: Gar nicht zu lieben und ein Leben lang der einen großen Liebe nachzutrauern, oder wenigstens ein kleines bisschen von seiner Liebe zu haben und das dafür den Rest deines Lebens?" Hiroshis Augen füllen sich erneut mit bitteren Tränen, als ihn die Worte erreichen.

„Er hat nicht einmal gesagt, dass er mich liebt", schluchzt er. „Nicht einmal in dieser ganzen verdammten Zeit." Er dreht sich im Bett von Traudl weg, signalisiert ihr, dass das Gespräch vorbei ist. Natürlich ist das kindisch und unreif. *Ich wurde vor wenigen Stunden von einem Auto angefahren. Ich darf das!* „Würdest du mich allein lassen? Ich bin müde."

„Selbstverständlich, Hiroshi", entgegnet sie in ihrer warmen, mitfühlenden Stimme. Neben ihm raschelt etwas. Leichter Druck auf seiner Decke, dann erhebt sich die Rentnerin und verlässt keuchend und langsam das Zimmer. Als die Tür ins Schloss fällt, dreht sich Hiroshi um. Auf der weißen Daunendecke liegt etwas, ein Geschenk. Schniefend öffnet Hiroshi das Papier und fördert eine selbst gestrickte iPad-Schutzhülle zutage.

Er muss lachen und heulen zur gleichen Zeit.

Sie hat ihm eine potthässliche, regenbogenfarbene Strickhülle geschenkt. In der Mitte sind drei Worte eingestickt. *Hiroshi & Rico forever.* Er schüttelt verzweifelt den Kopf, drückt die Hülle gegen seine Brust und krümmt sich wie ein Fötus im Mutterleib zusammen.

Kapitel vierzehn

„Wir sehen uns im Altenheim, Omi“, verabschiedet sich Rico von seiner Großmutter, die er in ein Taxi verfrachtet. Er reicht ihr die Tüte, in der Hiroshi das Wichtigste für sie mitgebracht hat. Die alte Frau taxiert ihn mit diesem mütterlichen Blick, der schreit: D*u hast es so was von verbockt.* Sie hat recht, er hat es gründlich vergeigt, weiß aber eigentlich gar nicht, was schiefgelaufen ist. Er hat Hiroshi sein Geheimnis anvertraut, hat ihm erzählt, warum er so verschlossen ist, und dennoch hat ihn Hiroshi abblitzen lassen.

„Gut, bis später.“ Rico schließt die Tür und sieht dem Wagen nach, der um die nächste Ecke verschwindet. Er bringt den vom Krankenhaus geliehenen Rollator zurück zum Empfang, verlässt die Klinik, steigt auf sein Motorrad und fährt los.

In seinem Kopf herrscht gähnende Leere.

Die Fahrt zur Seniorenresidenz bekommt er gar nicht richtig mit. Er könnte nicht mit Gewissheit sagen, ob er an den zahlreich auf dieser Strecke vorkommenden Rotlichtern gehalten und korrekt geblinkt hat. Das alles ist aus purem Automatismus heraus geschehen. Seine Gedanken kreisen einzig und allein um Hiroshi und die Worte, die der Asiat an ihn gerichtet hat. *Du hast nie gesagt, dass du mich liebst. Ich wäre mit dir nicht glücklich.* Rico parkt seine Maschine vor dem Altenheim und betritt es durch den Haupteingang. Die Empfangsdame grüßt ihn höflich. „Ihre Großmutter muss Sie sehr lieben.“

„Wie kommen Sie jetzt auf so was?“, hakt Rico nach.

„Na, wer täuscht schon freiwillig einen Herzinfarkt vor, damit der Enkel wieder mit seinem Liebsten zusammenkommt?“

„Wissen denn hier alle alles?“, stöhnt Rico genervt.

„Wir sind doch hier wie eine große, glückliche Familie“, entgegnet die Frau mit einem breiten Grinsen im Gesicht.

„Sieht ganz so aus. Mit meiner Omi als Oberkupplerin.“ Das entlockt seinem Gegenüber ein herzhaftes Lachen.

„Hat es denn geklappt? Sind Sie wieder mit unserem Hiroshi zusammen?“ Der Blick, den Rico ihr zuwirft, beantwortet die Frage auch ohne

Worte. Rico nickt ihr freundlich zu und geht an der Küche und der Cafeteria vorbei zu den Aufzügen. Anders als im Krankenhaus strahlt die Residenz eine heimelige Atmosphäre aus. Farbige Wände, Bilder, Bücher und lustige Figuren vermitteln ein ganz besonderes Flair. Am besten gefällt Rico die übergroße Briefkastenwand: Jeder Bewohner besitzt ein eigenes Postfach, das die Rentner zuverlässig wie ein Uhrwerk leeren. Ein kleines Ritual, das beibehalten wird und höchstwahrscheinlich als letzter Anker in das *alte Leben* dient. Auf der ersten Etage steigt ein dunkelhäutiger Mann ein, der ihn grimmig mustert.

„Du bist Rico, oder?", spricht der Inder ihn an.

„Kennen wir uns?"

„Du bist doch der Enkel von Traudl und hast Hiroshi ins Krankenhaus gebracht."

„Bitte? Ich bin doch nicht daran schuld, dass er jetzt im Krankenhaus liegt. Wer bist du überhaupt?"

„Mein Name ist Madhukar, ich arbeite hier als Aushilfe."

„Schön für dich und warum fährst du mich so doof von der Seite an?" Ricos Stimmung verdüstert sich, je länger er mit dem doofen Kerl im Aufzug verbringen muss.

„Warum? Weil ich einfach nicht verstehen kann, wie du Hiroshi gehen lassen kannst."

„Das geht dich nichts an. Kümmere dich um deinen eigenen Kram."

„Du bist ein trauriger Mann, Rico. Hiroshi ist perfekt. Er ist lieb, hübsch, zärtlich, mitfühlend, lustig ..." Langsam versteht Rico, in welche Richtung dieses Gespräch geht.

„Bist du in ihn verknallt?"

„Vielleicht. Aber er will nichts von mir."

„Hast du ihn gefragt?"

„Ja, vor Jahren mal. Er will dich, das sehe ich." Die Aufzugstüren öffnen sich und Rico tritt heraus.

„Lass mich einfach in Ruhe, Mahu..."

„Madhukar."

„Wie auch immer. Es geht dich nichts an." Rico marschiert zum Zimmer seiner Großmutter. Er sieht sich irritiert um, als er merkt, dass ihm der Inder folgt. „Verfolgst du mich jetzt?"

„Ich arbeite hier“, verteidigt sich der Altenpfleger und verzieht sein Gesicht zu einem Lächeln.

„Oh, ja dann. Sorry. Ich bin im Moment nicht in der besten Stimmung. Das mit Hiroshi hat mich ziemlich mitgenommen.“

„Kann ich verstehen. Viel Glück.“ Rico nickt dem Inder zu, klopft und betritt das Zimmer. Seine Großmutter wartet bereits auf ihn, sie sitzt auf der Couch und blättert gedankenverloren in einer dieser mit Tratsch gefüllten Frauenzeitschriften. Rico lächelt, weil ihm alles an dieser Frau so unheimlich bekannt vorkommt. Er kennt sie besser als jeden anderen Menschen, konnte sich immer auf sie verlassen und der Schock, dass sie hätte sterben können, hat ihn tief getroffen.

„Du machst Sachen“, seufzt er, als er sich auf den durchgesessenen Sessel fallen lässt. „Aua!“ Wie vom Donner gerührt steht Rico wieder auf und sieht sich nach dem Sessel um. Auf der Sitzfläche liegen Stricknadeln und ein Geschenk. Er hält die nun mehr einem Bumerang ähnelnden Nadeln in die Höhe und seufzt schwer. Traudl kichert. „Das hätte ins Auge gehen können“, beschwert er sich.

„Nein, eher in den Popo.“ Rico verdreht die Augen. „Ich habe ja zum Glück noch andere.“

„Was ist das?“ Rico hält das fein säuberlich verpackte Geschenk in die Höhe und taxiert seine Omi mit einem irritierten Blick.

„Mach es doch auf, dann wirst du sehen, was drin ist.“ Rico setzt sich wieder, nickt und reißt das Papier auf. Als er den Inhalt in den Händen hält, verzieht er verwundert das Gesicht. „Gefällt es dir?“

„Was in Gottes Namen ist das?“ Er wedelt mit dem regenbogenbunten Etwas vor der Nase seiner Großmutter herum.

„Siehst du das denn nicht?“ Traudl zieht einen enttäuschten Flunsch. „Das ist eine iPad-Schutzhülle.“

„Eine ... oh. Sie ist ... schön. Danke dir.“

„Jaja, ich wusste schon, als ich sie gestrickt habe, dass sie dir nicht gefällt“, seufzt Traudl Rowohlt. „Hoffentlich hat Hiroshi mehr Freude an seiner.“

„Du hast ihm auch eine gemacht?“, will Rico verunsichert wissen, als er das selbst gemachte Geschenk eingehender betrachtet.

„Natürlich.“

„Hast du da auch *Rico & Hiroshi forever* draufgestickt?“

„Nein, natürlich nicht“, verteidigt sich die rüstige Rentnerin.

„Gott sei Dank.“ Rico entweicht ein tiefer Seufzer.

„Auf seine Schutzhülle habe ich natürlich *Hiroshi & Rico forever* gestickt.“

„Oh Mann.“ Rico stützt seinen Kopf auf seinen Händen auf. „Warum machst du nur so etwas?“

„Na, weil ich dachte, dass ihr euch im Krankenhaus nach meinem gespielten Infarkt wieder vertragt, euch um den Hals fallt und Liebe in einem Krankenbett macht.“

„Omi!“

„Ist doch so. Aber leider ist es ganz anders gekommen.“

„Ich will nicht darüber sprechen.“

„Natürlich nicht. Wer will schon mit einer alten, lebenserfahrenen Frau über Liebe sprechen?“ Ihre Stimme trieft vor Sarkasmus. „Ich möchte dir nur eines sagen, mein lieber Enkel ...“

„Jetzt kommt's.“ Sie zieht ihn liebevoll tadelnd am linken Ohr. „Aua, wann hörst du endlich auf, mich an den Ohren zu ziehen?“, beklagt sich ihr Enkel.

„Wenn du endlich erwachsen geworden bist. Also, hörst du mir zu?“

„Jaha.“

„Gut. Also, was wollte ich sagen?“ Rico verdreht die Augen. „Ach ja: Wenn du dir nicht schleunigst über deine Wünsche klarwirst und ihm sagst, dass du ihn liebst, wirst du sehr unglücklich und allein sein.“

„War's das?“

„Ja, im Wesentlichen schon. Jetzt geh und verkriech dich in deiner Wohnung, leg Hunderte von belanglosen, doofen Kerlen flach und suhle dich in Selbstmitleid.“

„Solltest du mich nicht eigentlich aufmuntern?“, entgegnet Rico mit einer Mischung aus Schalk und Bitterkeit in der Stimme.

„Nein. Sei froh, dass ich dich nicht verprügele. Wäre ich noch jünger, dann hätte ich dich jetzt übers Knie gelegt und dir den Hintern versohlt.“ Traudl Rowohlt setzt sich tiefer in ihre Couch, streicht ihren Rock glatt und sieht ihren Enkel durchdringend an. „Also, Junge, mal ehrlich: Du liebst ihn doch, oder?“ Rico seufzt tief und macht eine wegwerfende Handbewegung.

„Ich weiß es verdammt noch mal nicht“, platzt es dann aus ihm heraus. Seine Großmutter sieht ihn mit großen, verständnislosen Augen an. Dann reibt sie sich die Schläfen. „Entschuldige.“

„Schon gut, Schatz. Ich sehe schon, du bist ein schwerer Brocken. Gut, wie gehe ich das jetzt an? Ach ja: Erzähl mir doch, wie es sich anfühlt.“

„Was fühlt sich wie an?“

„Hiroshi. Wie fühlt es sich an, wenn ihr zusammen seid? Was empfindest du, wenn ihr Ausflüge unternehmt? Was löst es in dir aus, wenn du weißt, dass er auf dich wartet und für dich da ist?“ Rico muss nicht lange überlegen.

„Wenn er bei mir ist, fühle ich mich komplett. Mit ihm kann ich lachen. Er gibt mir das Gefühl von Geborgenheit, auch wenn ich vor einem Abgrund stehe. Er versteht mich. Bei ihm bin ich zu Hause. Als ich dachte, dass ich dich verliere, hat seine bloße Anwesenheit mich getröstet und mir Zuversicht vermittelt.“ Traudl Rowohlt seufzt zufrieden und tief berührt.

„Und wie fühlst du dich jetzt?“, hakt sie nach.

„Leer, verloren, allein. Ich fühle mich, als ob mir aller Lebensmut genommen worden wäre, als stünde ich vor dem Nichts.“

„Ach, mein süßer kleiner Schatz. Das ist Liebe, Rico. Du liebst diesen tollpatschigen Japaner über alles und begreifst es schlichtweg nicht.“

„Das ist Liebe?“ Rico sieht sie verdattert an.

„Ja, natürlich. Nicht mehr und nicht weniger.“

„Oh, Mann. Aber woher soll ich das denn wissen?“

„Männer“, murmelt sie und verdreht die Augen. „Aber ich trage daran wohl Mitschuld, schließlich hätte ich dir das beibringen sollen.“

„Du bist sicher nicht schuld daran, Omi. Du bist und bleibst die beste Großmutter der Welt. Ich liebe dich.“

„Ach, Junge. Ich liebe dich doch auch.“ Traudl streicht ihm zärtlich über die Wange. „Warum nur kannst du das nicht zu Hiroshi sagen?“

„Weil ich ein verdammter Vollidiot bin?“

„Erkenntnis ist der erste Schritt zur Besserung“, kontert seine Großmutter mit einem breiten Grinsen.

„Ja, ja“, seufzt er. „Ich liebe ihn über alles. Wenn er nicht bei mir ist, bin ich verloren. Wie stelle ich es bloß an, dass er zu mir zurückkommt?“

„Überleg dir etwas besonders Romantisches.“ Das klingt nach einem guten Plan. Nur leider herrscht in Ricos Hirn gähnende Leere. Er hat keine Ahnung, was von ihm erwartet wird.

„Was denn?“

„Du könntest seine Sprache lernen und dann bei der großen Ausstellungseröffnung aufkreuzen, die seine Mutter in ihrer Galerie geplant hat, und ihm deine Liebe auf Japanisch erklären. Natürlich mit entsprechenden Mitbringseln wie Blumen oder einem Partnerring. Oder du mietest einen märchenhaften Ballsaal und hältst direkt um seine Hand an.“

„Bleib realistisch, Omi“, ermahnt sie ihr Enkel. „Das mit dem Ballsaal kann ich nicht bringen. Und Japanisch lernen? In der Schule bin ich ja schon am Französisch gescheitert.“

„Ich bin sicher, dass Hiroshi das anders sieht.“ Traudl Rowohlt zwinkert ihrem Enkel vielsagend zu.

„Omi“, empört sich Rico und läuft rot an.

„Schon gut, entschuldige. Also, Japanisch lernen und mit einem großen Blumenbouquet und einer verdammt guten Liebeserklärung bei ihm auftauchen?“

„Ist das nicht zu kitschig?“ Rico seufzt. „Ich meine, immerhin sind wir Kerle.“ Ihre Hand trifft auf seinem Hinterkopf auf und löst ein klatschendes Geräusch aus. „Ja, okay. Hört sich gut an. Woher weißt du überhaupt von dieser Eröffnung?“

„Hat mir Hiroshi mal erzählt, also habe ich es in mein schlaues Büchlein geschrieben.“ Sie steht auf und holt von ihrem Sekretär den Taschenkalender mit den Terminen und Adressen. „Ja, diesen Freitag. Du hast also genau drei Tage Zeit, um dich vorzubereiten.“

„Gut, danke, Omi. Du bist super. Wie heißt diese Galerie und wo befindet sie sich?“

„Das, mein Schatz, musst du selber herausfinden.“ Rico nickt enthusiastisch und umarmt seine Oma ungestüm. Für ein paar Augenblicke verbleiben sie in dieser innigen Umarmung.

„Ich melde mich bei dir, Omi, ich muss jetzt los. Meine Kollegin in der FitOasis wird mir sicher dabei helfen, das mit dem Japanisch hinzukriegen."

„Lauf und verbock es nicht." Rico winkt ihr zu und verlässt dann mit der regenbogenfarbenen Schutzhülle ihr Zimmer. Sein Blick wandert immer wieder auf die Scheußlichkeit, von der er noch nicht weiß, was er damit machen soll.

„Viel Glück", ertönt hinter ihm eine Stimme. Rico dreht sich um und entdeckt Hiroshis Arbeitskollegen, der ihm aufmunternd zunickt.

„Danke dir." Die Aufzugstüren öffnen sich und Rico seufzt genervt. Wie in einem Tetrisspiel hat man dort Rollstühle, Rollatoren und Krücken auf- und ineinander gestapelt.

Keine Chance, da mitzukommen.

„Warte, nimm das Treppenhaus", rät ihm Madhukar, der sogleich seine Magnetkarte an den Leser hält und ihm die Tür öffnet. Mit einem dankbaren Lächeln in Richtung des Inders hechtet Rico die Treppen runter. Mit dem Anlasser startet er seine Maschine, springt drauf und rast ungestüm los. Den Helm schnallt er sich während der Fahrt auf den Kopf. Schneller als die Polizei erlaubt, flitzt er in die Innenstadt und bringt seine Maschine mit quietschenden Reifen auf dem Gehweg vor dem Eingang der FitOasis zum Stehen. Doch bevor er die Stufen zum Studio zurücklegen kann, stellt sich ihm eine Frau in den Weg.

„Was ist denn?", keucht Rico und sieht auf. Er erstarrt. Vor ihm steht die gleiche Politesse, die ihm schon vor Hiroshis Wohnhaus einen Strafzettel verpasst hat. „Ich, oh, äh ..."

„Wenn Sie nicht wollen, dass ich Ihnen noch ein Knöllchen schreibe, würde ich dieses Motorrad schnellstmöglich vom Gehweg schaffen."

„Ich ... okay." Rico nickt ihr dankend zu, schiebt die Maschine zu dem nur wenige Meter entfernten Motorradparkplatz und bockt sie dort auf. „Danke, Sie sind super", sagt er zu ihr, als er sie kurz umarmt, um dann im Innern der FitOasis zu verschwinden. Kopfschüttelnd bleibt die Politesse noch ein paar Minuten stehen – *was war das?* Das Studio ist stets gut besucht und auch heute sind viele Sportler am Trainieren. Auch im Empfangsbereich ist einiges los. Misaki unterhält sich mit einem gut gebauten Mann. Sie lächelt ihn an, zwinkert überschwänglich mit ihren schwarzen Wimpern und kichert von Zeit zu Zeit. Der Kunde hat sich ein wenig über den Tresen gebeugt, um ihr näher zu sein. Das Knistern zwischen ihnen ist schon von Weitem zu spüren. Doch darauf kann Rico im Moment überhaupt keine Rücksicht nehmen. Er schiebt sich vor den Mann und spricht seine Kollegin an. „Misaki, du musst mir helfen." Die Japanerin sieht ihn irritiert an und versucht ihre Fassungslosigkeit zu verbergen.

„Rico, ich bin hier grade beschäftigt, wie du siehst", versucht sie ihn abzuwimmeln. Sie schiebt ihn zur Seite, damit sie den Augenkontakt zu ihrem Kunden wieder aufnehmen kann.

„Es geht um Leben und Tod." Rico ist nicht bereit aufzugeben.

„Meine Güte, was ist denn?", zischt sie ungehalten. Die Falten zwischen ihren Augenbrauen sprechen eine deutliche Sprache. *Jetzt oder nie!*

„Hiroshi, ich will ihn zurück. Du musst mir helfen, dass ich ihm meine Liebe auf Japanisch gestehen kann. Bitte, Misaki, du bist meine letzte und einzige Hoffnung, den Mann, den ich über alles liebe, zurückzugewinnen." Seine Kollegin hält den Kopf schräg, während ihr Mund leicht geöffnet ist und sie krampfhaft versucht Tränen zurückzuhalten. Sie mustert ihn für einen winzigen Moment, scheint dann aber zu sehen, nach was sie gesucht hat, also trifft sie eine Entscheidung.

„Barbara", ruft sie in den hinteren Teil des Empfangs, „übernimmst du bitte?" Ohne eine Antwort von ihrer Kollegin abzuwarten, packt sie Rico am Arm und zieht ihn Richtung Pausenraum.

„Und was ist jetzt mit mir?" Der Kunde, mit dem die Japanerin nur Minuten zuvor geflirtet hat, steht wie ein begossener Pudel am Empfang und versteht die Welt nicht mehr.

„Ein anderes Mal, Melvin. Versprochen. Das hier ist wichtig." Sie führt Rico zu den Sofas im hinteren Bereich des Personalraums und setzt sich neben ihn. „Wie lange habe ich Zeit, um dir Japanisch beizubringen, du großer, dummer Klotz?"

„Knapp drei Tage." Misaki schlägt die Hände vors Gesicht.

„Gut, das ist ... eine Herausforderung." Sie steht auf, geht auf und ab. „Ich bitte unseren Chef einfach darum, dass er unsere Arbeitszeiten so legt, dass ich dir bei deinen Kunden helfen kann und wir gleichzeitig

Japanisch lernen können. Okay? Du musst dich aber anstrengen, sonst wird das nichts."

„Auf jeden Fall. Ich will ihn zurück. Unbedingt."

„Gut, darauf können wir aufbauen."

Hiroshi ist vorübergehend zu seiner Mutter gezogen, weil er es zu Hause einfach nicht mehr aushielt. Seit ihn Jakob aus dem Krankenhaus abgeholt hatte, bemuttert er ihn und ist ihm auf die Pelle gerückt. *Im Moment halte ich seine Nähe einfach nicht aus.* In den vergangenen zwei Tagen hat er viel geweint, gut, eigentlich fast ausschließlich. Mittlerweile scheint es so, als ob seine Tränendrüsen erschöpft seien. Sein Arm fühlt sich unter dem Gips irgendwie taub an und dennoch hält ihn das Pochen seines heilenden Unterarms nachts wach. Die Kopfschmerzen und den leichten Schwindel betäubt er mit starken, von seinem behandelnden Arzt verschriebenen Medikamenten. Schade, dass diese Präparate nicht auch noch gleich gegen ein gebrochenes Herz helfen.

Wäre ja auch zu schön.

„Hiroshi, Schatz?" Seine Mutter betritt mit nachdenklicher Miene den Raum. Hiroshi hat sich vorübergehend in seinem alten Jugendzimmer niedergelassen, dessen Wände noch immer mit den alten Boy-Band- sowie Britney-Spears-Postern tapeziert sind. Das Zimmer entspricht dem erwachsenen Hiroshi so gut wie gar nicht mehr, aber was will man machen? Seine Mutter hat alles so gelassen, wie er es mit achtzehn Jahren verlassen hat. Er sieht sich flüchtig in dem Raum um: da ist der Schreibtisch, auf dem er Hausaufgaben gelöst, und das Bett, auf dem er seinen ersten Jungen geküsst hatte – Jens hieß der. Hiroshi erinnert sich noch ab und zu an diesen Nachmittag: Sie waren viel zu jung und viel zu unerfahren. Der Kuss war kurz, feucht, gezwungen und damit das pure Gegenteil von sinnlich. Dennoch hat er Hiroshi definitiv darin bestätigt, dass er auf Jungs steht. Denn egal wie seltsam der Kuss war, er hat ihn über die Massen erregt. Als seine Mutter ein paar Minuten später ohne anzuklopfen ins Zimmer gestürmt war und sie beim Knutschen erwischt hatte, war das Abenteuer jäh beendet.

Wenigstens wusste sie es von da an.

Hiroshi lächelt seine Mutter an, als sie sich zu ihm aufs Bett setzt. Sie streicht ihm liebevoll übers Haar und sieht ihn mit diesem mütterlichen Blick an, der sagt: Alles wird gut. „Du kommst doch morgen zu der großen Eröffnung, oder Hiroshi?"

„Ach, Mama, ich weiß nicht." Fakt ist, dass er sich lieber von einer Elefantenherde überrennen lassen würde, als zu diesem gähnend langweiligen gesellschaftlichen Event zu gehen. Der Sinn steht ihm im Moment so überhaupt nicht nach feiern und außerdem sieht er wie ein drogensüchtiger Obdachloser aus.

„Schatz, bitte. Ich habe so lange auf diese neue Ausstellung hingearbeitet und würde mich so darüber freuen, wenn du an meiner Seite stündest und diese Herausforderung mit mir zusammen meisterst. So wie wir es immer getan haben, du und ich?" Sie rempelt ihn mit ihrer knochigen Schulter an und zwinkert ihm zu.

„Hast du mich schon mal angeguckt?", empört sich Hiroshi. „Ich sehe wie ein Junkie aus, habe einen hässlichen Gips und eine Stimmung wie ..."

„Das kriegen wir mit ein wenig Spachtelmasse und einer dicken Schicht Make-up sicher wieder hin, Junge." Sie grinst ihn liebevoll an. „Bitte, Hiroshi, ich hätte dich so gern an meiner Seite. Du und ich, was denkst du?" Sie lächelt ihn abwartend an und setzt ihren Hundewelpenblick auf, der ihn sofort einknicken lässt.

„Also gut, ich komme", entgegnet er theatralisch seufzend. Sie fällt ihm jubelnd um den Hals und küsst ihn auf die Wange. „Aua", beklagt sich ihr Sohn, als sie seinen Arm zu stark belastet.

„Entschuldige, Hiroshi. Das ist so schön, dass du mit mir dahin gehst. Ich freue mich riesig und du wirst sehen, es wird eine bombastische Eröffnung. So etwas hat es noch nie gegeben und ..."

„Jaja, das habe ich schon ein paar Mal gehört", unterbricht sie Hiroshi. „Und noch etwas: Ich ziehe keinen Anzug an." Sie setzt erneut den Hundeblick auf und zieht gleichzeitig einen Flunsch. „Also gut, also gut." Er seufzt tief. „Verschwinde jetzt und lass mich allein."

„Danke, Hiro, du bist der Beste." Hiroshis Mutter steht auf und geht die paar Schritte zur Tür. Dann dreht sie sich noch mal um. „Hast du was von ihm gehört?“ Ihr Sohn schüttelt betrübt den Kopf. „Das tut mir so leid, Junge. Er ist ein verdammter Vollidiot.“

„Danke dir, Mama. Ach, so ist das Leben. Ich werde für immer allein bleiben und irgendwann alt und verschrumpelt sterben.“ Diese überspitzte Theatralik lässt seine Mutter lauthals losprusten – sie muss sich sogar an der Tür festhalten, um nicht umzufallen. „Haha, sehr witzig.“ Nur langsam beruhigt sie sich wieder und wischt sich Tränen aus den Augenwinkeln. Dann räuspert sie sich, nimmt Haltung an und sieht ihren Sohn durchdringend an.

„Nein, Schatz. Das wirst du nicht. Du findest einen tollen Mann, der zu dir steht, dich mit ganzem Herzen liebt und mit dem du alt werden kannst.“

„Hoffen wir es.“

„Ganz sicher.“ Seine Mutter lässt ihn allein und schließt die Tür hinter sich. Hiroshi bleibt einfach liegen. Er findet weder Antrieb, um etwas zu unternehmen, noch kann er noch mehr Tränen vergießen. Also deckt er sich zu und versucht zu schlafen. Am Nachmittag rappelt sich Hiroshi endlich auf. Er wickelt seinen Arm umständlich in eine Plastiktüte und duscht ausgiebig. Das warme Wasser entspannt ihn. Obwohl er es verhindern wollte, flackern Bilder von Ricos Badezimmer vor seinem inneren Auge auf. Er erinnert sich an den Sturz aus der Dusche und muss kichern.

Ein bitteres Kichern.

Als er sich mühsam in ein T-Shirt gezwängt hat, verlässt er das Haus, um zum Frisör zu gehen. Wenn er schon zu der Veranstaltung seiner Mutter muss, dann wenigstens mit einem perfekten Haarschnitt. Er nimmt den Bus in die Innenstadt und schaut teilnahmslos aus dem Fenster. Als das Firmenlogo der FitOasis an ihm vorbeizieht, überschwemmen ihn die traurigen Gedanken wie eine Flutwelle. Er wendet sich hastig ab und trocknet seine Tränen. Das Smartphone in seiner Hosentasche vibriert. Er zieht es hervor und schaut aufs Display. *Was will denn jetzt Jakob von mir?* Er öffnet WhatsApp und liest die Nachricht seines Mitbewohners. *Wie heißt die Galerie deiner Mutter noch mal und wo ist die genau?* Hiroshi verdreht die Augen und tippt eine schnippische Antwort.

Er will sich nicht mit Jakob unterhalten.

Sein Handy vibriert erneut. *Sei kein Arsch, sondern gib mir die Infos einfach. Ich habe einen Zeitungsbericht gelesen und weiß nicht, ob es sich um die Galerie deiner Mutter handelt.* Genervt tippt Hiroshi den Namen und die Adresse in sein Telefon. Für einen kurzen Moment drängt sich ihm der Wunsch auf, einen falschen Namen und eine ebensolche Adresse anzugeben. Doch das wäre kindisch und außerdem hält ihn irgendetwas in seinem Innern davon ab. Als er den Salon seines Hausfrisörs betritt, wird ihm klar, dass er vielleicht doch einen Termin hätte machen sollen. Doch als er nach einer halben Stunde an die Reihe kommt, ist all der Groll vergessen. Es tut gut, den ganzen mentalen Ballast bei seinem Frisör abzuladen. Da sie sich schon lange kennen, hat Hiroshi auch keine Hemmungen mehr, sein Seelenleben vor dem Mittvierziger auszubreiten. Er spürt die beachtliche Wampe des ebenfalls schwulen Mannes an seinem Arm, stört sich aber nicht daran. Der Frisör schnippelt seelenruhig an Hiroshis schwarzen Haarspitzen herum, stellt vereinzelt Fragen und versucht ihn aufzumuntern. „Danke, Konrad. Es war mal wieder sehr schön bei dir." Die Männer geben sich die Hände.

„Sehr gerne, Süßer. Ruf doch das nächste Mal einfach vorher an." Hiroshi nickt, zahlt und dreht sich zum Gehen. „Ach, und: Wenn du diesen Rico das nächste Mal siehst, hau ihm eine von mir runter." Das erste Mal seit dem verheerenden Tag im Krankenhaus kann Hiroshi lachen.

„Werde ich machen", entgegnet er grinsend und verlässt den Frisörsalon. Auf dem Weg nach Hause macht Hiroshi halt beim Herrenausstatter, um sich Schuhe und eine Krawatte passend zu seinem anthrazitfarbenen Anzug zu besorgen.

Ab nach Hause.

Kapitel fünfzehn

„Meine Güte, Rico, streng dich halt ein bisschen mehr an“, regt sich Misaki auf, die neben Rico am Indoorcycling-Bike steht und dem scheinbaren Fremdsprachen-Legastheniker die benötigten Sätze einzutrichtern versucht. Rico stöhnt wie ein Bulle kurz vor dem Herzstillstand. Sie massiert sich die Schläfen, schließt kurz die Augen und konzentriert sich dann wieder auf ihn. „Also noch mal: Was heißt, ich liebe dich?“

„Watashi wa o aishite“, stammelt Rico, während er weiterstrampelt. Die Teilnehmer beobachten die beiden interessiert, einige sprechen die Worte sogar nach.

„Watashi wa anata o aishite“, wiederholt sie und korrigiert dabei seine Aussprache. „Noch mal.“

„Watashi ...“ Er verliert den Faden.

„Watashi wa anata o aishite“, echoen einige der Teilnehmerinnen im Chor. Misaki dreht sich zu ihnen um und applaudiert.

„Siehst du. So schwer ist doch das nicht.“ Sie seufzt. „Und was heißt: Ich habe dich so vermisst, ich war ein Trottel und ich will dich zurück?“

„Haben wir nicht gesagt, dass du mich nicht mehr Trottel nennst?“

„Wenn es doch die Wahrheit ist.“ Rico streckt ihr die Zunge raus. „Also komm, erzähl mir, was du ihm sagen wirst.“ Rico nickt, sammelt sich kurz und beginnt die Sätze vorzutragen, die ihm Misaki beigebracht hat. Es ist ihm sichtlich unangenehm und dennoch legt er sich mächtig ins Zeug. Als er fertig ist, schaut er seine Kollegin erwartungsvoll an. „Einigermaßen. An deiner Aussprache müssen wir noch feilen. Aber dafür haben wir ja heute noch den Abend und morgen den ganzen Tag Zeit.“

„Oh nein, muss das sein?“, stöhnt Rico.

„Willst du ihn zurück oder nicht?“

„Natürlich will ich ihn zurück!“

„Dann beende diese Klasse und beweg deinen Knackarsch zu mir in den Pausenraum.“

„Yes, Madam“, salutiert Rico und schüttelt dabei belustigt den Kopf.

„Hast du deinen Anzug und die Blumen schon geholt?“

„Anzug? Niemals!“ Der Blick, den sie aufsetzt, genügt, um Rico umzustimmen. „Ich werde mich sofort darum kümmern.“

~ zwei Tage später ~

Hiroshis Mutter ist schon seit dem frühen Morgen ein nervöses Wrack. Sie tigert in der Wohnung herum, kaut an ihren Fingernägeln und ist kaum ansprechbar. „Denkst du, dass alles klappt?“, will sie von ihrem Sohn wissen.

„Natürlich. Es ist ja nicht deine erste Ausstellungseröffnung und du hast dich super darauf vorbereitet.“

„Ja, aber es waren noch nie so viele Journalisten, Medienvertreter und hochkarätige Kunstkenner anwesend.“

„Ich bin sicher, dass du ihnen eine grandiose Show bieten wirst, die keiner von diesen Medienfuzzis je vergessen wird.“

„Show?“, ruft sie empört. „Ich habe keine Show. Ich habe eine kleine Ansprache vorbereitet, dann werden Häppchen gereicht, einer der Künstler spricht ein paar Worte zu seinen Gemälden und eine Sängerin interpretiert Whitney Houston Songs. Das war's. Keine Show! Nada. Nichts. Niente.“ Hiroshi legt den gesunden Arm um seine hyperventilierende Mutter und sieht ihr tief in die Augen.

„Alles wird gut, Mama. Du schaffst das.“ Sie beginnt zu nicken.

„Okay, du hast recht. Ich werde jetzt noch mal kotzen gehen und dann fahre ich in die Galerie, um zu überwachen, dass alles so ist, wie ich mir das vorgestellt habe.“ Hiroshi lacht.

„Mach das, Mama.“

„Und du kommst bitte pünktlich zur großen Eröffnung, mein Junge. Achtzehn Uhr.“

„Jahaaa. Frisch gestriegelt, schick angezogen und mit Gips.“

„Ich liebe dich.“ Sie haucht ihm einen Kuss aufs Haar, bevor sie ins Badezimmer eilt. Die Tür fällt lautstark ins Schloss. Keine Minute später hört er ihre Würgegeräusche, als sie dem Keramikgott huldigt. Hiroshi grinst und schüttelt den Kopf. Als Nächstes legt er die Klamotten aufs

Bett, die er heute anziehen will, und verzieht beim Anblick seines alten Anzugs das Gesicht.

Wenigstens passt alles gut zusammen.

Der Nachmittag geht rasend schnell vorbei, wenn man nichts zu tun hat, außer sich in Selbstmitleid zu suhlen. Langsam wie eine Schnecke zwängt er sich in seinen Anzug. Die Hose ist kein Problem, er hat schließlich kein Kilogramm zugenommen seit dem letzten Mal, als er den Anzug getragen hat. Aber sein starrer Gips verhindert ein schnelles Vorankommen. Das Hemd kann er an den Ärmeln aufknöpfen und schafft es nach einigen Versuchen, es sich über den eingegipsten Arm zu ziehen.

Nur das Jackett stellt sich quer.

Langsam fädelt er seinen eingegipsten Arm in die Ärmelöffnung und versucht durchzurutschen. Keine Chance. Der dichtgewebte Stoff verhindert jede weitere Bewegung, egal ob vor oder zurück.

Hiroshi steckt fest.

„Verdammt, verdammt“, flucht er und versucht sich aus der Jacke zu befreien. Er zieht wie ein Wahnsinniger an dem Ärmel, der sich keinen Millimeter bewegt. Hiroshi knüllt das Jackett zusammen und versucht es erneut. Mit einem lauten Reißgeräusch gibt das Jackett nach.

Einmal eine neue Naht, bitte.

Oh nein, bitte nicht. Was mache ich denn jetzt? Mama erwartet doch einen perfekten Auftritt von mir und wie sieht denn das aus, wenn ich mit einem kaputten Jackett dort auftauche? Irgendetwas muss mir einfallen. Irgendwer muss mir helfen.

Traudl!

Hiroshi stylt sich zu Ende, zieht die neue Krawatte und die glänzenden Schuhe an, bevor er die Wohnung mit dem Jackett über dem angewinkelten Gipsarm verlässt. *Noch eine Stunde, das schaffe ich nie.* Er winkt ein Taxi heran und lässt sich zum Altenheim fahren. Wie ein Verfolgter betritt Hiroshi die Residenz und flitzt über die Treppe in die zweite Etage. Mit einem Klopfen betritt er Traudls Zimmer. „Ich brauche deine Hilfe.“

„Hiroshi?“ Die alte Frau sieht seltsam irritiert aus. Sie taxiert ihn mit ihrem Blick.

„Ist etwas, Traudl?“

„Nein, äh, also … warum bist du nicht bei der Eröffnung?“

„Weil ich meinen Anzug geschrottet habe. Kann ja niemand ahnen, dass man nicht einmal einen eingegipsten Arm durch die Ärmel kriegt. So ein Mist.“ Sie lacht ihr warmes Omalachen, das Hiroshi fast genauso beruhigt wie Ricos Honiglachen. *Sein Lachen, das werde ich vermissen und irgendwann muss ich noch meinen Kram bei ihm abholen.* Er stimmt in ihr Gelächter mit ein, setzt sich neben sie auf die Couch und legt den Kopf auf ihre Schulter. Mit ihrer faltigen Hand streichelt sie seine Wange.

„Ach, Hiroshi. Komm, gib mal her.“

„Kannst du es flicken?“

„Reich mir mal meine Lesebrille, bitte“, weist sie ihn an und deutet auf den Sekretär. Er steht auf und gibt ihr die Brille. „Und aus dem Schrank mein Nähzeug. Da müsste auch reißfester Faden sein.“ *Jetzt komme ich ja doch mal in den Genuss, in Traudls Schrank zu sehen*. Er staunt nicht schlecht, als er die Türen des handverzierten Massivholzschranks öffnet. Feinsäuberlich hat Traudl hier ihre ganzen Schätze gestapelt. Es riecht nach Mottenkugeln und jahrzehntealtem Kram. „In der Mitte rechts müsste das Zeug sein.“ Hiroshis Blick wandert tiefer. Er nickt, fischt eine durchsichtige Plastikbox heraus und reicht sie Traudl. Sie öffnet den Deckel und wühlt darin herum. Ein paar Minuten später hat sie den schwarzen Faden, die passende Nadel, einen Fingerhut und eine Schere gefunden und bereitgelegt.

Noch vierzig Minuten. Das schaffe ich nie!

Hoch konzentriert macht sich die Rentnerin ans Werk. In gefühlter Zeitlupe benetzt sie den Faden und fädelt ihn nach dem dritten Versuch durch die Öse. Nachdem sie die gerissenen Fäden entfernt hat, setzt sie den ersten Stich. Hiroshi sitzt daneben, sieht der Rentnerin möglichst ruhig zu, auch wenn es ihn beinahe zerreißt. „Nun mach aber mal!“, fährt er sie fünf Minuten später an. Traudl sieht ihn entsetzt und mit fragendem Gesicht an. „Es muss kein Meisterwerk werden. Aber in dreißig Minuten beginnt die Eröffnung und ich sollte eigentlich schon lange dort sein.“

„Sag das doch, Junge. Ich weiß doch nicht, wann die anfängt.“ Traudl verdreht die Augen und macht sich nur minimal schneller – wie eine Schnecke, die den Turbo zündet – an die nächsten Stiche. Nach zehn

Minuten ist sie fertig und reicht Hiroshi das Jackett. „So, sieht doch gut aus."

„Mist, das habe ich ganz vergessen. Du hättest mich einnähen sollen. Jetzt komme ich ja wieder nicht durch den Ärmel. Verdammte Kacke."

„Na, na! Komm, steh mal auf", rät ihm die Rentnerin. Hiroshi steht auf. Traudl wirft ihm das Jackett locker über die Schultern. „So macht man das." Sie zieht ihm das Jackett noch ein wenig zurecht und nickt dann zufrieden.

„Achsoo." *Warum bin ich eigentlich nicht auf diese einfache und effektive Lösung gekommen?*

„Und jetzt geh. Du kannst mir später danken."

„Danke, Traudl, bis bald." Er küsst sie auf die Wange und verschwindet durch die Zimmertür in den Flur. Er ist verdammt spät dran. Zum Glück wartet der Taxifahrer noch immer vor der Tür – *was wird mich dieser Trip kosten? Will ich das wissen?* –, so wie er es von ihm verlangt hat. Der Taxifahrer drückt aufs Gas und muss schon zwei Querstraßen weiter abrupt bremsen, weil ihm ein Rotlicht und eine wartende Autokolonne den Weg versperren. „Verflucht", grummelt Hiroshi. „Können Sie nicht irgendwo ausweichen?"

„Wenn du mir sagst, wie ich das machen soll, Junge, dann gerne. Sollen wir das Taxi gemeinsam hochheben und in eine ruhige Seitenstraße tragen oder was hast du geplant?"

„War ja nur eine Idee", lenkt Hiroshi ein. „Kein Grund gleich pampig zu werden." *Blöder Kerl.* Fünf Minuten vor der großen Eröffnungsgala trifft Hiroshi bei der *Galeria Kentaka* ein. Er bezahlt den Taxifahrer und eilt in das Innere des Gebäudes. In dem gut besuchten Ausstellungsraum hält er nach seiner Mutter Ausschau. Er findet sie ins Gespräch mit einigen Kunden vertieft vor.

„Hiroshi, da bist du ja", begrüßt sie ihn mit einem strahlenden Lächeln. Sie eilt zu ihm, umarmt ihn und flüstert in sein Ohr: „Ich wollte schon eine Suchmeldung herausgeben. Wo warst du so lange?" Hiroshi ignoriert sie gekonnt und nickt allen Anwesenden freundlich zu.

„Ich würde Sie alle sehr gern per Handschlag begrüßen, aber wie Sie sehen", er hält seinen Gips hoch, „ist das leider nicht möglich." Er erntet einige Lacher und viel Verständnis.

„Dieser äußerst talentierte junge Mann hat mir das Grabenstett-Gemälde verkauft. Fünfzehntausend gut angelegte Euro." Anerkennendes Gemurmel unter den Kunstkennern.

„So, da du jetzt da bist, kann die Ausstellungseröffnung ja offiziell beginnen", entgegnet seine Mutter zufrieden, hängt sich bei ihm ein und führt ihn in den hinteren Teil der Galerie, der durch einen schweren roten Vorhang verdeckt ist. Sie betritt ein kleines Podium, blickt in die Runde und erhebt dann die Stimme. Nur langsam verstummen die Gespräche der geladenen Gäste. Frau Kentaka wartet, bis sie die ungeteilte Aufmerksamkeit der Anwesenden genießt, bevor sie ihre Rede beginnt. „Meine sehr verehrten Damen und Herren, geschätzte Vertreter der Presse, hochgeschätzte Kunstkenner, ich begrüße Sie alle recht herzlich zur feierlichen Eröffnung der neuen Ausstellungsfläche der *Galeria Kentaka*. Ich freue mich, dass Sie so zahlreich erschienen sind und über das große Interesse, das Sie einer kleinen Galerie wie der unseren zukommen lassen." Sie räuspert sich und blickt lächelnd in die gespannten Gesichter. „Nach unzähligen Vorbereitungsstunden, intensiven Gesprächen mit den Künstlern, der Gestaltung der neuen Kunstwelt und der Planung dieses Events, ist es heute endlich so weit. Ich möchte Sie nicht mehr lange auf die Folter spannen, sondern ..." Sie wird unterbrochen. Vom Eingang her dringen Geräusche an Hiroshis Ohr. *Was ist da los, verdammt?* Er stellt sich auf die Zehenspitzen, um zu sehen, was es mit dem Krach auf sich hat.

„Bitte entschuldigen Sie", vernimmt Hiroshi die tiefe, ihm wohlbekannte Stimme. *Rico?* Was macht der denn jetzt hier? „Ihnen wird das jetzt sicher seltsam vorkommen, aber ich habe etwas zu sagen und das kann nicht warten." Der muskelbepackte Hüne kämpft sich durch die Menge. Einige verdatterte *Uhs* und *Ohs* sind zu hören. Wenige Sekunden später taucht er vor Hiroshi auf. Von dem Podest aus wirkt er beinahe klein, auf jeden Fall kleiner als normal. Er trägt einen schwarzen Anzug, der seine Proportionen perfekt betont. Die Schuhe sind auf Hochglanz poliert, die Krawatte und auch die Frisur sitzen perfekt. Er trägt einen riesigen Strauß mit roten Rosen, Grünzeugs und Schleierkraut in den Armen.

„Was erlauben Sie sich, hier einfach …“, setzt Hiroshis Mutter irritiert und sichtlich aufgebracht an, bevor sie von ihrem Sohn unterbrochen wird.

„Mama, bitte sei ruhig.“

„Hiroshi“, beginnt Rico, als er vor ihm steht. Hiroshi kann es kaum fassen. Überwältigt von seinen Gefühlen, Ricos Anblick und seinem warmen Lächeln, steht er einfach nur da, unfähig sich auch nur einen Millimeter zu bewegen. Rico räuspert sich, bevor er einen ellenlangen Dialog in einer Sprache vorträgt, die Hiroshi vollkommen unbekannt ist. Die Worte klingen schön und dennoch sagen sie ihm nichts. Rico gibt sich unheimlich Mühe, seine Augen sind stets auf Hiroshi gerichtet, der Ausdruck in seinem Gesicht ist liebevoll und zärtlich zugleich. Schweigen breitet sich in der Menge aus und auch Hiroshi lauscht gebannt den Worten, die in seinen Ohren wie Gesang klingen. Auch wenn er den genauen Wortlaut nicht versteht, ist ihm klar, dass es wichtig sein muss. Als Rico zu ende gesprochen hat, wird es noch stiller in dem Raum.

Man könnte eine Stecknadel fallen hören.

Rico schluckt trocken. „Willst du … also … gar nichts dazu sagen?“, flüstert er mit leicht geröteten Wangen.

„Ich … wenn du mir sagst, was du hier vorgetragen hast, dann gebe ich dir gerne eine Antwort darauf.“

„Wie, also, ich“, stottert Rico und schüttelt verdattert den Kopf. „So schlecht ist mein Japanisch auch wieder nicht!“ Hiroshi beginnt herzhaft zu lachen und schüttelt den Kopf.

„Sicher nicht, aber ich spreche doch gar kein Japanisch, Rico.“

„Aber du siehst so aus, deine Mutter, auch, kann sie es auch nicht?“ Rico brabbelt wild drauflos. Sein Blick streift Frau Kentaka, die ebenfalls bedauernd den Kopf schüttelt.

„Sie wurde als kleines Mädchen von einem Kölner Ehepaar adoptiert. Sie spricht genauso wenig Japanisch wie ich.“

„Ach du Scheiße“, stöhnt Rico entgeistert und schlägt die Hände über dem Gesicht zusammen.

„Willst du es mir nicht noch mal auf Deutsch sagen?“

„Ach ja, bitte entschuldige.“ Rico räuspert sich erneut. „Ich habe gesagt, dass ich dich liebe. Ich wusste es eigentlich schon immer, konnte diesem Gefühl in meiner Brust nur einfach keinen Namen geben. Wenn ich mit dir zusammen bin, dann fühle ich mich vollständig, bin glücklich und zufrieden. Du komplettierst mich, forderst mich heraus, machst mich zu einem besseren Menschen. Die Tage, in denen ich von dir getrennt gewesen bin, waren die bisher schlimmsten meines Lebens.“ Er schluckt trocken. „Ich habe lange gebraucht, und das tut mir unendlich leid, um zu realisieren, dass das Gefühl in meiner Brust Liebe ist. Ich liebe dich, Hiroshi, und ich möchte mit dir zusammen sein. Nur mit dir, mit niemandem sonst. Du bist mein Leben, meine Bestimmung. Ich werde dich nie wieder betrügen, weil ich jetzt weiß, dass du alles bist, was ich zum Leben brauche.“ Er macht eine bedeutungsvolle Pause. „Was sagst du dazu?“ Hiroshis Unterlippe bebt, Tränen stehen ihm in den Augen. Er braucht nicht lange, um sich zu entscheiden. Er fällt Rico ungestüm um den Hals. Einige Rosen purzeln zu Boden.

„Ich liebe dich auch, du großer Trottel. Über alles und noch viel mehr.“ Sie drehen sich miteinander um die eigene Achse und die geladenen Gäste, die Zeugen dieses romantischen Liebesgeständnisses waren, beginnen frenetisch zu applaudieren. Begeisterungspfiffe sind zu hören.

„Hiro?“, flüstert Rico in Hiroshis Ohr.

„Ja, ich liebe dich. Wirklich, über alles.“

„Nein ... aua ... die Rosen, die haben Dornen und die ... stechen mir in den Bauch.“

„Oh.“ Hiroshi entfernt sich von Rico und sieht an ihm herab. Einige der Rosen stecken in seinem Anzug, während andere auf dem Boden liegen. Ein paar haben sich sogar in Hiroshis Gips gebohrt. Er beginnt schallend zu lachen und auch Rico stimmt ein. „Mit solchen Sachen musst du von nun an leben, Rico.“

„Ich würde es vermissen, wenn ich es nicht mehr hätte.“ Jemand tippt Rico auf die Schulter. Er dreht sich um und steht Hiroshis aufgebrachter Mutter gegenüber.

Sie sieht Hiroshi sehr ähnlich.

„Sie haben mir meine Eröffnungsfeier versaut", fährt sie ihn an. Er hebt beschwichtigend die Hände. „Und dafür danke ich Ihnen. Willkommen in der Familie." Sie umarmt ihn und weicht zurück, als sie von den Dornen an den Rosen gestochen wird. „Ach ja, und für das nächste Mal: Die Dornen lässt man entfernen, bevor man Rosen schenkt."

„Auch bei dreißig Stück?" Hiroshis Mutter grinst und nickt.

„Wenn ihr mich jetzt bitte entschuldigen würdet, ich möchte gern die Eröffnungsrede zu Ende halten und dann meine Gäste das Buffet stürmen lassen."

„Mach das, Mama", stimmt Hiroshi ihr zu, hakt sich bei Rico ein und verzieht sich mit ihm zum Eingang der Galerie. Seine Mutter beendet ihre Ansprache, was die anwesenden Gäste erneut klatschen lässt. Neben dem Eingang entdeckt Hiroshi Misaki von der FitOasis, Jakob, Traudl und den Südländer, der ihm das mit Ricos Untreue gesteckt hat. Hiroshi umarmt zuerst Ricos Oma, die an ihren Gehwagen gelehnt dasteht, dann Jakob, begrüßt dann die Japanerin mit einer Verbeugung und streckt Fernando die Hand hin. „Was machst du hier?" Er versucht seine Stimme nicht zu unfreundlich klingen zu lassen.

„Ich bin mit Jacky hier." Hiroshi nickt wissend und lächelt, als er die Männer dabei beobachtet, wie sie Händchen halten. Ein schöner Anblick. Hiroshi freut sich für seinen Mitbewohner.

„Nenn mich nicht Jacky", beschwert sich dieser lautstark. Die anderen beginnen zu lachen und auch Hiroshi stimmt mit ein.

„Wie hast du ihm so schnell Japanisch beigebracht?", will er von Misaki wissen. Sie verdreht die Augen und seufzt.

„Das war nicht einfach. Bei eurer Hochzeit will ich einen Ehrenplatz."

„Den bekommst du", entgegnet Rico zwinkernd.

„Auf jeden Fall", stimmt auch Hiroshi zu. Jakob stellt sich neben Hiroshi und sieht ihn verlegen lächelnd an.

„Hiroshi, darf ich dich kurz entführen?" Der Angesprochene nickt, legt seinen Arm um seinen Mitbewohner und geht mit ihm ein paar Schritte.

„Was ist los, Jakob?"

„Wir, also, wir hatten in letzter Zeit kaum Gelegenheit miteinander zu sprechen und das, das fehlt mir."

„Ach, Jacky, mir doch auch.“ Sie umarmen sich.

„Gratulation, das mit Rico meine ich“, stammelt Jakob verlegen und deutet auf den gut trainierten Mann.

„Danke dir. Du und Fernando, ja?“

„Ja, das, wollte ich mit dir, also, ist es dir recht?“

„Was? Dass ihr zusammen seid?“ Jakob nickt und errötet. „Natürlich. Wie kommst du darauf, dass mich das stören könnte?“

„Na ja, er hat dir das mit Rico verraten“, gibt Jakob zu bedenken.

„Das hat er. Aber weißt du was? Das hat ihn und mich näher zusammengebracht und das heute hier ermöglicht. Hauptsache ist, dass du glücklich bist.“

„Das bin ich.“

„Dann ist ja alles paletti.“

„Ich habe noch weitere News“, platzt Jakob heraus.

„Spuck es schon aus.“

„Mein Computerspiel wird veröffentlicht.“ Hiroshis Augen weiten sich vor Begeisterung. Er beginnt zu lachen und umarmt seinen Mitbewohner.

„Hey, das ist ja genial. Herzlichen Glückwunsch.“

„Danke dir.“

„Wow, geil. Dann besteht ja noch Hoffnung, dass ich vielleicht die Miete bald nicht mehr allein bestreiten muss und der Kühlschrank gefüllt wird.“ Jakob schüttelt den Kopf und verdreht die Augen.

„So schlimm bin ich also auch wieder ni…“

„Doch und noch viel schlimmer“, unterbricht ihn Hiroshi grinsend. Sie schlendern zurück zu den anderen. Hiroshi stellt sich neben Rico und legt ihm die Hand auf die Schulter. „Bitte entschuldigt uns für einen Moment. Rico, kommst du mal.“ Die beiden entfernen sich von der Truppe. „Ich liebe dich.“

„Und ich dich.“

„Danke, dass du es dir noch anders überlegt hast und es Ernst mit mir meinst.“ Sie küssen sich feurig.

„Ich danke dir dafür, dass du mir verziehen hast.“

„Selbstverständlich. Aber eines will ich dir gesagt haben. Wenn du nochmal auch nur in Fernandos Richtung schielst, hast du ein richtig großes Problem und wenn ich dich in unserer Hochzeitsnacht, nachdem wir in einem märchenhaften Ballsaal getanzt haben, mit einem blonden Kerl erwische, töte ich dich."

„Was habt ihr nur alle mit diesem Ballsaal?"

„Rico!", donnert Hiroshis Stimme durch die Galerie.

„Das wird nicht passieren." Er küsst Hiroshi auf die Wange. „Es ist sexy, wenn du eifersüchtig bist", schnurrt Rico, während er Hiroshi umarmt.

„Ich bin nicht eifersüchtig", verteidigt sich Hiroshi vehement.

„Aber natürlich, Kleiner."

„Ach, halt doch die Klappe."

Epilog

Selbst durch das hochwertige Leder der Motorradjacke fühlt sich die Luft brennend heiß an. Obwohl der Himmel partiell von Quell- und Gewitterwolken bedeckt ist, finden vereinzelte Sonnenstrahlen ihren Weg zur Erde. Endlich ist der Sommer da. Die Temperaturen erreichen täglich neue Rekordwerte. Abkühlung verschafft nur noch ein Sprung ins kühle Nass – obwohl auch die Seen mittlerweile Badewannentemperatur haben. Der Fahrtwind sorgt dafür, dass die Männer in ihren Motorradklamotten nicht vor Hitze zergehen. Hiroshi klammert sich wie üblich an Rico, der seine Fahrweise und die Geschwindigkeit inzwischen perfekt auf die Bedürfnisse seines ängstlichen Partners abgestimmt hat. Kein abruptes Beschleunigen aus Schräglagen und keine hektischen Bremsmanöver mehr. Ein Jammer für jeden Motorradfahrer. Aber Rico macht das nichts aus, denn die Liebe ändert einfach alles. Vier Wochen sind vergangen, seit Hiroshi seinen Gips losgeworden ist – ein Ereignis, an das sich Rico noch lange erinnern wird.

~ vor vier Wochen ~

„Passen Sie bitte auf, Doktor, dass Sie mir nicht meinen Arm abschneiden, wenn Sie mit dieser monströsen Fräse hantieren.“ Hiroshis Stimme ist viel zu laut und einige Oktaven höher als normal. Er zerquetscht Rico beinahe die Hand, die er ihm freundlicherweise als Unterstützung gereicht hat – *der Kleine hat eine unheimliche Kraft in der Linken. Erstaunlich.*

„Bitte, Herr Kentaka, das ist nicht der erste Gips, den ich entferne. Halten Sie einfach still, damit ich den Schnitt präzise setzen kann. Vielleicht hilft es Ihnen ja, wenn Sie die Augen schließen?“

„Okay, okay. Dann los, schneiden Sie das Ding auf. Ich will wieder normal leben können. Tun Sie's!“ *Hat der Doktor gerade die Augen verdreht?* Rico beißt sich auf die Unterlippe, um nicht laut loszuprusten, denn Hiroshis weit aufgerissene Augen und sein Gesichtsausdruck sind ein Bild für Götter. Das schrille Geräusch der Gipssäge erfüllt den kleinen

Raum. Hiroshi zuckt nur unmerklich zusammen. Gerade als der hoch konzentrierte Mediziner das messerscharfe Sägeblatt ansetzen will, entwindet Hiroshi der assistierenden Krankenschwester den Arm. „Einen Moment, bitte. Bevor ich sterbe will ich meinem Schatz noch sagen, wie doll ich ihn liebe.“ Der verängstigte Patient wendet sich an Rico. „Ich liebe dich über alles, mein Prinz. Wirst du mich auch noch lieben, wenn ich ein einarmiger Krüppel bin?“

„Ich liebe dich auch, Hiro, und ja, ich werde dich auch als einarmigen Krüppel noch lieben.“ Ihre Lippen vereinen sich zu einem gefühlvollen Kuss. Die anwesende Krankenschwester seufzt angetan. Der Arzt scheint dagegen wenig Geduld für diese Art von Theatralik zu haben.

„Nachdem das nun auch geklärt ist, darf ich Ihren Gips nun entfernen, Herr Kentaka?“ Hiroshi nickt, legt den Arm auf die Unterlage und presst die Augen fest zusammen. Als das Sägeblatt schließlich doch noch den Gipsverband erreicht, verteilt sich hauchfeiner Staub im ganzen Zimmer. Der Arzt führt einen präzisen Schnitt über die gesamte Länge des Verbands aus und wirkt dabei hochkonzentriert. Als er fertig ist und die Gipssäge weglegt, atmet Hiroshi erleichtert aus. *Ich habe es geschafft. Verdammt, ich lebe noch und mein Arm ist noch dran. Juhuuuiiii.*

„Sieh mal“, entgegnet Hiroshi begeistert und reißt den Arm in die Höhe, um seinem Freund den aufgeschnittenen Verband zu zeigen. Der Arzt kann gerade noch zurückweichen – der eingegipste Arm verfehlt ihn nur um Haaresbreite. Vom Gipsstaub, der sich wild in der Gegend verteilt, bleibt er dennoch nicht verschont. Er hustet und hält sich die Hand schützend vors Gesicht. Als Hiroshi sein Missgeschick bemerkt, ist es bereits zu spät. Der in einen weißen Kittel gekleidete Arzt sieht wie ein im Mehl gewendetes Fischfilet aus. „Ach du meine Güte, bitte entschuldigen Sie, Herr Doktor. Das wollte ich nicht. Alles in Ordnung bei Ihnen?“ Die Krankenschwester, die bislang nur leise gekichert hat, prustet lautstark los und kann sich kaum noch halten vor Lachen. Der Arzt schüttelt genervt den Kopf und murrt unwirsch vor sich hin – dennoch sieht man ihm deutlich an, dass er Hiroshi den kleinen Unfall nicht wirklich übel nimmt.

„Würden Sie jetzt bitte stillhalten?“ Hiroshi legt den Arm zurück auf die Unterlage und versucht sich sowohl keinen Millimeter mehr zu bewegen als auch die Luft anzuhalten. Naturgemäß hält er das nicht sehr lange durch. Nachdem der Arzt das Gröbste an Staub weggewischt hat, nimmt er einen gruselig aussehenden Spreizer vom Operationsbesteck-tablett und öffnet den Gips vorsichtig. Sorgsam trägt er Stück für Stück ab. Die Haut an Hiroshis Arm wirkt unnatürlich und seltsam – runzlig und irgendwie durchscheinend. Außerdem sind leichte Abdrücke vom Gips wild darüber verteilt. „Ich bin sehr zufrieden. Nun werden wir testen, ob Sie Ihre Hand richtig bewegen können oder ob ich Ihnen eine Physiotherapie verschreiben muss."

„Muss das so aussehen?", erkundigt sich Hiroshi geschockt und deutet auf seinen entstellten Arm.

„Wie denn?", will der Arzt wissen.

„Na, so ... so käsig und schrumpelig."

„Ja, das ist normal. Das wird sich innerhalb von ein paar Stunden zurückbilden. Haben Sie keine Angst. Der Arm sieht sehr gut aus und so wie ich Ihre Bewegungen wahrnehme, können wir auf eine Physiotherapie verzichten."

„Das will ich Ihnen auch geraten haben, Freundchen", platzt Hiroshi ungehalten heraus. „Sonst komme ich zurück und versuche mich mal an diesem Spreizer oder der Säge und glauben Sie mir, ich bin nicht so sorgfältig wie Sie." Da! Jetzt hat der Mediziner tatsächlich die Augen verdreht.

~ heute ~

Dieser Besuch im Krankenhaus, um den Gips abzunehmen, wird Rico bestimmt noch lange in Erinnerung bleiben. Der arme Arzt war danach am Ende seiner Kräfte und Rico hatte schon lange nicht mehr so viel gelacht. Aber er liebt diesen kleinen Chaoten einfach. In der Ferne ist das Gewässer bereits sichtbar, zu dem sie unterwegs sind. Ein idyllisch gelegener See inmitten blühender Felder, der zum Teil mit Bäumen umgeben ist. „Ist es das?", hört Rico Hiroshi von hinten brüllen. Anstatt zu antworten, da der Kleine das dort hinten sowieso nicht hören würde, nickt er mit dem Kopf. Rico hat die Gegend vorher ganz genau auf der Onlinelandkarte erforscht und weiß, wo er Hiroshi hinführt.

Ein lauschiges, abgelegenes Plätzchen.

Der Miniaturstrand wird durch Bäume sowie Büsche verborgen und eignet sich optimal für ein romantisches Picknick am Wasser. Die Sonne dürfte die Gegend bald in ein atemberaubendes Licht hüllen und den Ort perfekt inszenieren. Rico wusste bislang nicht, dass er ein solcher Romantiker ist. *Hiroshi ändert einfach alles.* Die tatsächliche Topografie sieht nur minimal anders aus, als er es im Internet recherchiert hat. Nach einer unübersichtlichen Haarnadelkurve, bei der sich Hiroshi wie gewohnt noch viel fester an ihn klammert, erkennt Rico den Hof, bei dem er rechts auf eine unebene Schotterstraße abbiegen muss. Auf dem kurzen Weg werden die Männer kräftig durchgeschüttelt. „Wenn das so weitergeht, muss ich kotzen", brüllt Hiroshi von hinten. Rico schüttelt lächelnd den Kopf. Mit einer geschickten Bewegung lenkt er seine Maschine auf die Wiese und hält auf das Seeufer zu.

„Wir sind da", teilt er Hiroshi mit, als er den Motor abstellt und wartet, bis sein Partner von der Maschine geklettert ist, was wie üblich viel länger dauert, als es sollte. Die Männer nehmen ihre Helme ab und legen sie auf den Sattel.

„Wow, ich bin begeistert. Das ist ja total schön hier", entgegnet Hiroshi, während er seinen Rücken durchstreckt und sich umsieht.

„Nicht wahr? Komm, ich zeige dir den schnuckeligen Privatstrand, den ich für dich gefunden habe." Rico nimmt Hiroshi an der Hand und zieht ihn durch das dichter werdende Gras, vorbei an Sträuchern und unter zwei mächtigen Tannen hindurch. Als die Männer am Seeufer ankommen, verschlägt es ihnen den Atem. Rico stellt sich hinter Hiroshi, legt seine Arme um ihn und zieht ihn dicht an sich. *Er riecht so unheimlich gut.* Zusammen blicken sie über die Wellen des Sees. Rundherum nichts als Natur.

„Einmalig."

„Das kannst du laut sagen." Hiroshi dreht sich in Ricos Armen, himmelt seinen Partner verliebt an und schenkt ihm sein zuckersüßes Lächeln. Ihre Lippen treffen sich und verschmelzen zu einem sinnlichen Kuss. In dieser innigen Pose verharren sie einen Moment, bevor sie sich an das Auspacken des schweren Rucksacks machen, der Hiroshi während der ganzen Fahrt wie ein Betonklotz am Rücken gehangen hat. Rico legt eine rot-weißkarierte Decke über die feinen Kieselsteine und befestigt sie mit Maxi-Teelichtern. In die Mitte des Tuches platziert er einen silbernen Kerzenständer, den er mit den mitgebrachten Leckereien umstellt. Als er alles so arrangiert hat, wie er sich das schon Tage zuvor ausgemalt hat, schnappt er sich die Champagnerflasche und öffnet den Verschluss. Die Männer setzen sich auf die Decke. Mit einem lauten Plopp, der Hiroshi zusammenzucken lässt, schießt der Korken in den See. Rico füllt die Champagnergläser und reicht eines davon an Hiroshi weiter. „Prost, mein Schatz."

„Prost, Rico." Sie stoßen an und kosten den edlen Tropfen. „Der ist irgendwie komisch, nicht? Hast du alkoholfreien Schampus genommen?" Rico lacht gelöst.

„Du wolltest doch, dass ich nicht trinke, wenn ich mit dem Motorrad unterwegs bin oder?" Hiroshi schüttelt belustigt den Kopf.

„Ja schon, aber heute, also ..."

„Entweder, oder, Schatz. Komm, probier eine Erdbeere dazu", schlägt Rico vor und reicht seinem Partner eine, der köstlich aussehenden Biofrüchte. Hiroshi führt die Erdbeere zu seinen Lippen, stoppt aber, kurz bevor sie seine Haut berührt. Er leckt sich über die Lippen und beginnt mit seiner Zunge über die Spitze der Erdbeere zu tanzen. Langsam und erotisch. Rico hängt mit offenem Mund an jeder Bewegung seines Partners, unfähig sich davon zu lösen. Als Hiroshi schließlich abbeißt, entweicht seinem Freund ein entzücktes Keuchen. „Weißt du eigentlich, wie unheimlich sexy du bist?", brummt er, bevor er Hiroshi am Nacken zu sich zieht und ihn küsst – sie teilen das süßlich intensive Aroma der Beere und genießen jeden Bissen davon. Nachdem sie das Erdbeerschälchen geleert und einen Teil des alkoholfreien Champagners getrunken haben, widmen sie sich den anderen Köstlichkeiten, die Rico mitgebracht hat.

„Bäh, Radieschen, die kannst du behalten", grummelt Hiroshi und schiebt das Gemüse zu Rico, der grinsend davon abbeißt und die Augen verdreht. Hiroshi widmet sich indes einem kleinen Einmachglas mit Birchermüsli. „Das ist dafür total lecker, hast du es selbst gemacht?", fragt Hiroshi mit vollem Mund.

„Natürlich ... nicht. Du weißt doch, dass ich nicht kochen kann."

„Hallo? Das kann man auch nicht als Kochen bezeichnen", beklagt sich Hiroshi und kichert. „Mhm, genial, versuch mal diese Gürkchen, die sind spitze."

„Gürkchen?" Sein Gegenüber zieht das Wort in die Länge und wackelt dabei vielsagend mit den Augenbrauen. Hiroshi lacht und schüttelt den Kopf.

„Du bist unglaublich."

„Ich weiß, danke dir. Darf ich mal das Müsli probieren?" Hiroshi nickt enthusiastisch, erhebt sich ein wenig und schiebt Rico einen Löffel mit der köstlichen Mischung in den Mund. Der beginnt anerkennend zu kauen und nickt mit dem Kopf. „Wirklich, sehr, sehr lecker."

„Boah, die sind total scharf, was um alles in der Welt ist das?", entfährt es Hiroshi, der verzweifelt ein Glas Wasser an seine Lippen führt und einen tiefen Zug daraus nimmt, während er auf einen Beutel mit Nüssen deutet. Ricos Honiglachen, das Hiroshi während ihrer Trennung so unheimlich vermisst hat, ertönt.

„Das sind Wasabi Nüsse, Kleiner. Die müssen scharf sein." Hiroshi fächert sich Luft in die leicht tränenden Augen.

„Woher soll ich denn so was wissen? Ich habe mir gleich mehrere in den Mund gestopft."

„Du bist unmöglich. Das weiß man einfach, außerdem hast du das jetzt davon, wenn du immer so ein Gierschlund bist." Hiroshi haut Rico auf den Oberarm.

„Ich bin entsetzt, ein Gierschlund? Pfff. Als ob dir nicht genau das gefällt!" Hiroshi stößt mit seiner Zunge gegen die Innenseite seiner Wangen, um einen Blowjob zu imitieren. Rico kichert und wird ein wenig rot.

„Später, Hiro, jetzt schauen wir uns erst mal den Sonnenuntergang an." Selbstverständlich geht Ricos Plan auf. Die Sonne schiebt sich langsam hinter den Horizont und beleuchtet dabei das Firmament in unzähligen Rottönen. Die nahen, watteartigen und die weit entfernten Gewitterwolken elektrisieren die Stimmung.

„Es ist fantastisch, Rico."

„Nur das Beste für meinen Schatz." Hiroshi lehnt sich auf der Decke vor, damit sie sich küssen können. „Komm her." Hiroshi setzt sich zwischen Ricos Beine und lehnt sich an seinen starken Oberkörper – es fühlt sich so unheimlich gut an. In dieser Position sitzen sie am Ufer des Sees und sehen der Sonne dabei zu, wie sie langsam untergeht. Dabei essen sie gemütlich ihre Sandwiches und trinken Champagner. Die zärtlichen

Berührungen, die Rico über Hiroshis Hals, seinen Nacken und die Arme verteilt, kribbeln und lösen das Verlangen nach mehr aus.

„Bald sieht man gar nichts mehr", stellt Hiroshi fest, als sie dabei zusehen, wie sich die Dunkelheit über den See und das Ufer legt.

„Warte mal", murmelt Rico, zückt ein Feuerzeug und zündet die Teelichter und die Kerze an, während Hiroshi ihm dabei zusieht.

„Du hast wirklich an alles gedacht", schwärmt Hiroshi.

„Natürlich." Nachdem sie ihren Privatstrand mit Kerzen ausgeleuchtet haben, legen sie sich nebeneinander. Rico zieht Hiroshi näher zu sich, legt sein Bein über ihn, wie um von ihm Besitz zu ergreifen. „Ich habe auch Gleitgel dabei."

„Das habe ich vermutet, dass du auch daran gedacht hast, du kleiner Lüstling", entgegnet Hiroshi mit einem liebenswerten Lächeln auf den Lippen. „Denkst du nicht, dass uns hier jemand entdecken könnte?"

„Siehst du denn jemanden?" Hiroshi schaut sich um. Der Ort ist herrlich abgeschieden und perfekt geeignet für ein erotisches Stelldichein in der freien Natur.

„Nein."

„Na, also. Ich will, dass du auf mir reitest. Ich will sehen, wie geil du es findest, wenn ich tief in dir bin. Möchte sehen, wie du vor Lust dein hübsches Gesicht verziehst und das alles nur wegen mir und für mich." Ricos Hände helfen Hiroshi aus dem T-Shirt. Er schaudert kurz, als die warme Sommernachtluft seinen nackten Oberkörper umspielt.

„Sag nicht solche Sachen", keucht Hiroshi sichtlich erregt.

„Ich will sehen, wie du Gänsehaut bekommst, dort, wo ich dich berühre." Ein zaghaftes Wimmern entweicht Hiroshi. Rico knabbert an Hiroshis Hals und an seinen Lippen, bevor sie sich hungrig küssen. Langsam und zärtlich entkleiden sie sich gegenseitig. Hiroshi lässt sich Zeit, als er Rico das Shirt über den Kopf zieht. Die strammen Brustmuskeln haben noch nichts von ihrer Faszination verloren. Ricos muskelbepackter Bauch ist zum Anbeißen, vor allem, wegen dem sanften Flaum, der sich darüber ausbreitet. Hiroshi beginnt jeden Zentimeter von Ricos warmer Haut zu küssen und mit seinen Fingern zu erkunden. „Ich will sehen, wie du dich vor Lust auf mir aufbäumst und wie zufrieden und wunderschön du aussiehst, wenn du endlich kommst."

„Wenn du nicht aufhörst so zu reden, komme ich auf der Stelle.“ Rico lacht sein anziehend tiefes Grollen. Sie setzen ihre Erkundungstour fort. Jede Körperregion, die von dem hinderlichen Stoff der Klamotten befreit wird, erfährt eine ausgiebige Erkundung. Nackt liegen sie beieinander, sehen sich tief in die Augen. Das Licht der Kerzen wirft einen romantischen Schleier über ihre Körper. Die Flammen züngeln in ihren Pupillen und versinnbildlichen die unbändige Liebe, die sie füreinander empfinden. Hiroshi erhebt sich, klettert auf Rico, setzt sich auf seinen Bauch und muss kichern.

„Was ist?“

„Dein Schampelz kitzelt an meinen Kronjuwelen.“

„Ich gebe dir gleich Schampelz“, entgegnet Rico kopfschüttelnd. „Bereite dich vor“, lautet seine Anweisung.

„Dir ist schon klar, dass ich nicht von allen Befehle entgegennehme, oder?“, stellt Hiroshi klar.

„Aber für mich, Kleiner, tust du es und das finde ich einfach super.“ Ein Seufzen von Hiroshi. Er kramt im Rucksack nach dem Gleitgel und zieht stattdessen Ricos iPad heraus. Er kichert verzückt, als er Traudls selbst gestrickte Schutzhülle daran entdeckt. „Oh, shit, ich ...“

„Es ist süß, du machst ihr damit eine Freude. Warte mal“, Hiroshi kramt in seiner auf einem Haufen liegenden Hose nach seinem Smartphone und zeigt es Rico.

„Sie hat dir noch eins für dein iPhone gemacht?“

„Selbstverständlich.“ Sie brechen in schallendes Gelächter aus, als sie die altmodischen Hüllen nebeneinanderhalten und sie vergleichen. Fast gleichzeitig schütteln sie die Köpfe. „Omi ist eine Nummer für sich“, flüstert Hiroshi.

„Nennst du sie jetzt tatsächlich Omi?“

„Natürlich, sie hat es mir angeboten. Du weißt doch, wie sie ist, wenn sie etwas will ... ich konnte ihr das nicht abschlagen.“ Rico seufzt. „Stört es dich?“

„Natürlich nicht! Ich finde es zauberhaft von ihr.“

„Aber?“

„Nichts aber.“

„Okay, danke dir.“

„Fertig gequasselt. Bereite dich vor." Hiroshi salutiert gespielt ernst, gibt einen Klecks des glitschigen Gels in seine Handflächen und beginnt sich vorzubereiten. Langsam zieht er seine Hand durch den feuchtwarmen Spalt, reibt die wichtigen Stellen damit ein. Als er mit dem Finger in sich eindringt, stöhnt er zufrieden auf. Rico beobachtet jede Regung und jede Zuckung seines Partners ganz genau. Hiroshis langer Penis ragt steif von seinem Körper ab, wippt leicht hin und her. Er dringt nun mit zwei Fingern in sich ein, seine Geräusche werden fordernder und erregter. „Lässt du auch noch etwas für mich übrig?", will Rico grinsend wissen. Hiroshi verdreht die Augen und zieht die Finger aus seinem Hintern. „Bist du so weit?" Hiroshi nickt und erhebt sich leicht. Mit seinen glitschigen Händen massiert er Ricos Glied, verteilt die Reste des Gleitgels darauf. Als die pralle Spitze gegen seinen Ring drückt, stöhnt Hiroshi auf. Millimeter für Millimeter lässt er Rico ein, genießt jeden einzelnen davon wie Tausend Küsse, Millionen von elektrischen Impulsen. Sie sehen sich dabei tief in die Augen. Gebannt von der Anziehungskraft des jeweils anderen. Als Ricos Penis bis zum Anschlag in Hiroshi ist, hält dieser inne, lehnt sich zu Rico und küsst ihn. Sie legen ihre ganze Leidenschaft in diesen Kuss und ihre Berührungen. Langsam beginnt sich Hiroshi auf und ab zu bewegen. Ricos Mund steht offen, seine Augen flackern immer wieder zu, bevor sie sich wieder ansehen. Intensiv. Hiroshi lehnt sich nach hinten, weit nach hinten, streckt seinen Rücken durch und hebt die Arme über den Kopf, während er sich auf Ricos Glied bewegt. Dessen gierige Hände gleiten über Hiroshis flachen Bauch, seine Brust und den Hals hinauf. Als er Ricos Finger an seinen Lippen fühlt, öffnet er sie, lässt den Finger ein. Stöhnend saugt er daran, spürt die härter werdenden Stöße und Ricos Verlangen. Ricos Hände gleiten tiefer, ziehen eine feuchte Spur über Hiroshis Oberkörper. Seine Hände verharren auf Hiroshis Hüften, um ihn zu dirigieren. Fester klatschen die Körper gegeneinander, Rico tief in Hiroshi vergraben. Eins in ihrer Liebe. Ein Körper, eine Seele. Das Stöhnen der Männer wird lauter, wabert über den See in die dunkle Nacht. Ihre Körper bewegen sich schneller und fordernder. Auf und ab. Tiefer, härter, fester. „Komm für mich, Hiro", flüstert Rico, der seinen Partner ganz genau beobachtet. Ihre Blicke treffen sich, verharren aufeinander. Hiroshi verändert die Position. Er lehnt sich leicht nach vorn. Mit jedem Auf und Ab werden seine Geräusche lauter, drängender. Rico spürt, wie sein Glied Hiroshis Körper zum Beben bringt. Es fühlt sich so an, als ob elektrische Impulse von Hiros Lustzentrum ausgingen und in seinen gesamten Körper ausstrahlten.

Dann kommt er.

Wild wie ein Geysir verteilt er den heißen Samen über Ricos Oberkörper. Stöhnend, zuckend und wunderschön. Er hat sich nicht berührt, kein einziges Mal. Hiroshi kommt, weil Rico bei ihm ist und genau die richtigen Punkte in seinem Körper trifft. Das hebt auch Rico über die Schwelle in die pure Zufriedenheit. Sein Schwanz schwillt noch mal an und beginnt das warme Sperma in Hiroshis Hintern zu pumpen. Stoß um Stoß, Zuckung für Zuckung. Sie brechen stöhnend und keuchend übereinander zusammen. Rico legt seine Arme um Hiroshi und zieht ihn näher an sich. Hiroshi seufzt und legt seinen Kopf in Ricos Halsbeuge. Er atmet den Duft nach frischem Schweiß, herber Männlichkeit und Rico ein. So liegen sie eine Weile einfach aufeinander. „Aua“, jammert Hiroshi und erhebt sich von Rico.

„Was ist denn?“

„Etwas hat mich ... gestochen. Auf meinem Rücken, es tut verdammt weh.“ Hiroshi erhebt sich. Dabei gleitet Ricos halb schlaffer Penis aus ihm heraus. „Schau bitte mal, Rico“, quengelt Hiroshi und legt sich neben Rico auf die Decke. Dieser rappelt sich auf und versucht auf dem schlanken Rücken etwas zu erkennen.

„Ich sehe nichts.“

„Da muss was sein. Fühl doch mal.“ Rico lässt seine Finger über Hiroshis Rücken tanzen und zuckt zurück.

„Oh, shit.“

„Was ist? Sag es mir“, Hiroshi wirkt fast panisch.

„Lass mich mal mit dem Handy sehen.“ Rico nimmt aus seiner Hose das Smartphone und leuchtet mit der Taschenlampenfunktion auf Hiroshis Rücken. „Oh nein.“

„Sag es mir endlich.“

„Mückenstiche.“

„WAS?“

„Drei oder vier Mückenstiche auf deinem Rücken.“

„Das darf doch wohl nicht wahr sein“, entfährt es Hiroshi, der sich versucht selbst an den juckenden Stellen zu kratzen. Er verdreht seine Arme und kommt dennoch nicht hin. „Hilfst du mir mal?“ Es ist weniger eine Frage, als ein Appell. Rico verkneift sich ein Grinsen und beginnt Hiroshi zu kratzen. „Mehr, ja da! Nein, doch weiter unten. Links! Nein rechts. Mensch, gib dir doch Mühe!“

„Ich gebe mir Mühe.“

„Nein, tust du nicht. Komm schon, da in der Mitte, weiter oben. Ja, genau da. Aaaaah. Jaaa.“

„Du klingst ja fast so wie beim Sex.“

„Es ist ja auch fast so gut wie Sex, wenn es endlich nicht mehr juckt.“

„Das werde ich mir merken.“

„Hör auf herumzualbern und kraaaatz. Ich sterbe hier fast. Los, kratzen. Schneller.“

„Jawohl Eure Hoheit.“

„Bist du nicht zerstochen?“

„Nö, glaube nicht.“

„Natürlich trifft es wieder den viel zu dünnen und großen Japaner …“

„Der kein Japanisch spricht.“

„Genau!“ Als sie sich wieder Ricos Auftritt bei Frau Kentakas Ausstellungseröffnung ins Gedächtnis rufen, beginnen beide schallend zu lachen.

„Ich liebe dich, du riesen Tollpatsch, weißt du das?“

„Ja, das weiß ich, aber sag es noch mal.“

„Ich liebe dich, Hiro, über alles.“

„Und ich dich. Für alle Zeit und immer und sowieso. Aber wenn du mich jetzt nicht kratzt, dann werde ich wahnsinnig und du hast nichts mehr von mir.“ Rico verdreht die Augen und kratzt weiter Hiroshis Rücken. Das ist Liebe, das ist Beziehung, das sind Hiroshi und Rico. Wie bestellt explodiert am Himmel über ihnen der erste Feuerwerkskörper. Sie zucken zusammen und starren in die dunkle Nacht. „Hast du das etwa …“

„Bleib realistisch“, entgegnet Rico grinsend, während der Nachthimmel von weiteren Raketen erhellt wird.

Ein Feuerwerk.

„Zieh dir dein T-Shirt an und komm, ich will mir das ansehen", schlägt Rico vor und tätschelt die rot-weißkarierte Decke, auf der sie liegen. Hiroshi nickt, streift sich das Oberteil über und kuschelt sich an seinen starken Freund, bei dem er sich zu Hause und glücklich fühlt.

ENDE.

Mehr vom Autor

Bauernliebe	ASIN B01C69B700
Bei Besichtigung gezähmt	ASIN B019T98WHK
Bei Kontoeröffnung verführt 1	ASIN B00YBXW7HQ
Bei Kontoeröffnung verführt 2	ASIN B01G0P8JI8
Bei Kontoeröffnung verführt 3	ASIN B01JCPWQ0K
Damals im Orient	ISBN 978-1544092546
Das Vermächtnis des Unbekannten	ISBN 978-3863613884
Der Bosporus-Kurier	ISBN 978-3732330836
Der Pakt	ISBN 978-3863614676
Injection	ISBN 978-3959490337
Love Race	ISBN 978-1539633853
LoveWins	ASIN B01EQT46ZK
Nachbars Eier	ASIN B06Y4YNBFZ
Nashintoba – Wolfsblau	ASIN B01BE0TK0G
Zivilschutzhorror	ASIN B010GI2FEY

Lust auf das volle Erlebnis?

Du findest alle meine E-Books und Taschenbücher bei Amazon. Unzählige Online-Shops und Buchhandlungen führen eine Auswahl meiner Werke.

Alle Informationen zu mir und meinen Büchern findest du unter www.marc-weiherhof.ch oder auf Facebook und den gängigen Social Media-Kanälen.

Damals im Orient

ISBN: 978-1544092546

Taschenbuch 7.99 €
E-Book 3,99 €

Inhaltsangabe

Was als Schiffsreise durch den sagenumwobenen Orient beginnt, endet in einem romantischen Abenteuer und verändert das Leben von Clemens Wagner nachhaltig. Das Schicksal führt ihn mit dem geheimnisvollen Omani Faris zusammen, dessen Herkunft zur Zerreißprobe für die junge Beziehung wird.

Eine hochemotionale Reise durch das ferne Morgenland, die beweist, dass kulturelle Unterschiede kein Hindernis für die Liebe darstellen.

Textauszug Kapitel eins

Die Landeklappen an den Tragflächen des A380, das im Jahr 2010 größte Passagierflugzeug der Welt, erreichten geräuschvoll die gewünschte Position. Die tonnenschwere Maschine verlor fast augenblicklich an Höhe. Starker Wind peitschte über die Röhrenkonstruktion und schüttelte die Passagiere trotz der Größe des Flugzeuges kräftig durch. Mir war speiübel. Seit mehreren Minuten atmete ich hektisch in die flüssigkeitsfeste Tüte und versuchte meine Übelkeit zu kontrollieren, mich mental zu beruhigen. Aber irgendwie funktionierte das nicht. *In diesen kitschigen Hollywoodfilmen klappt das doch auch immer. Warum also bei mir nicht?* Um mich abzulenken, starrte ich aus dem kleinen Fenster in die unendlichen Weiten des stahlblauen Himmels – ein atemberaubender Anblick. Unter uns erstreckte sich ein grenzenloses Meer aus Sandkörnern, eine von der Sonne verbrannte, karge Landschaft. In der Ferne ragten die Spitzen der eindrücklichen Hochhäuser aus dem dichten Smog der weltbekannten Wüstenstadt Dubai und wirkten aus dieser Höhe so winzig wie Zahnstocher.

Der Flieger drehte ab.

Der Horizont begann sich vor meinen Augen zu drehen, also starrte ich wieder auf meinen Klapptisch und las zum wiederholten Mal die Beschriftung. Ich versuchte nicht daran zu denken, dass wir in einer engen Metallröhre saßen und die Erde kilometerweit entfernt war. „Geht es dir noch immer nicht besser?", drang Brankos tiefe Stimme durch den zähen Nebel in meinem Kopf in mein Bewusstsein. Ich sah in seine braunen Augen, atmete noch geräuschvoller und starrte ihn mit meinem Blick nieder. *Was für eine beschissen dämliche Frage.*

„Sehe ich so aus, als ob es mir bessergeht?", fauchte ich verzweifelt zwischen meinen aufeinandergepressten Zähnen hervor. Auf meiner kalten Stirn glitzerten Schweißperlen.

„Ruhig, Clemens. Du bist ein Sensibelchen, das ist alles. Es ist ein äußerst ruhiger und angenehmer Flug", meinte er grinsend, während er mir mit seinen Fingern beruhigende Kreise auf den Rücken zeichnete. *Manchmal könnte ich ihn erdrosseln.* Seine Berührungen riefen in mir eine krasse Abwehrreaktion hervor. Unsanft stieß ich ihn von mir. Ich wollte einfach nur atmen und hoffte inständig, dass ich diesen Höllenflug überlebte.

„Lass mich einfach in Ruhe“, zischte ich. *Bald ist es geschafft, nur noch ein paar Minuten. Du schaffst das, halte durch. Ruhig atmen. Ruhig und tief.* Mein Mantra schien zu wirken. Nach ein paar Minuten stetigen Atmens, fühlte ich mich stabiler. Erleichtert wischte ich mir Schweißperlen von der Stirn. Ich hatte es geschafft! Bevor ein Luftloch die Maschine unvermittelt absacken ließ, hatte ich doch tatsächlich so etwas wie Hoffnung. Doch nun war alles verloren. Mein Magen wurde in diesen verhassten schwerelosen Zustand katapultiert, der unweigerlich mit dem Schlimmsten endete. Ich krallte mich in die Armlehnen und unterdrückte einen spitzen Schrei. Die Übelkeit brach wie ein Vulkan aus mir heraus. Brodelnd schoss das Gemisch aus bitterer Galle, trüber Flüssigkeit und halb verdauten Lebensmitteln aus mir heraus. Ich schämte mich, als ich mich in die Tüte übergab, wobei der bittere Geschmack das weitaus Schlimmste war. Nach ein paar Sekunden, die mir wie Stunden vorkamen, war es vorbei. Ich richtete mich auf und ließ meinen Blick zaghaft über die anderen Passagiere gleiten. Zu meiner Überraschung interessierte es niemanden. Sie fieberten der Landung entgegen und freuten sich auf ihren Urlaub.

Ich dagegen, war ein Wrack.

„Hier“, meinte Branko und reichte mir ein Taschentuch. Ich wischte mir fahrig über den Mund und ließ das Papiertuch im Anschluss in die benutzte Tüte fallen.

„Danke“, murmelte ich, als die Maschine noch schneller sank. Ich klammerte mich verzweifelt in die Polsterung des Sitzes und an den Arm meines Freundes, während ich mit der anderen Hand die Tüte balancierte. Mein Puls schoss in die Höhe. Grundsätzlich hatte ich Panik vor jeder Landung. *Ich meine, hallo, wenn die tonnenschwere Maschine auf der Landebahn aufsetzt, lastet das gesamte Gewicht des Flugzeuges, der Passagiere und des Gepäcks auf Rädern, die nicht größer als Fußbälle wirkten. Da muss es einem ja übel werden, oder nicht?* Das Flugzeug schwankte im Wind. Ich schickte verzweifelte Stoßgebete in den Himmel. *Ich werde sterben. In einem schrecklichen Feuerball verglühen. Ich werde nie wieder fliegen. Niemals mehr!* Der Pilot drosselte die Geschwindigkeit.

Die Triebwerke befanden sich nun im Leerlauf.

Jetzt kam der schlimmste Teil des gesamten Fluges. Der kurze Moment zwischen Fliegen und Aufsetzen. Dieses Gefühl der vollkommenden Schwerelosigkeit. Als die Maschine dann endlich aufsetzte und der Pilot Schubumkehr einleitete, hob es mich beinahe aus dem Sitz. Nur der Sicherheitsgurt hielt mich an Ort und Stelle. Ich spürte, wie die Kräfte wirkten. Doch dann überwanden wir diesen flüchtigen Zustand. *Fester Boden und ich lebe noch. Einfach herrlich, vielleicht werde ich doch noch einmal fliegen.* Der Knoten in meinem Magen begann sich zu lösen und die Angst fiel von mir ab. Das Flugzeug fuhr über die Landebahn in Richtung Terminal. Ich lockerte den Griff am Arm meines Freundes und atmete erleichtert durch. „Willkommen in Dubai. Die Temperatur beträgt achtundzwanzig Grad Celsius bei einer durchschnittlichen Luftfeuchtigkeit von fünfzig Prozent. Wir danken Ihnen, dass Sie mit Emirates geflogen sind und wünschen Ihnen einen angenehmen Aufenthalt in den Vereinigten Arabischen Emiraten", brabbelte die Stewardess in vier Sprachen - eine unverständlicher als die andere. „Emirates ist stolzer Partner von Europcar. Beim Vorweisen Ihres Flugtickets erhalten Sie auf Ihre Mietwagenreservierung einen Preisnachlass. Wir hoffen, dass wir Sie bald wieder an Bord begrüßen dürfen, und wünschen Ihnen einen angenehmen Tag."

„Wir haben es geschafft. Wir sind da", flüsterte Branko neben mir, streichelte meinen Arm und hauchte mir einen Kuss auf die Wange. Ich sah ihm tief in seine braunen Augen und lächelte sanft.

Ein geräuschvolles Gähnen unterbrach die Stille.

Neben uns wachte nun auch Brankos bester Freund Sven auf, gähnte lautstark und riss den Mund so weit auf, dass seine Kiefer knackten. Er hatte den gesamten Nachtflug, vom Start in Zürich bis zur Landung in Dubai verschlafen. *Was für ein Faulpelz. Was für ein Glückspilz.* Er rieb sich über die müden Augen und blinzelte aus seinem Fenster. „Sind wir schon da?" Während er sich streckte, gähnte er und musterte uns. „Ist was?"

„Nein, nichts", spuckte ich sauer. Branko begann herzhaft zu lachen.

„Clemens hier hat das ganze Flugzeug vollgekotzt, aber sonst geht es uns gut.“ *Als ob du eine Ahnung hast, wie ich mich fühle!*

„Oh nein, du Armer. Aber jetzt ist alles wieder okay?“

„Frag mich das in einer Stunde nochmal“, gab ich unwirsch zurück, hielt mir den noch immer unruhigen Bauch und verzog meinen Mund. Beide Männer lachten.

„Bitte bleiben Sie sitzen, bis das Flugzeug die endgültige Parkposition erreicht hat und die entsprechenden Zeichen erloschen sind.“ Schallte es über die Lautsprecher, als sich die ersten Passagiere von ihrem Sicherheitsgurt befreiten, aufstanden und in der Gepäckablage zu wühlen begannen. Ich verdrehte die Augen und sammelte meine, während der Nacht wild verstreuten Habseligkeiten unter dem Vordersitz zusammen. Wieder war ich erstaunt darüber, dass ich für viel Geld so wenig Platz bekam. Beine ausstrecken? Fehlanzeige.

„Was mache ich damit?“, wollte ich von meinen Mitreisenden wissen, als ich ihnen meine gebrauchte Abfalltüte zeigte. Ihre ratslosen Gesichter halfen wenig. „Hallo, entschuldigen Sie bitte“, sprach ich eine vorbeieilende Stewardess an, die die Passagiere zum Sitzenbleiben anhalten wollte. „Darf ich Ihnen das geben?“, fragte ich die Frau mit der schicken Uniform auf Englisch. Sie rümpfte kurz und beinahe unmerklich die Nase, nickte dann aber und streckte die Hand nach der Tüte aus. Ich reichte sie ihr über die Sitze hinweg und war froh, sie los zu sein.

Mit festem Boden unter den Füßen, stellte sich nun auch bei mir langsam Urlaubsstimmung ein. Wir standen am Anfang unserer allerersten Kreuzfahrt und ich freute mich riesig. Wir nahmen unsere Taschen und das Handgepäck aus den Fächern und dackelten im Schritttempo hinter den anderen Passagieren zum Ausgang. Nach dem langen Flug fühlte ich mich wie gerädert, denn wirklich schlafen, konnte ich nicht und meine unfreiwillige Magenentleerung hatte mir den Rest gegeben. Ich streckte mich und das Knacken meiner Gelenke hallte durch die Sitzreihen. „Hör bloß auf damit“, entrüstete sich Branko, der dieses Geräusch nicht ausstehen konnte. Ich kicherte und knuffte ihm in seinen wohlgeformten Hintern. Sven, der uns schweigend beobachtete, prustete los.

Love Race

ISBN: 978-1539633853

Taschenbuch	7.99 €
E-Book	3,99 €

Inhaltsangabe

Eine homoerotische Geschichte über die Liebe, das Schicksal und intensive Gefühle.
Was ein kurzer Moment der Unachtsamkeit für Folgen haben kann, muss Nils am eigenen Leib erfahren. Ein harmloser Freizeitausflug mit Freunden zur Gokartbahn wird für ihn und seinen Mitbewohner Joshua zur Zerreißprobe. Ein folgenschwerer Unfall stellt ihre langjährige Freundschaft auf eine harte Probe. Erschwerend kommt hinzu, dass sich die Gefühle der jungen Männer verändern. Nils ist für Joshua nicht mehr nur ein Mitbewohner, sondern so viel mehr.
Kann sich Nils ins normale Leben zurückkämpfen? Erkennt er rechtzeitig, für wen sein Herz schlägt?

Textauszug Kapitel eins

Der Spätsommer präsentierte sich an diesem Samstag von seiner prachtvollsten Seite: blauer, wolkenloser Himmel, strahlender Sonnenschein, zwitschernde Vöglein und fröhliche Menschen wohin das Auge reichte. Nachdem die Daheimgebliebenen drei Wochen mit schlechtem, herbstlichem Wetter abgestraft wurden, drängte nun jeder, der es irgendwie einrichten konnte, an die frische Luft. Scharen von Sonnenanbetern pilgerten in die Natur, hin zu den lauschigen Plätzen an idyllischen Seen und Flüssen. Die zahlreichen Freizeiteinrichtungen im Freien wurden richtiggehend überrannt. Ihre Angestellten ächzten und stöhnten unter dem Andrang, dabei freuten sie sich insgeheim über den Besucheransturm, der die Kassen klingeln ließ. Mich hielt heute ebenfalls nichts in der Wohnung. Joshua – mein Mitbewohner und bester Freund – hatte mich in einer schwachen Minute dazu überredet, mit ihm Gokart fahren zu gehen.

Eigentlich eine tolle Idee.

Wenn ich mich dafür begeistern könnte. Ich weiß nicht warum, aber ich verabscheue alles, was mit schnellen Autos, Gefahr und ölverschmierten Händen zu tun hat. Diese Dinge liegen mir kein bisschen. Die Vorstellung, in einem kleinen, offenen, ungeschützten Gefährt mit anderen um die Wette zu eifern, schüchtert mich ein. Das ist nicht die Art von Freizeitbeschäftigung, die ich mir für einen derart großartigen Samstag vorgestellt hatte. An Alternativen mangelte es schließlich nicht: gemütlich am See liegen, schwimmen, später in der Sonne trocknen, Musik hören, Karten spielen oder Eis essen. Aber nein: wir gehen Gokart fahren! Ich fügte mich meinem Schicksal. Die Hauptsache war, dass ich Zeit mit meinem besten Freund an der frischen Luft verbringen konnte. Leider hatte Joshua eine Freundin mit zu dem Ausflug eingeladen – eine Person, mit der ich einfach nicht warm wurde. Trotz meiner Vorbehalte, freute ich mich ein klitzekleines bisschen auf den bevorstehenden Nachmittag. Veronika war mal wieder spät dran, aber das kannten wir nicht anders von ihr. Als es eine Viertelstunde später an der Wohnungstür klingelte, rannte Joshua wie ein geölter Blitz zur Tür. Seine Schritte polterten über die knarrenden

Dielen, was mir ein Lächeln aufs Gesicht zauberte. *Dass er sich aufs Kart fahren derart freuen kann?* Gedämpft hörte ich beide im Flur miteinander sprechen. Mit einem gespielt mitleidigen Seufzen schwang ich meine langen Beine von der Couch, erhob mich und ging gemächlich zur Tür. „Da ist er ja“, hallte mir Veronikas kratzige Bassstimme entgegen. Nur flüchtig ließ ich meinen Blick über ihre Aufmachung huschen. Sie trug weite, ihrer stämmigen Figur nicht sehr zuträgliche, tarngemusterte Armeehosen und schwarze Kampfstiefel. Ihren üppigen Busen verbarg sie unter einem viel zu engen Top. Über ihrer Schulter baumelte die zur Hose passende Armeejacke. Ihr kurzer Bürstenschnitt und die strenge Miene ließen sie beinahe männlich wirken. Veronika, wie sie leibt und lebt. Sie kam schnurstracks auf mich zu und klopfte mir brutal auf die Schultern. „Hallo Nils, ich bin total heiß auf ein Rennen und werde dich in Grund und Boden fahren“, versicherte sie mir mit einem angsteinflößenden Grinsen. Ich verzog schmerzerfüllt das Gesicht. „Geil oder? Freust du dich?“

„Und wie“, brachte ich hervor.

„Lügner“, mischte sich Joshua ein. Ich stierte ihn mit zusammengekniffenen Augen an und schüttelte unmerklich den Kopf, doch er plauderte munter weiter und ignorierte meine subtilen Hinweise. „Du weißt doch, dass er sich nicht gerne die Hände schmutzig macht. Er meidet Dreck wie der Teufel das Weihwasser.“

„Ja ich weiß“, seufzte sie. „Unser kleines Prinzesschen.“ Ich verdrehte die Augen. „Nur keine dreckigen Hände. Du bist schlimmer als ein Mädchen“, feixte sie weiter. Ich ignorierte ihre Spitzen mittlerweile gekonnt. Schließlich entbehrte es nicht einer gewissen Komik, dass ausgerechnet sie so etwas zu mir sagte. Veronika, die männlicher wirkte, als ich es je könnte.

„Wo ist diese Gokartbahn?“, fragte ich, um ihre Aufmerksamkeit auf ein anderes Thema zu lenken.

„Zehn Minuten mit dem Auto“, antwortete Joshua mit einem breiten Grinsen. „Ich freue mich riesig. Ich war schon ewig nicht mehr auf einer Rennstrecke.“

„Ich auch nicht“, warf Veronika ein. „Das ist voll geil. Diese Geschwindigkeit, die Verbundenheit mit der Maschine, die Pferdestärken, das Vibrieren, der Wettkampf. Abgefahren.“ Ich rollte innerlich mit den

Augen und bemühte mich um ein zustimmendes Nicken. Da kam mir ein beängstigender Gedanke.

„Wir fahren aber nicht mit deinem Wagen, oder Veronika?“, brach es ein wenig zu schrill aus mir heraus. Sie sah mich pikiert an. In ihren Augen las ich bereits überdeutlich die Antwort, dennoch wollte ich versuchen meinem Schicksal zu entkommen.

„Warum sollten wir nicht? Hast du was dagegen?“, blaffte sie schnippisch.

„Na, äh, weißt du, Joshuas Auto ist doch ein wenig größer und bequemer. Findest du nicht auch? Und außerdem hat er eine Klimaanlage“, argumentierte ich wie ein Anwalt vor dem hohen Gericht und spürte, noch während ich sprach, dass ich Veronika wohl nicht würde umstimmen können. Ihr Gesichtsausdruck sprach Bände. Waren das ihre Kiefer, die ich mahlen hörte?

„Na hör mal. Was hast du gegen mein Auto? Es hat doch eine Klima, wenn man das Fenster herunterkurbelt. Verwöhntes Gör!“ Ich sah verzweifelt zu Joshua, der nicht reagierte. *Das macht der doch extra!*

„Gut, dann nehmen wir halt deinen Wagen“, gab ich mich geschlagen. *Mit dieser Mühle werden wir bestens aufs Gokartfahren eingestimmt!* Ein paar Minuten später verließen wir die Wohnung. Als ich den klapprigen, alten Golf sah, dessen roter Lack abblätterte und der mindestens zwanzig Jahre auf dem Buckel hatte, lief es mir kalt den Rücken runter.

„Ich sitze vorne“, stellte Joshua klar, während er an mir vorbei zur Beifahrertür drängte, um sie zu öffnen. Die Scharniere quietschten. Ich schüttelte nur leicht den Kopf, seufzte und versuchte den Beifahrersitz nach vorne zu wuchten, damit ich einsteigen konnte. An dieser Rostlaube klemmte einfach alles. *Verdammte Schrottlaube.* „Soll ich dir helfen?“, fragte mich Joshua mit einem sanften Lächeln.

„Nein, danke, das schaff ich schon irgendwie alleine“, murrte ich, als ich wütend am Hebel hantierte und mit der flachen Hand auf die Karosserie eindrosch.

„Lass mich mal“, drang Veronikas tiefe Stimme von hinten an mein Ohr. Instinktiv trat ich einen Schritt zurück. Sie ging alles andere als zimperlich mit dem Wagen um. Nach ein paar Versuchen hatte sie den Sitz nach vorne gelegt. Ich zwängte mich auf den quietschenden, mit dünnem Stoff überzogenen und äußerst unbequemen Rücksitz des Wagens und wusste plötzlich, warum Joshua vorne sitzen wollte. Mein Mitbewohner hat ein paar Pfund zu viel auf den Rippen und hätte wahrscheinlich Schwierigkeiten beim Einsteigen gehabt. Veronika wuchtete den Sitz scheppernd nach hinten und ging um das Fahrzeug zur Fahrerseite.

Mein Schicksal war besiegelt.

Ich war gefangen, konnte mich nicht befreien. Joshua setzte sich auf den Beifahrersitz und blickte lächelnd nach hinten. Der warme Ausdruck auf seinen Zügen berührte etwas in meinem Innern, das ich nicht genau deuten konnte. Er ist mein bester Freund. Mit ihm habe ich viele Höhen und Tiefen erlebt. Das dürfte der Grund für meine Gefühle sein. Als sich die Besitzerin der Schrottkiste hinters Steuer schwang, quietschte die Federung. Lautstark zog Veronika die Nase hoch, presste den Schlüssel ins Zündschloss, startete den Wagen und legte den Rückwärtsgang ein. Verdammt. Panik wallte in mir hoch. Ich war noch nicht angegurtet. Hastig und verzweifelt suchte ich das Gurtschloss, um den Sicherheitsgurt zu befestigen. Als Veronika abrupt beschleunigte, schleuderte es mich Richtung Kopfstütze des Vordersitzes. Keuchend schütze ich mein Gesicht mit dem Arm. Ich stemmte mich mühsam zurück in den Sitz und startete einen erneuten Versuch. Gerade rechtzeitig rastete der Sicherheitsgurt ein. Veronika legte knatternd den ersten Gang ein und drückte derart brüsk aufs Gas, dass es mich in den Sitz presste, als würde ein Überschallflugzeug abheben. Quietschend schoss sie über die asphaltierte Straße. Joshua ließ sich nichts anmerken, anscheinend machte ihm Veronikas halsbrecherischer Fahrstil nichts aus. Ich dagegen wusste, warum ich lieber mit dem Wagen meines Mitbewohners fahren wollte. Joshua ist ein sicherer und gemütlicher Fahrer. Mit einer kurbelnden Bewegung ließ Veronika das Fenster auf ihrer Seite runter. Als mir der erste Schwall schwülwarmer Luft ins Gesicht schwappte, wusste ich, wie es mir später auf der Rennstrecke ergehen würde. Aber ich hatte vor, diesen Tag zu genießen und nicht alles zu vermiesen. Ich wollte zusammen mit Freunden etwas unternehmen. Das war es doch, was Menschen in ihrer Freizeit gerne taten.

LoveWins

ASIN: B01EQT46ZK

E-Book 3,99 €

Inhaltsangabe

Dieser Gay Romance-Sammelband präsentiert in 40 romantischen, lustigen, erotischen, traurigen oder nachdenklichen Episoden, wie wahre Liebe über Vorurteile, Homophobie und veraltete Gesetze triumphiert. LoveWins entführt dich in eine Welt voller Männer, die sich nichts sehnlicher wünschen, als eine liebevolle Beziehung, Gleichberechtigung und mehr Akzeptanz in der Gesellschaft.

Liebe, Sex und große Gefühle, gepaart mit den Herausforderungen des Alltags machen aus LoveWins ein homoerotisches Feuerwerk der besonderen Art.

18582582R00132

Printed in Poland
by Amazon Fulfillment
Poland Sp. z o.o., Wrocław